海派长篇小说十论

王春林 著

译林出版社

图书在版编目（CIP）数据

海派长篇小说十论 / 王春林著. —南京：译林出版社，2023.4
ISBN 978-7-5447-9549-4

Ⅰ.①海… Ⅱ.①王… Ⅲ.①海派 - 小说研究 - 当代 Ⅳ.①I207.42

中国版本图书馆 CIP 数据核字（2022）第 244595 号

海派长篇小说十论　王春林 / 著

责任编辑　焦亚坤
装帧设计　陆　莹
校　　对　孙玉兰　戴小娥
责任印制　颜　亮

出版发行　译林出版社
地　　址　南京市湖南路 1 号 A 楼
邮　　箱　yilin@yilin.com
网　　址　www.yilin.com
市场热线　025-86633278
排　　版　南京展望文化发展有限公司
印　　刷　江苏凤凰通达印刷有限公司
开　　本　880 毫米 ×1240 毫米　1/32
印　　张　9.375
插　　页　2
版　　次　2023 年 4 月第 1 版
印　　次　2023 年 4 月第 1 次印刷
书　　号　ISBN 978-7-5447-9549-4
定　　价　79.00 元

目录

第一章
王安忆《天香》：闺阁传奇　风情长卷

一、为什么是明代

我们注意到，在王安忆的长篇小说《天香》（载《收获》2011年第1、2期）快要结尾的时候，小说中两位重要的女性希昭与蕙兰之间，曾经围绕着刺绣有过一段长篇对话。在对话过程中，身为长辈的刺绣高手希昭，特别强调好的刺绣作品所需要的不仅仅是一种高超的技艺，而且还必须有心灵的融入："闵姨娘将绣艺带来咱们家，倘不遇上大伯母，大约也就止是个针线女红，无非是略精致华美一筹，可大伯母却是书香中人……闵姨娘的绣艺里掺入大伯母的诗心，就更上一层楼……所以啊，天香园绣中，不止有艺，有诗书画，还有心，多少人的心！前二者尚能学，后者却决非学不学的事，惟有揣摩，体察，同心同德，方能够得那么一点一滴真知！"（第三卷第四十一节）在这里，希昭谈论的虽然是刺绣，但很显然，这样的一番刺绣理论，也完全可以套用到小说创作上来。据我个人的体会，王安忆的这一番话语，其实隐含着双重的意味。其一，正如同好的刺绣作品，一方面需要高超的技艺，另一方面更需要有心灵的切实融入一样，要想写出真正优秀的小说作品来，一方面固然需要有出神入化的叙事技术与表现技巧，但在另一方面，却也更加需要有一种足称强大的精神内核的鼎力支撑。这也就是说，只有那些真正把叙事技术、表现技巧与精神内核有机结合的小说文本，方才可以被看作优秀的小说作品。

其二，更重要的一点，王安忆在这里借助希昭所传达出的，恐怕还是一种技术与艺术的区别问题。技术可以仅止于技艺的层面，只要有高超的技艺即可。闵姨娘的刺绣作品，很显然就停留在了这个层面上。而艺术，固然也需要有高超的技艺，但却更需要有心灵的强力融入。如果与心灵无关，如果与人类的精神世界不发生内在的切肤联系，那么，任是再高超的技术也只不过是技艺而已。闵姨娘的绣艺之所以只有在遇上大伯母亦即小绸之后，方才变成了一种艺术品，方才成为一种驰名于沪上的“天香园绣”，其根本原因恐怕就在于有了无数诗心的积极融入。尤其值得注意的是，这所谓的“心”，却又“决非学不学的事，惟有揣摩，体察，同心同德，方能够得那么一点一滴真知！”技术可以传授学习，艺术却无法传授学习，要想真正在艺术上有所成就，所依凭的却更多是从艺者自身的艺术悟性。某种意义上说，此种艺术悟性，所具有的乃是一种与生俱来的性质，并非后天的努力所能习得。王安忆之所以一味地强调“惟有揣摩，体察，同心同德”，方才有可能“得那么一点一滴真知”，其根本原因恐怕也正在于此。在这里，有一点需要特别加以强调的是，王安忆不仅仅是一位优秀的能够长期坚持高水准写作的小说家，而且还是一位相当少见的对于小说创作本身进行着深入理性思考的小说家。虽然身为女性作家，而且据说女性作家向来感性超强理性稍弱，但王安忆在其一系列小说理论著作中所凸现出来的理性思考能力，却端的是令人咂舌不已。唯其拥有出色的理性思考能力，所以我们才确信《天香》中希昭关于刺绣理论的一席谈话，并不是随随便便写出的，其中所隐含着的实际上正是王安忆自己关于刺绣、关于小说创作、关于艺术的一种深入思考。我们的文章之所以特别看重小说中希昭与蕙兰之间的此番对话，并且选择了此番对话作为切入点，实际上也正缘于对王安忆理性思考能力的充分信任。

很显然，如果说希昭乃是把天香园里的“天香园绣”推向出神入化程度的一位重要人物，那么，王安忆自己在某种意义上正可以被看作当下中国小说界的希昭。新时期三十多年来充分的小说创作实践，早已证明了这一点。从早期的《雨，沙沙沙》《流逝》，到“寻根文学”阶段的《小鲍庄》，到带有强烈实验色彩的“三恋”(《荒山之恋》《小城之恋》《锦绣谷之恋》)，再到后来的长篇小说力作《纪实与虚构》《长恨歌》《启蒙时代》，可以说，王安忆的小说创作基本上持一种与新时期小说同步的姿态而不断向前延伸。某种意义上，我们甚至也可以说，王安忆的小说写作历程干脆就是中国新时期小说演进史的一个精微缩略版。我们之所以要把王安忆比作希昭，其根本原因正在于此。然而，既然是中国小说界的希昭，那么，王安忆就很显然不会让自己小说写作的步伐停留。如何在既有小说成就的基础之上，在逐渐深入推进自身小说创作的同时，也身体力行地渐次建构起自己一种独到的小说美学，可以说是王安忆的一个恒定不移的人生与艺术目标。长篇小说《天香》的问世，所说明的正是这一点。虽然说王安忆此前的《长恨歌》已经饱受赞誉，并且还获得过中国长篇小说创作的最高奖项——茅盾文学奖，虽然说一个作家的创作也会出现波折，也会时有起伏，但我还是要坚持做出我的判断。那就是，无论怎么说，《天香》都应该被看作迄今为止王安忆思想艺术水平最高的一部长篇小说。不仅如此，更进一步地说，《天香》还应该被看作新世纪甚至是新时期文学中一部不容忽视的重要长篇小说。

在我看来，已经有了三十多年文化与文学积累的中国新时期文学，到了现在，确实已经到了应该而且也能够有大作品出现的时候了。某种意义上说，如同贾平凹的《古炉》与王安忆的《天香》这样两部优秀长篇小说在2011年初的联袂登场，所充分说明的，也正是这一点。在充分文本细读的前提下，我曾经在一篇批评文章中断言，贾平凹的《古炉》可以被看作一部“伟大的中国小说”。①需要特别加以说明的一点是，我所谓“伟大的中国小说”的说法，所沿用的乃是华裔美籍作家哈金的定义。哈金认为:“目前中国文化中缺少的是‘伟大的中国小说’的概念。没有宏大的意识，就不会有宏大的作品。这就是为什么在现当代中国文学中长篇小说一直是个薄弱环节。在此我试图给‘伟大的中国小说’下个定义，希望大家开始争辩、讨论这个问题。‘伟大的中国小说’应该是这样的——一部关于中国人经验的长篇小说，其中对人物和生活的描述如此深刻、丰富、真确并富有同情心，使得每一个有感情、有文化的中国人都能在故事中找到认同感。”②对应哈金先生的定义，参照我们关于《古炉》的论述，则王安忆的《天香》也理应获得这样的一种评价。

然而，与王安忆一般总是取材于当下日常生活这一写作特点形成了鲜明区别的是，这一次，王安忆把自己的艺术表现视野投注到了遥远的明代。我想，王安忆之所以要把自己的关注点放置到明代而不是其他的朝代，当然寄托着自己别样的一种思考。关于明代，我们注意到，学者李洁非曾经做出过如下一种堪称真知灼见的评价："明代是一个真正位于转折点上的朝代。对于先前中华文明正统，它有集大成的意味，对于未来，又有破茧蜕变的迹象。没有哪个时代，思想比明代更正统，将中华伦理价值推向纯正的极致。同样，亦没有哪个时代，思想比明代更活跃、更激进乃至更混乱，以致学不一途、矫诬虚辩、纷然聚讼，而不得不引出黄宗羲一部皇皇巨著《明儒学案》，专事澄清，‘分其宗旨，别其源流’，‘听学者从而自择’。”“照明代的社会、经济、文化状态看，中国历史此时已处在突破、转型的前夜，至少，新的问题已经提出。倘若不被打断，顺此以往，应能酝酿出某种解答。满清入主，瞬间扭转了矛盾与问题的焦点。先前中国从自身历史积攒起来的内在苦闷，被民族冲突的外在苦闷所代替或掩盖。”“像明末这段历史，对观察全球化以前或者说自足、封闭状态下中国的社会、政治、文化、思想，可谓不可多得的剖截面，但迄今获取的认识与这段历史本身的复杂性、丰富性相比，却单薄得可怜。”③既然明代的历史如此重要，但各方面充分的认识与表现又鲜少，那么，如同王安忆这样用小说的形式来关注表现明代的一种行为选择，当然也就具有非同寻常的意义和价值了。

当然，从写作的时间来判断，王安忆本人对于明代的看法肯定不可能受到李洁非的影响。然而，到底应该如何评价与看待明代这样一个重要的朝代，却也并非某个人的专利。从各自不同的事业领域出发，大家殊途同归地共同意识到明代的重要性，并且以不同的方式去对明代进行思考探索，实际上是特别正常的一件事情。同时，不同的关注者切入明代问题的角度、立场存在差异，却也是一种客观实情。如果说李洁非更多的是从中国文明整体变迁的角度思考明代问题的，那么，王安忆对于明代的特别关注，就很显然与作家长期以来对于上海这一特殊地域的思考存在着重要的关系。实际上，只要稍微留意一下王安忆的小说写作历程，即不难发现对于上海这一特定地域社会、文化形态演进历史的探究，始终是王安忆小说中一个潜在的主题层面。关于这一点，我们只要把王安忆的《69届初中生》《流水三十章》《纪实与虚构》《桃之夭夭》《富萍》《长恨歌》《启蒙时代》等长篇小说连缀在一起，探究上海这样一个隐形的主题层面，自然就会水落石出。以至于，我们甚至可以说，对于一向被誉为“海派文学传人”的王安忆来说，以小说的形式来承载自己探究上海的心得，差不多已经变成了一种理性自觉的写作行为。或者，也可以这么说，以小说的形式书写自己长期的居留地上海，业已构成了王安忆所无法摆脱的一种艺术情结。她的许多小说创作，因此都可以被看作其艺术情结的宣泄和释放。只不过这一次，作家的艺术视野投向的乃是明代时期的上海而已。这一次，王安忆之所以选择明代的上海作为自己《天香》的主要表现对象，一个方面固然与李洁非所阐述的那些理由不无关系，但另一个更为重要的原因，却很显然在于，明代这个特定的时间段对于上海的发展历史而言，具有十分重要的意义。

二、语　言

尽管我们特别强调王安忆的题材选择有着特别重要的意义，但有一点必须明确的却是，王安忆毕竟是一位小说家。作为小说家的王安忆，是以小说的形式而不是用论文论著的形式触及着上海的灵魂世界。既然是小说，那就必得严格地遵循小说的写作规律。小说是什么？小说首先是一种语言的艺术。对于这一点，作家汪曾祺的体会可以说是最为真切：“语言不是外部的东西。它是和内容（思想）同时存在，不可剥离的。语言不能像橘子皮一样，可以剥下来，扔掉。世界上没有没有语言的思想，也没有没有思想的语言。往往有这样一种说法：这篇小说写得不错，就是语言差一点。我认为这种说法是不能成立的。我们不能说这首曲子不错，就是旋律和节奏差一点；这张画画得不错，就是色彩和线条差一点。我们也不能说：这篇小说写得不错，就是语言差一点。语言是小说的本体，不是附加的，可有可无的。从这个意义上说，写小说就是写语言。小说使读者受到感染，小说的魅力之所在，首先是小说的语言。小说的语言是浸透了内容的，浸透了作者的思想的。我们有时看一篇小说，看了三行，就看不下去了，因为语言太粗糙。语言的粗糙就是内容的粗糙。”④既然说语言是小说的本体，那么，真正优秀的小说作品，首先就必须得拥有好的语言。所以，当我们考量某部文学作品优秀与否时，首先就应该考察作品对于语言的运用抵达了怎样的一种境界层次。说到语言的运用达到了一种难得的审美境界，王安忆在当代中国作家中可谓是有口皆碑的一位。毫不夸张地说，在长期的小说写作实践过程中，王安忆确实已经形成了自己基本的小说语言风格。然而，只有在极认真地读过《天香》之后，我才清楚地意识到，王安忆的小说语言运用水平在此前的基础上，却分明更上一层楼，已经抵达了某种全新的境界。

优秀的小说作品固然需要好的语言，但关于究竟怎样才算得上是好的语言，实际上却是因人而异，因为作家个体的不同，并不存在一种放之四海而皆准的衡估标准。就我个人的体会，我以为，一种好的语言首先总得与作家所表现的生活对象本身形成一种紧贴着的契合关系。比如说，贾平凹的《古炉》《秦腔》，因其所关注表现的是北国秦地的乡村生活，所以如贾平凹自己所言那样一种“鸡零狗碎”“密实的流年式的”夹杂着明显方言意味的语言方式，恐怕就是最好的一种语言方式，而汪曾祺那些只可以精致称之的短篇小说，因为小说的表现对象大多是江南的乡野边缘生活，所以，那样一种淡中有奇、俗而终雅、朴实含蓄的语言风格，自然也就是极为恰切的。具体到王安忆的《天香》，因其所关注表现的乃是明代江南上海一带贵族世家的日常生活，所以，你便很难想象王安忆会以贾平凹或者汪曾祺那样的语言方式来完成自己的小说叙事。如何寻找一种切合于生活本体的语言方式，可以说是王安忆首先必须思考解决的一个问题。贵族世家属于上流社会，乃是所谓的书香门第，与如此一种表现对象相适应，王安忆在《天香》中所采用的就可谓是一种字字珠玑，读来倍觉锦心绣口，具有典雅、中正、含蓄、隽永气象而又书卷气十足的小说语言。我清楚地记得，几年前在一次谈到宗璞小说创作的时候，王安忆不无羡慕地表示过特别向往其语言的书卷气这样的一个意思。在当时，王安忆是用“兰气息、玉精神”这样的语词来概括宗璞小说语言特质的。认真地读过《天香》之后，我觉得，到了王安忆这部最新的长篇小说中，她所抵达的实际上也正是“兰气息、玉精神”这样一种在中国当下小说界很少有人能够企及的语言审美境界。不知道别人阅读《天香》之后的具体感觉如何，我自己读过之后，首先感觉到的就是小说语言所形成的一种强烈艺术感染力。一种并不夸张的印象就是，从小说的开篇处一直到小说的结尾，你随随便便截取任意一个片段，都一定经得起批评家们的严格分析。

比如说第一卷第二节中的这样一段："申家的宅子在万竹村和天香园的南边，之间隔一条方浜，临北门，门前有一具小码头，供乡下送粮送柴的船停泊。门有四扇，硬木的龙骨，分上下两面，上方为竹签，一律削成筷子粗细，排紧插齐；腰间横一条实木板，板上刻团花和蔓草，漆大红与大绿，墨色描线；下半段是细篾编成席簟，纵横数排锡钉，布满天星。风火墙高足有丈八，刷得雪白，墙头顶灰瓦檐。沿风火墙向东，再南转，墙上开一道单扇小门，漆成黑，才是平日里进出用的。从这侧门进宅邸，横穿过无数庭院、厅堂、过廊、甬道，都是在宅子的腹背之地，忽然脚下传来汩汩水声，就看见有一条细流在两面山墙之间穿行而来，廊道下豁开一面围栏，下去几级台阶，原是一个极小的码头，可进手划舢板，直接将肉菜酒酱送至厨房。厨房分几进，一进是磨盘，日夜轰隆作响，磨麦磨豆；二进是汤灶，一列半人高的炖罐，不熄火地煨着各味高汤；再一进里，几条长案上置满了菜式……" 在这里，我所引述的是王安忆描写申家宅院的一段文字。作家先从码头写起，能够有专用码头供乡下送粮送柴，说明的正是申家的排场很大。然后，王安忆又顺序描写了上面有着种种复杂设计的大门与高大雪白的风火墙。接下来，才写到了平日里供人们进进出出的小门，写到了另一个专供厨房运送肉菜酒酱的小码头，以及厨房的几进功能设计。由此而带给读者的，可谓是一种极尽繁复细腻的感觉。必须看到，在当下的小说作品中，我们几乎已经不再能够读到如同王安忆这样一种有板有眼舒缓自如气定神闲的关于家庭宅院的描写文字了。如果我个人的阅读记忆无误的话，那么，也大约只有在曹雪芹的《红楼梦》中，我们才曾经读到过如此一种耐心细致的关于家庭存在空间的描写文字。是的，就是家庭空间的一种描写文字。

“空间是小说勉为其难的，因为语言的传达总是曲折和间接，必须将空间转变为时间的形态，就是可叙述的方式。”“语言擅长的是主观性的存在，任何客观的事物，一旦进入语言，就已经是主观的了，而空间尤其为客观。因此，当我们决定去描述一个空间的时候，大概提前就要想好，究竟它意味着什么。”⑤既然对于小说中的空间描写有着如此真切的认识，王安忆在自己的小说创作中当然就会对此身体力行的。具体到这一段关于申府宅院的描写，作家所一力遵循的，自然就是自己在理论文章中曾经专门强调过的空间表现原则。很显然，王安忆之所以要用一种工笔画的方式如此浓墨重彩地细细描画申府宅院的建筑状况乃至于厨房的讲究程度，原因就在于中国古代的那些个豪门富户特别重视自家的门面，特别强调饮食的精细程度。通过如此一种方式，有效地突显出正处于蒸蒸日上阶段的申府的排场与大气，恐怕正是王安忆的初衷所在。尤其是当我们把这段讲究细致的文字与后面申府衰败时那样一种潦草零落的文字做一种对照性阅读的时候，油然而生的，恐怕就一定会是一种触目惊心的感觉。

再比如，还是第一卷第二节中的另一段文字：“不知觉中，月亮升起来，先是在稠密的星光和烛火里，小和黯淡的，渐渐就大起来，直到大成银盘一个，分外的白和亮。星星疏了，烛也燃到头，明灭一阵，湮息了，却从地上、水上、石上、树上，遍地升起花香，是烛的心在吐蕊呢！”这是一段描写夜景的文字，写的是柯海大婚前夕刚刚建成不久的天香园中的月色花香。先以形象的文字写出月亮是如何由小变大由暗变亮的，然后，又很巧妙地运用了一种可以被称作暗转的手法，把视觉文字悄然不觉地转换成了嗅觉文字，成功地渲染出了满园的花香。尤其值得注意的是，到了最后一笔，王安忆居然又来了一个暗转，别出心裁地用“烛的心在吐蕊呢”这样的视觉性文字，去描写花香的清新氤氲，能够给读者留下极为清晰的印象。

其实，类似于我们分析过的精彩文字，在《天香》中可以说比比皆是。又比如，就在紧接着的第三节中，“一晚上，新人们都拘谨得可怕，大气不敢出。灯影里，只看见帐幔被褥一团一团金红银绿，直到灯熄火灭，才摸索着解衣上床。黑暗中不提防碰着手脚，立时闪开，再碰着，再闪开。待到行夫妻之事，也是万般为难，不是别手别脚，就是无从左右，互相都不知怎么办才好。不过，身体的厮缠终让人亲近起来，虽还矜持着，心里却不再那么紧张。后半夜时，下弦月起来了，小院子里就像汪了一潭水”。如果说我们前面所分析过的，分别是描写宅院建筑与自然风景的文字，那么，这一段文字里，描写的对象主体却换成了人。令人不由得生叹的是，王安忆写人的文字，同样细致入微润物无声典雅异常。这一段，作家描写的是柯海与小绸成亲当晚的情形。除了前面的“拘谨”与后面的“紧张”这两个语词，王安忆只是一味地展示着两位新人的动作。通过一系列动作的描写，把两位新人成婚当晚那样一种羞怯躲闪然而却又真切向往的微妙心态如画般呈现出来，端的是达到了出神入化的地步。“黑暗中不提防碰着手脚，立时闪开，再碰着，再闪开”，如此这般具有连续性的动作描写，活画出了柯海与小绸想接触而不敢接触，欲回避却又实在无法回避的复杂心态。最后一句“后半夜时，下弦月起来了，小院子里就像汪了一潭水”，看似描摹着小院子里的月色，实际上折射出的，却是刚刚奉命成婚的小夫妻二人那样一种琴瑟和鸣的身心交融状态。

“即便是儒世那样的秋暮季节，低沉是低沉了些，但也另有一番自省的况味。这一番自省，因是在入世的江南，所以不至于陷入虚枉，而是于器与道、物与我、动与止之间，无时不有现世的乐趣生出，填补着玄思冥想的空无。”“四下里的热烈其实因他而起，却似乎又与他最无关，在其中，即有一种寂寥，却安之若素，且应对从容大度，并无乖戾气，所以也不碍事，人们只管自己高兴就是了。”（第一卷第五节）如果不是文章的篇幅所限，我真的就想一直这么抄下去。因为如同王安忆这般紧贴着小说故事和人物，感性与理性、日常与玄奥巧妙交织，读来让人倍感熨帖及物的小说语言，在当下我们这个似乎越来越浮躁的时代，确实是非常罕见的。抄录王安忆如此精妙绵密的小说语言，并对其做出恰切的艺术分析，对于如同我这样的读者而言，简直就是一种只可意会不可言传的精神享受。

三、结　构

语言对于小说而言，固然是十分重要的，但在语言之外，对于一部小说尤其是长篇小说来说，小说的结构同样是一个不容忽视的问题。作为一位理性很强且有着多年小说创作经验的小说家，王安忆自然非常明白结构问题对于一部小说的重要性：“当我们提到结构的时候，通常想到的是充满奇思异想的现代小说，那种暗喻和象征的特定安置，隐蔽意义的显身术，时间空间的重新排列。在此，结构确实成为一件重要的事情，它就像一个机关，倘若打不开它，便对全篇无从了解，陷于茫然。文字是谜面，结构是破译的密码，故事是谜底。”⑥既然结构被看作一种“破译的密码”，那么，分析其具体的结构方式对于理解把握一部小说的重要性，当然也就显而易见了。尤其需要强调的一点是，虽然从小说观念上大家似乎都能够意识到结构的重要性，但在具体的小说实践中能否如愿以偿地设定某一恰当的结构形式，却仍然是一个实际存在的问题。别的且不论，单就我自己近十年来一直长期跟踪研究的长篇小说创作而言，虽然说导致长篇小说创作低水平徘徊的原因肯定不少，但其中一个至今都没有得到很好解决的问题，恐怕就是小说的结构问题，就是小说家们结构能力匮乏的问题。其他作家姑且不说，即使是已经创作有十多部长篇小说，可谓在长篇小说写作上颇有成绩的王安忆自己，实际上也存在着这一方面的问题。就我个人一种不成熟的看法，此前王安忆长篇小说最大的一个问题，恐怕就是结构的问题。其他的暂且不说，即使是那部获誉甚广、曾经获得过茅盾文学奖的《长恨歌》，其结构恐怕也明显地存在着一个过于单薄的问题。虽然我们也承认实际上并不存在一种堪称理想的长篇小说结构方式，但相比较而言，长篇小说创作颇有成就的小说家茅盾在长篇小说结构方面的一种启示性作用还是不容忽视的。

“作为一个自觉的长篇小说艺术家，茅盾对小说结构的极大注意，也是他的显著特点。他追求宏大而严谨的布局，他的作品总是人物众多，情节复杂，线索纷繁交错而又严密完整。这种结构方式是更适合于长篇小说的，而不同于鲁迅的短篇小说单纯而严正的布局的追求：作品通常规模不大，人物不多，故事情节不太曲折，矛盾冲突也不复杂。大抵有一个中心人物，配上少量陪衬人物，借助一件事或几件事的发展而组成全篇。从鲁迅到茅盾，可以看到我国现代小说结构艺术的发展。”“从《子夜》开始，茅盾把小说结构的精心构制作为艺术构思中的重要一环，追求与纷繁复杂的生活更加适应的蛛网式的密集结构：‘把好几个线索的头，同时提出然后来交错地发展下去……在结构技巧上要竭力避免平淡’。”⑦虽然说，进入新时期以来，对于如同茅盾这样一些左翼作家的评价一度走低，发生了可谓是耐人寻味的变化，但在李洁非看来，这样的一种变化，所显示出的，其实是评价者的无知。在李洁非看来，茅盾那部曾经被否定者多所诟病的所谓“主题先行”的《子夜》，实际上却是二十世纪中国文坛难得一见的现实主义杰作：“以时间来论，《子夜》在三十年代初无论如何是现代文学的一个伟大突破，我们姑且不论它在表现资本主义经济、生产方式和资本市场方面的题材开创性，单从艺术层面看，那样饱满的结构，那么清晰、凝练、规范的现实主义手法，以及驾驭众多人物的能力，‘新文学’中前所未有（大家不妨在脑海中搜索一番，看是否如此）。”⑧不要说别人，令我自己倍感汗颜的是，当年的我也曾经对于茅盾先生产生过审美偏见和艺术误解。今天看来，这样一种判断绝对是无知幼稚的。说实在话，只有在长期跟踪阅读，不间断地关注当下长篇小说创作的过程中，我才越来越明白了茅盾在长篇小说创作方面所占有的重要地位，越来越懂得了他在长篇小说结构方面那种不容忽视的示范性作用。虽然我并不知道王安忆对于茅盾在长篇小说结构方面所做出的努力持有一种怎样的评价态度，但我自己却的确是在与茅盾进行比较的意义上认识到王安忆《天香》结构价值的。

按照王安忆在与钟红明对话过程中的说法，自己之所以会产生创作《天香》的念头，与上海历史和文明的标志性产品“顾绣”有着密切的关系。⑨这也就是说，王安忆其实是首先对“顾绣”产生了浓烈的兴趣，然后以历史上真实的“顾绣”成形过程为原型，经过一定的艺术虚构加工之后，创作出《天香》这部长篇小说的。很显然，这“顾绣”到了《天香》之中，就变成了天香园中最著名的“天香园绣”。值得引起我们充分注意的是，艺术理性能力异常强大的王安忆，围绕着“天香园绣”这个核心的物象，为自己的《天香》设计出了一种堪称纷繁宏阔的艺术结构。就我个人的理解而言，互相交叉缠绕在《天香》中的，最起码有三条不同的结构线索。第一条，当然也可以说是最主要的，就是“天香园绣”由最初的萌芽到后来的逐渐成形一直到在沪上慢慢流传开来的整个过程。在这个过程中，曾经对于“天香园绣”的发展先后产生过重要作用的，分别是闵姨娘、小绸、镇海媳妇、沈希昭、蕙兰等几代女性人物。把这几代女性人物的人生故事，与“天香园绣”的形成过程杂糅在一起讲述出来，就构成了《天香》最主要的一条故事线索。

第二条，则是沪上的大户人家申府的兴亡盛衰过程。或许有人会认为这条线索与上一条线索实际上是一回事。说实在话，在第一次阅读《天香》的过程中，我也曾经产生过这样的念头。但在第二次读完小说之后，我的想法却发生了变化。我以为，虽然说“天香园绣”乃成形于沪上申家，虽然说对于“天香园绣”的形成过程产生过重要影响的人物差不多都与申家存在着这样或者那样的人事纠葛，但严格说起来，除了以上这些重合部分之外，两条线索之间还有着更多并不重合的部分。别的且不说，即以出品而言，除了久负盛名的“天香园绣”之外，诸如水蜜桃、“天香桃酿”、“柯海墨”等等，都无法被纳入“天香园绣”这一条线索之中。出品之外，更有人物，除了前面已经几次提及过的前后三代闺阁女子之外，申府中还有大量男子存在。从故事情节的前后演进轨迹来看，这些男子的言行举止显然也是游离于“天香园绣”这一线索之外的。尤其需要注意的一点是，王安忆的整部小说共分为三大卷，第一卷为“造园”，第二卷为“绣画”，第三卷为“设幔”。即使从三卷的标题命名来说，其中的主线显然是“天香园绣”无疑。但另外一个问题在于，“天香园绣”得以存在的前提是天香园的存在。如果没有天香园，又哪里来的“天香园绣”呢？然而，这天香园却又是从何而来的呢？这就必得牵扯上申府的那些男子了。虽然从人物的精神风采上说，《天香》中的闺阁女子的风头绝对压倒了身边的男子，这是一个不争的事实，但严格说起来，却也是申府的这些男子尤其是第一代关键人物申明世的努力，造起了天香园，从而为这些闺阁女子搭建了一个得以充分展示自身神采的历史平台。而这些男子却都是申府里的人物，申府的兴亡盛衰对于《天香》这一小说文本的重要性，由此即可见一斑。只不过，如果说天香园的开创者乃是申府里面的男性人物们，那么，当这些申府里面的男性一代不如一代，当申府日渐衰落下去的时候，毅然地出面力挽狂澜拯救申府衰局的，就是如同希昭这样别具神采的闺阁女子了。读过小说全篇者，自然不难知道，正是这些闺阁女子凭借着手中一针一线细密编织出的“天香园绣”，勉力地支撑着大厦将倾的申府。从以上的分析可见，申府的兴亡盛衰过程，也的确应该被看作小说中一条非常重要的结构线索。

只不过，王安忆在具体的描写展示过程中，并没有一味地进行正面的揭示，而是采用了可谓是摇曳多姿的多样化描写角度。其中，值得引起我们特别关注的一点，就是第一、二卷与第三卷之间一种巧妙的视点转移。如果说作品的前两卷中，作家的叙述视野始终集中于申府本身，一直在对申府进行一种正面描写的话，那么，到了第三卷中，作家的关注视野就转移到了蕙兰的婆家张府。虽然表面上主要是在讲述张府里的故事，但实际上却是在极巧妙地利用张府的衰落景象，借助于已经嫁作人妇的蕙兰的眼睛，从侧面映射表现着申府的衰落过程。能够这样多角度地描写展示申府的兴亡盛衰过程，我们从中见出的，当然是王安忆非同一般的艺术表现能力。

同样值得注意的，是王安忆描写申府衰落过程时的客观冷静不动声色。比如在第二卷的第十九节，出现过这样一段描写："连年来，申家的田地只有一半产出，乙亥和壬午两年，仅收缴上一成租子。今年如此开春，秋收又能指望多少？进账是这样，出账呢？也可从万历年算起，丫头出阁，颉之、颀之出阁，三大桩费用；阿奎娶，阿昉娶，再是阿潜娶，又是三大桩。小绸并不管家，也不会算细账，但大出入是明白的。她也知道轮不着她发愁，只不过是看着这些娇儿娇女，不由得要想到将来。到底是上了岁数，免不了瞻前顾后，因为知道时间的迅疾，几十年不过一晃眼的工夫，也知道天有不测风云。"这一节，作家的重心本来是要描写希昭嫁入申府时的盛况，但在叙事的过程中，王安忆却借助于小绸的眼光，写出了对于申府未来一种隐隐约约的担心。正所谓祸福相依，盛极而衰，王安忆在这里的描写，很容易就可以让我们联想起《红楼梦》中秦可卿临终之前，特意向王熙凤托梦，提醒王熙凤一定要充分考虑贾府有可能盛极而衰问题的那一段描写。于家道尚且鼎盛时便预叙式地写出一种必然衰亡的演变趋势来，潜藏在其深层的，其实是中国人骨子里所根深蒂固的一种周而复始的循环论人生哲学理念。

以上两条结构线索之外，《天香》中实际上还潜隐存在着第三条结构线索。这就是我们在前面已经提及过的王安忆关于上海的书写。就我个人的一种强烈体会，王安忆之所以在与钟红明的对话中特别强调自己对于“顾绣”的兴趣乃是创作长篇小说《天香》的一个根本动机所在，一个无法被忽略的原因就在于，这“顾绣”乃是上海历史上标志着上海阶段性文明高度的一种重要物事。读完《天香》之后，我曾经与作家蒋韵有过一次交流机会，当时蒋韵告诉我，说她读完《天香》之后一种突出的感受，就是特别佩服王安忆居然有一种要为上海作传的艺术雄心。我觉得，我们必须承认蒋韵作为王安忆的同行，其艺术感觉的准确到位。是的，没有问题，就是要以小说的形式为上海作传。这一点，可以说是王安忆长期以来一种自觉的艺术追求。正如同我们在前面已经指出过的，王安忆这次之所以把自己的艺术关注点落脚在了遥远的明代，一个关键的原因就在于，在上海的建城史上，明代显然是一个非常关键的历史时期。按照历史记载，上海县的正式设立，时间是在公元1292年，即元朝的至元二十九年。这个时间点，标志着上海正式建城的起始。到了明代，上海开始进入它历史上第一次的鼎盛时期。当时的上海，商肆酒楼林立，已经凭借其在商业方面的强大影响力而成了远近闻名的“东南名邑”。而王安忆《天香》的叙事时间，起于嘉靖三十八年，即公元1559年，主要故事终结于崇祯二年，即公元1629年。前前后后，叙事的时间跨度居然达到了七十年。王安忆所特别选取的这七十年，很显然正是上海快速发展成形的一个关键时期。写到这里，我恍然大悟，王安忆为什么要选择申府为《天香》故事的主要发生地了。之所以是“申”而不是其他的姓氏，一个根本的原因就在于上海的简称正是“申”。实际上，王安忆通过如此一种特别的设计，所暗示给广大读者的，也正是她要以小说形式为上海作传的一种艺术雄心。

其实，王安忆要书写上海的艺术雄心，早在小说的一开头就已经初露端倪了。“嘉靖三十八年，上海有好几处破土动工，造园子。”“此地临海，江水携泥沙冲击而下，逐成陆地平原，因此而称上海。”“嘉靖年还有一桩德政，就是筑城。……官绅上奏朝廷，恳请筑城，得允之后，知府立即下令，募捐集资，划界制图。一时间，拆屋献田，倾家助役。十月动工，十二月便拔地而起城池。”（第一卷第一节）小说一开始，在还没有涉及故事的主要发生地申府的时候，王安忆就站在上海的角度一再书写造园与筑城诸如此类在城市的发展过程中极为重要的一些事情，其为上海作传的意思自然也就不言自明了。我们注意到，此后的小说三卷，在交叉讲述着“天香园绣”与申府故事的同时，王安忆总是要以中国传统小说那样一种可谓是草蛇灰线的写作方式，或隐或现地延续着关于上海的这一条隐形结构线索。在我看来，王安忆之所以在《天香》中翻来覆去不停地写到诸如归有光（震川先生）、徐光启、董其昌（香光居士）等一干明代时候的上海籍名人，其根本意图显然也在对于上海的艺术书写上面。

说到王安忆《天香》中的上海书写问题，别的且不论，第二卷第十六节中沈老太爷谈论上海的一段文字，却是无论如何都得充分注意的。“要论渊源——沈老太爷说，那是不能同杭州比的，唐尧虞舜，共工、欢兜、三苗、稣，大夏开朝，大禹八年，南巡便来到杭州，所以古称‘余杭’，那时候，上海还在汪洋之中，远没有成陆呢；秦汉时置了余杭县，上海呢？直到唐天宝年间，才有华亭县，上海只不过是华亭东北角上一个‘浦’；等南宋在杭州立朝立代，上海方才镇治；这边一个世代过去，到元初年，总算有了上海县，几可说是荒蛮之地！然而，上海却有天机，这天机不是别的，就是黄浦江。这一条江可是有来历，从长江来，又到东海去，这个天象不晓得有多大的气势！所以，不要嫌它兴起得晚，后来者居上，前景不可限量。无论是镇是县，人都称‘上海滩’，‘滩’是什么？就是地场大，气象大。”在这里，王安忆巧妙地借助于沈希昭的祖父沈老太爷，一位见多识广者之口吻，在与杭州比较的意义上，对于上海进行了一番有趣的谈论。这一段话语的中心意思是，虽然从过去的历史与当下的现实来看，上海无论如何都无法与杭州相提并论，但因为有着别一种“天机”，所以上海的未来是不可限量的。说到这里，我们就必须注意到，王安忆在《天香》中关于意国人利玛窦、仰凰先生以及徐光启他们在天香园中种甘薯这样一个情节的特别描写。虽然说此类描写尚不足以构成小说中的另外一条结构线索，但王安忆的执意描写，却很显然是别有情怀寄托的。按照我的理解，王安忆显然是在以这样一种方式暗示着上海的未来发展情形，预示着将来的上海将会是一个中西文化交融汇通的大都市。在这个意义上，与其说以上关于上海的那一段话是出自沈老太爷之口，反倒不如干脆把它看作有着一种顽固上海情结的王安忆的夫子自道。在其中，我们所强烈感受到的，其实正是理性的王安忆对于上海一种甚至要被视作非理性的满腔热忱。

四、闺阁女子

在经过了1980年代一种放逐小说人物的极端文学实验之后，小说尤其是大部头的长篇小说，必须有对于若干丰满生动人性内涵丰富的人物形象的成功塑造，这一点在近些年来似乎的确已经成了文学界同仁的共识。然而，意识到塑造人物形象的重要性，并不就意味着在小说中真的就能够塑造出成功的人物形象来。归根到底，塑造成功人物形象的一个关键之处，恐怕还在于作家自身是否具有一种深入探究把握人性奥秘的能力。拥有多年丰富创作经验的王安忆，毫无疑问是拥有此种能力的。这一点，在《天香》中同样有着非常出色的表现。然而，一个值得注意的现象却是，虽然《天香》中王安忆所描写的申府前后多达四代人，其中须眉出现的数量也很是不少，但或许更多是受制于自身性别因素潜在影响的缘故，出现在《天香》中那些光彩照人的人物形象却多为女性，即闺阁女子者是也。细细地数来，除了那位后来曾经介入东林党人事件中的颇有担当的阿暆，还有那位无德无行四处闯祸的阿奎，能够给读者留下较为深刻的印象之外，其他塑造得鲜活成功的人物形象，可以说清一色的都是女性形象。《红楼梦》中，贾宝玉曾经有一句名言“女儿是水做的骨肉”，意在通过与男子的比较，充分地凸显出女性的重要性来。如果说贾宝玉的此种说法在曹雪芹的笔下已经得到了相当程度的实现，一部《红楼梦》，几可以被理解为一部关于金陵十二钗关于红楼中女性命运的小说作品，那么，王安忆的《天香》也可以被看作贾宝玉说法的一种充分体现。说到底，《天香》完全能被看作一部明代上海一群闺阁女子的传奇。

需要注意的是，既然出现在王安忆笔端的都是天香园中一些卓尔不群的闺阁女子，那么，采取怎样的一种手段才能够在充分凸显其优秀杰出共性的同时，有效地把这些女性不同的个性表现出来，就成了王安忆塑造人物时所首先必须面对的一个关键问题。从文本的实际情况来看，虽然说如同小绸、沈希昭、蕙兰、镇海媳妇、张夫人等一干闺阁女子都可谓是钟灵毓秀的一些神奇女性，但她们各自之间不同的个性特征却还是非常明显的。首先进入我们分析视野的一个女性形象，就是生性刚烈倔强，可以说是嫉恶如仇眼里揉不下沙子的小绸。小绸的个性，主要是通过与丈夫柯海以及妯娌镇海媳妇的关系中表现出来的。小绸和柯海，本来可谓是情投意合天设地造的一对金童玉女。这一点，在他们俩结婚后互换乳名的细节中，就表现得异常明显："两人这么问来问去，其实问的是对方的乳名，谁都不肯先说，必要对方的拿来换。""新娘子用被盖了脸吃吃地笑。也许是看柯海急了，又或许怕柯海真以为她不贞娴，藏在被子里，嘴对耳朵，还是说了，她乳名叫'蚕娘'，因是蚕上山的时节生的她。柯海这才坦言，不是不告诉，而是他确实没有乳名，他娘就叫他大名'柯海'，倒是有个字，'伯英'，现在，你也有字了！柯海嘴对了耳朵：你的字是'小绸'。"（第一卷第三节）在这里，王安忆一方面介绍了小绸这个人物名字的由来，另一方面却也真切地表现出了柯海与小绸之间关系的亲密。要知道，对于像小绸这样的大家闺秀而言，乳名乃是一件非常私密的事物。一般情况下，是不能轻易告诉给别人的，包括自己的丈夫。小说中所描写的情形，正是如此。小绸之所以迟迟不肯把这个秘密告诉柯海，根本原因显然在此。所以到后来，当小绸终于下定决心，把自己的乳名告诉柯海的时候，实际上就等于把自己的身家性命都托付给了柯海。到这个时候，可以说，小两口的感情状态达到了最好的一个阶段。尤其是柯海准备和维扬客阮郎他们一块儿远游之前的那个晚上，柯海赌咒发誓地以写字的方式表达自己对于小绸真诚的爱情："丢下笔，转身进了被窝，相拥着，柯海都不想去了。小绸反倒要劝他，说些'大丈夫志在四方’‘读万卷书，行万里路’一类的话，半天半天，埋在被子里的那颗头，才不情愿地点了一下。”（第一卷第六节）真难得能够如此两情缱绻，但谁知柯海这一去，竟然有故事发生了。就是在这次出游的过程中，柯海遇上了世代织工闵家的女儿，而且居然萌动了要纳闵家女儿做妾的念头。

按照常理来说，既然小绸生下的是一个丫头，那么，对于柯海这样大户人家的贵族公子而言，纳妾本来是十分正常的一件事情。然而，这回遇上的偏偏是个性倔强的小绸。再加上，此前柯海与小绸之间还有过互换乳名以及写字书情这样的故事。因此，柯海的纳妾行为就受到了小绸的激烈反对。虽然说由于当时的总体文化背景制约，小绸的反对并没能改变柯海纳妾的既成事实，但是，性情刚烈无比的小绸，居然从此以后再没有和柯海直接说过一句话。他们居然因爱而生怨成恨，由情投意合而变成了形同陌路的夫妻。需要注意的是，这并不意味着他们之间爱情的消失。对小绸来说，一个关键性的细节就是一个人制作璇玑图。璇玑图本是前秦时才女苏惠百般思恋丈夫窦将军时所特意制作的一种诗文花形图案。小绸之制作璇玑图，所传达出的正是对于丈夫柯海的一腔深情。对柯海而言，纳闵家女儿为妾，其实不过是一时心动而已，若说用情之专，实际上柯海的心还是系在小绸身上的。“柯海每日与这小东西同床共枕，却并不曾好好打量过，满心里都是小绸。柯海少年得意，生性又乐天，从没经历过失意的心情，这一次，他尝到了人生的哀戚。……小绸的性情太过激烈，柯海其实不是对手，但惟是这，才让他离不开，被囚住了似的。”（第一卷第七节）然而，虽然小两口都在内心里实在真切地牵挂着对方，但最起码从形式上看，他们却变成了互不理睬对方的陌路人。导致此种极端情形的主要原因在于，眼里揉不得沙子的小绸，根本就无法接受柯海的纳妾行为。在已经把自己的乳名和身家性命都全然交付给了柯海的小绸看来，柯海的纳妾乃是一种背信弃义的行为，乃是对于夫妻之间深厚感情的一种无法被原谅的背叛。唯其用情极专极深，所以她才容不得柯海有一丝一毫对于情感的亵渎。在如此一种堪称决绝的行为背后，充分凸显出的，正是小绸性情的刚烈倔强与嫉恶如仇。

然而，除了生性的刚烈倔强，小绸的人性中却也有着一种敢担当重然诺的性格特征。这一点，集中体现在小绸与镇海媳妇这两位妯娌之间。实际上，小绸与镇海媳妇之间，本来也没有什么过节："追根溯源，事情都是由镇海的媳妇引起。比较自己的娘家，说是世家，其实不过是个叫头，基业早已单薄得很，吃喝用度都紧凑了，其中颇有些辛酸。这一些，好的时候全说给他听，连乳名都被套了去，连锅端的，就没法让他看得起了。此时，许多甜言蜜语却不期而至，涌起在耳畔，想恨他也不能了。于是，小绸断定，镇海媳妇是最可恶的人，再也不想理她了。”（第一卷第五节）明明是夫妻之间的冲突，但因了背后有一种自卑与嫉妒的心理做底子，所以，小绸自然就把自己对于柯海的一种怨恨情绪不自觉地转移到了镇海媳妇身上。然而，虽然妯娌二人之间曾经心生嫌隙，但一旦冰释前嫌之后，两人之间却变成了完全可以称之为刎颈之交的闺阁密友。在镇海媳妇难产的关键时刻依靠祖传的墨宝救了她的命的是小绸，而且到后来镇海媳妇先行弃世之后，毅然以伯母的身份承担起了母亲责任的，也是天性中带有几分男儿豪气的小绸。请注意，在写到小绸与镇海媳妇关系的时候，王安忆曾经有过这样的描写："自从这一场病，妯娌两人就好像换了个儿，镇海媳妇变得任性而且执拗；小绸呢，很是温顺服从。可是，也只是在她们俩之间，在别人，镇海媳妇还是镇海媳妇，小绸还是小绸。""起先，小绸刁蛮横霸，又有无限委屈，她对她就像母亲；然后小绸又将她当孩子，便也学会了娇嗔。"（第一卷第九节）妯娌两人之间，感情关系的种种变化，所充分表现出的，实际上正是她们之间感情的日渐深厚。一方面，是小绸代替镇海媳妇抚养大了她的孩子；但在另一方面，如果没有镇海媳妇的居中协调周旋，那么，小绸与闵姨娘之间的对立关系就很难发生改变。一旦小绸和闵姨娘之间无法冰释前嫌，那么，闵姨娘的高超绣艺与小绸的诗心便无法有机结合，名扬沪上的"天香园绣"的出现与形成，自然也就不可能了。就这样，在刻画塑造人物形象的同时，悄然有序地推动核心故事情节的演进，正可以被看作王安忆深厚艺术功力的一种突出体现。

然后，就是心性高远心高气傲的沈希昭了。沈希昭是镇海的儿子、阿潜的媳妇，同样是神奇出色的闺阁女子，沈希昭的个性却是在与小绸的潜在对比中塑造出来的。沈希昭与小绸之间，本是侄媳妇和大伯母的关系，而且，因为沈希昭的丈夫阿潜实际上与小绸情同母子，所以，照常理推断，她们之间的关系也应该和谐亲密许多才是。但实际的情形却并非如此。正所谓一山不容二虎，或许正是因为小绸与沈希昭都属于出色闺阁女子，所以，当这两位女子碰撞在一起的时候，就必然会有一些未必和谐的火花被碰撞出来。“小绸自己不觉得，旁人都看出新娘子的长相有些与当年的小绸相像。同是牙白的肤色，方正的额和下颌，大眼直鼻。希昭的眼梢更长，略微上翘，就显得眼仁圆大；嘴型不如小绸秀气，阔了些，似乎有几分男相，其实是平添一股英气。小绸心中暗暗惊叹，想，沈希昭是个什么人啊！”（第二卷第十九节）小绸本来就是超群出众之人，王安忆借助于她的眼光来发出关于沈希昭的惊叹，所凸显出的，自然就更是沈希昭的不同凡响与心性高傲了。具体说来，沈希昭的个性特征，乃是在与大伯母“斗法”的过程中，逐渐显现成形的。初见面时，小绸看到沈希昭天性聪颖异常，于是，“心里生出喜欢，想这一个要是学绣，天香园绣便后继有人了”（第二卷第十九节）。然而，让小绸没有料想到的是，沈希昭没有买自己的账，她居然表露出了要绣画的想法。“看了希昭的背影，小绸想：这丫头的心可是高的很，针还没拈起来，就要绣画！”（第二卷第十九节）“小绸知道这媳妇不是那媳妇，倘不是自己情愿，任是谁也迫她不得。小绸也看出希昭对天香园绣有意，终有一日会开口，如今开口了，却不是学绣，而是学画。”（第二卷第十九节）就这样，围绕着到底是学绣还是学画的问题，沈希昭与小绸之间开始了一种暗中的较量。如此一种较量，突出地体现在王安忆如下一段叙事话语之中：“后来，小绸倒是认了希昭，而且有几分器重，从此看，小绸并不是完全不讲理的人，还很有量，可却轮到希昭任性了。她不接大伯母的茬，一字不提学绣的事，倒要去向香光居士习画，还是走大伯母的人情，这就有些过分了。”（第二卷第二十节）一句“有几分器重”，显示出的，就是小绸对于同样超卓的沈希昭的认可与惺惺相惜。某种意义上说，小绸对于沈希昭的认可，其实就是一种对于自我的充分肯定，因为她极明显地在沈希昭身上看到了自己的影子。如此一种行为，可以被理解为一种镜像的自我体认行为。错位之处在于，小绸希望希昭学绣，而希昭却一意孤行地要学画。并且，希昭要想向香光居士去习画，还必须得通过大伯母小绸的疏通才可行，才能变成现实。照理说，既然希昭和小绸之间存在矛盾冲突，那么，小绸就不可能介绍希昭去跟着香光居士习画。怎奈她们之间还隔着个阿潜，小绸可以对希昭不满意，但她却无论如何都不可能拗过一向视如己出的阿潜。事实上，也正是因为有阿潜的死缠烂打，心性同样高傲无比的小绸才最终妥协，才把希昭介绍给了香光居士。

如果小绸与镇海媳妇之间的恩怨遇合已经足够精彩动人的话，那么，小绸和沈希昭这两位出色女性之间的“斗法”故事，就更要精彩三分。“这婆媳二人从开初起，之间就植下了罅隙，先是柯海的夙怨，后是阿潜这个人。这还在明里，内里更有一重原因，在于这两人的秉性与天分。……要说相知相识，就是这两个人；相怨相嫉，也是这两个人；相敬和相畏，更是这两个人。结果呢，通着的就是隔断的；近着的就是远着的；同道的就是陌路，这两人就越来越生分。”（第二卷第二十三节）读过这段话之后，我不由得感慨，真正知女人之深者，王安忆恐怕的确是其中不容忽视的一位。相知相识、相怨相嫉、相敬相畏，确实准确地道出了两位出色女性之间隐秘的内在关系。相知相识，是非常自然的事情。没有能够共同抵达某一人生高度的人，实际上是很难真正互相理解的。然而，也正因了这种相知相识，互相理解，会使她们心生嫉怨。这就如同只有顶级的武林高手，才会成为争斗的对手一般。既然互相了解，而且互有忌惮，那么，最后所导致的结果，也就必然会是相敬相畏了。能够生动细致地把小绸与沈希昭两位闺阁女子之间隐秘幽曲的细密心思如此鲜活灵动地揭露呈示出来，也实在是非得王安忆而难以为之也。事实上，小绸识人的眼力相当到位。后来的事实充分证明，沈希昭之刻意地要向香光居士习画的行为选择，果然在很大程度上推动了“天香园绣”的发展演进过程。到了后来，真正集闵姨娘与小绸之大成，并且使得“天香园绣”更上一层楼者，果然是心气孤傲的沈希昭。“阿潜恍然走近希昭，看见那案子其实不是案子，而是一张花绷，绷上附了一张绢画，墨色清远，气息高古，分明是元人小品，又多有一种生动，是今人风气。再近些了看，墨色是为绣色，不由诧异万分。再看落款，针线绣成四个小字：武陵绣史。”（第二卷第二十五节）在这里，王安忆很巧妙地借助于阿潜不无惊讶的发现，写出了习画之后的沈希昭，切实介入绣事之后，给“天香园绣”带来的全新气象：“小绸是将诗书化进绣中，她则以绣作诗书。”（第二卷第二十六节）而也正是在沈希昭由推拒到积极介入天香园绣事的过程中，沈希昭那样一种心气孤傲志在高远的性格特征，方才得到了一种极为充分有力的艺术表现。

接下来，就是蕙兰了。但在具体深入分析蕙兰之前，我们首先有必要关注一下蕙兰的婆婆，同为出色闺阁女子的张夫人。与小绸、沈希昭相比，这张夫人可谓是一位独立精神特别突出的女性形象："张夫人自己又是巾帼中的英雄，都没裹脚，家中大小事由她做主，更不以'阴盛阳衰'为怪。"（第二卷第二十七节）唯其是一位具有独立意志且又虑事周全的巾帼女子，所以才会在遣人说媒之前，自己先去相看一下未来的儿媳妇。请注意，王安忆在此处借助张夫人的眼睛，曾经对于希昭与蕙兰进行过一番颇有意味的比较："这姑娘比传说中显得年幼，行动举止还像个孩童。张夫人倒格外多看了同来那个媳妇几眼，暗叹是个人才，气度很不凡，不动声色，却令人不由瑟缩起来。倘是她，张夫人断不敢娶回家的，于是反觉得那姑娘形容天真，与张陛恰是一对。"（第二卷第二十七节）同样是两位出色的闺阁女子，但沈希昭与蕙兰带给人的感觉却是绝不相同的。如果说沈希昭似乎是超凡绝尘的仙子下凡，她身上总是携带着一种咄咄逼人拒人于千里之外的清冷气质的话，那么，面对蕙兰，扑面而来的就一定是一种日常生活中须臾不可或缺的人间烟火气。张夫人之所以在面对沈希昭时会产生一种"瑟缩"的感觉，就在于几被惊为天人的沈希昭，是如同张陛这样的平凡人等所无法匹配降服的。说透了，一部《天香》，林林总总出现了那么多人物形象，能够与沈希昭所匹配相称的，想来想去似乎也就只有一个小绸而已。就连她事实上的丈夫阿潜，严格来说也都配不上沈希昭。王安忆描写塑造蕙兰形象之所以要从张夫人入手，一方面是要不动声色地完成一种结构的转换，把描写的重点逐渐注意到第三卷“设幔”中主要的故事发生地张府去。另一方面，则很显然是要通过张夫人精神的某种独立性，为蕙兰的登场与性格刻画做好必要的艺术铺垫。说到这一点，我们就应该特别注意到小说中阿暆对张夫人讲过的一句话：“夫人真称得上巾帼中的豪杰，气度不让须眉，敬佩！”（第三卷第三十五节）这样的话语固然是对于张夫人的称赞，但如果联系小说故事情节后来的发展，联系蕙兰在支撑张府日常生计方面所发挥的主要作用，那么，阿暆的这一段话语其实更应该被看作王安忆对于蕙兰的一种肯定与赞扬。

不难发现，如果说《天香》的前两卷所描写展示的都是申府天香园中的盛世气象的话，那么，到了第三卷中，呈现在读者面前的，就是贵族世家盛极而衰的故事了。在这里，对于蕙兰所嫁与的张府的衰落情况，王安忆采取的是一种正面表现的方式，而对于作为故事主体存在的，曾经鼎盛一时的申府天香园的衰落，所采用的则是一种旁敲侧击的侧面表现方式。窃以为，王安忆之所以刻意地要转移小说的叙事焦点，一个十分关键的原因在于，她只有采取如此一种方式才可能有效地写出“天香园绣”后来的流播过程。这就得联系明代的历史背景来加以分析了。我们平时总是在说所谓的程朱理学，程朱理学自从在宋朝形成，就成了长期统治中国的一种主流意识形态，其影响力一直维持到了晚清。《天香》故事发生的明代时期，正是程朱理学拥有绝对权威的一个时代。程朱理学的核心内容之一，就是对于女性生存权利的一种无端限制。因此，如果不是蕙兰嫁入张府，而且在出嫁时特意向婶婶沈希昭索要天香园绣艺为陪嫁物，如果不是蕙兰嫁入之后的张府很快就陷入了生计的困窘之中，那么，你便很难想象，只是一味地封闭在申府天香园这个小世界中的“天香园绣”能够在社会上得到广泛的流播。一种恰切的艺术形式总是与特定的表现对象相适应相契合的，王安忆《天香》的艺术成功再一次证明了这一点。

从小说第三卷中，蕙兰在一个偶然的机会发现自己那位一向默默无闻的丈夫张陛，居然偷偷地嗅自己的枕头这一细节即不难得到证实，张陛内心其实是非常喜欢蕙兰的。只可惜，老天不作美，由于天生体弱，张陛早早就离开了人世，一对恩爱夫妻就这样被迫无奈地天各一方了。张陛走了倒不打紧，关键的问题在于，他的去世给自己的父亲造成了巨大的精神打击。伴随着张老爷的一蹶不振，张陛之死，自然也就成了张府由盛转衰的转折点。这样，年轻的蕙兰所面临的，实际上就可谓是双重的困境。一方面，丈夫早早撒手西去，只是给自己留下了一个刚满半岁的灯奴张遂平，因此，以怎样的方式度过漫长的余生，自然成了蕙兰无法回避的一个问题。虽然说当时有着一整套严格的封建道德制度在大力提倡女性应该守节，但在现实生活中，如同蕙兰这样的一种情况，再嫁者也还是为数不少的。到底是留守还是再嫁？蕙兰必须做出自己的选择。另一方面，除了婚姻情感的问题，更为严峻的一个问题是，随着张老爷精神的一蹶不振以及此后的迅速弃世，包括张夫人与灯奴在内的张府人的日常生存，事实上都已经成了一个大问题。实际上，也正是在克服这双重的人生困境中，蕙兰那样一种临危不乱柔韧坚强的性格特征方才得到了充分的体现。可以说，如果没有蕙兰从娘家携带过来的“天香园绣”技艺，如果没有蕙兰那样一种坚韧的生命力，那么，且不要说后来张府的中兴，即使是日常生计的维持，恐怕也都是不可能的事情。然而，蕙兰之值得肯定，还并不仅仅在于从根本上支撑了张府的家庭危局，相比较而言，蕙兰天性中悲悯情怀的表现，似乎更应该得到我们的充分肯定。这一点，最突出地表现在蕙兰与乖女的关系之中。乖女本来生得乖巧灵秀，被家里人当作心肝宝贝看待，不料想父亲带着出门时不小心摔了一跤，结果就被严重地破了相：“那张脸，几是从颚下去了一半，没有下巴，只剩一片疤，直接就是嘴！可那双眼睛，又大又明。”（第三卷第三十九节）既然如此破相，那么乖女的婚姻问题也就高不成低不就地无法得到解决。对于乖女而言，如果能够拜蕙兰为师，学会“天香园绣”这门绣艺，那么，自然也就解决了此后的生存问题。正如乖女对蕙兰所说：“姑娘给我手艺，我再不靠别人，自立天地。”（第三卷第三十九节）如此一种镇定的话语背后，透露出的，正是乖女心态的从容淡定。关键之处在于，蕙兰能否收乖女为徒传艺呢？按照申府的规矩，“天香园绣”的绣艺是不应该传授给他人的。这样，蕙兰就处在了两难的选择困境之中。一方面是申府的规矩，另一方面则是乖女的凄惨现实。到底该怎么办呢？权衡再三，蕙兰的悲悯情怀还是占了上风，最后她毅然决然地收乖女和戥子为徒，传授给她们“天香园绣”的绣艺。在我看来，蕙兰不顾申府的规矩，毅然收徒授艺的根本原因，就在于她的那种悲悯情怀。之所以是蕙兰，而不是别人拥有这种悲悯情怀，关键原因有二。其一，蕙兰本是大户人家娇生惯养的大家闺秀，如此一种家庭环境可以使她拥有一颗高贵的心灵。这也就是说，蕙兰的悲悯情怀是有一种贵族文化做底子的。其二，身为败落中张府的媳妇，蕙兰切身地体会到了底层生活的艰难不易，体察到了乖女心境的悲凉。就这样，通过蕙兰收徒授艺这一关键性情节，王安忆一方面鲜明塑造出了蕙兰的性格特点，另一方面也巧妙地写出了“天香园绣”的具体流播过程。

小绸、沈希昭、蕙兰，我们这里具体分析的三位女性，既是“天香园绣”形成过程中三位重要的阶段性代表人物，同时也可以说是王安忆在《天香》中刻画塑造出的三位成功人物形象。三位出色闺阁女子的传奇事迹连缀在一起，所构成的，其实就是一部充满着女性神奇风情的小说长卷。本文之标题，很显然就是由此而来。需要特别指出的一点是，虽然说王安忆向来就不是一位可以被贴上女性主义写作标签的小说家，虽然说她的小说创作早已突破了所谓女性主义的艺术框限，但是，说实在话，在先后两次认真地读完她的《天香》之后，我却莫名其妙地产生了一种王安忆实际上是很巧妙地在为女性张目的强烈感觉。尽管说在《天香》中先后登场的须眉男儿也不算少，但除了比如徐光启这样历史上真实存在过的人物，那些被虚构出来的男性形象，从总体上看确实是了无光彩的。“希昭知道蕙兰使气，并不回答，她就又接着说：就看看咱们家的那些爷们，身无长技，单知道花银子，说不定哪一天，真要靠咱们鬻针线养活他们呢！”（第三卷第二十九节）虽然说蕙兰所说只是一时的气话，但如果联系《天香》整个文本来看，却应该承认她说出的确实是一种实情。又或者，王安忆的《天香》，写来写去，说透了也不过是蕙兰所说的这种情况而已。即使是“天香”这样的命名本身，恐怕也更多的是着眼于这些个闺阁女子的。如此看来，我们在某种意义上，也就完全可以断言《天香》是一部具有潜在的女性主义倾向的文本。

五、器物美学

尽管本篇文章的篇幅看起来已经够长，但有一个重要的问题却不能不被提及。这就是，王安忆的《天香》中一个特别突出的现象，即对于种种器物的关注、呈示和描写。其实，也并不只是在《天香》之中，在王安忆更早的一些长篇小说中，我们就已经意识到了这一特点的突出存在。要想充分认识王安忆如此一种写作特征所具有的价值和意义，就必须把它放置在当下长篇小说创作的整体格局中去加以考察。我想，只要同时熟悉中国古典长篇小说与当下长篇小说的基本创作状况，就不难体会到，如果说对于器物环境的重视与描写乃是中国古典长篇小说一种非常突出的创作特征，那么，到了现代长篇小说中，这样的一种写作倾向，就出现了一种逐渐淡化乃至于渐趋于无的状况。这也就是说，与我们的那些小说前辈相比较，我们的小说家们已经越来越没有耐心去关注、呈示、表现一个外在的器物世界了。请注意，在这里，我们并没有评判比较器物描写之有无孰优孰劣的意思。我们的根本意图只是要指明一点，即与同时代其他作家的长篇小说创作相比较，王安忆小说创作尤其是长篇小说创作一个非常突出的个性化特征，就是对于器物世界充分的关注、呈示与表现。这一点，在《天香》中同样有着极为突出的体现。“器物是小说很重要的一部分。这些‘绣’脱颖而出，一定需要背景。晚明这个社会能给我小说添什么料？那个时代似乎样样都在为这个绣的出现做准备，当时社会物质非常丰富，贸易发达，出现了很多手艺人。《天工开物》那个时候出现，说明当时中国人的格物水平非常高。所以我在里面写了很多手艺人，造园的、木匠、漆工等等。”⑩其实，在王安忆的创作谈中，所深深潜隐着的，乃是王安忆明显区别于其他小说家的一种小说创作美学。在我的理解中，理想意义上的长篇小说应该具备海纳百川包罗万象的一种阔大气象。复杂与丰富这两个语词，天然地应该与长篇小说写作联系在一起。虽然在别人看起来我的这种想法可能会有陈旧落伍的感觉，但我还是要特别强调，理想的长篇小说无论如何都应该具备一种“百科全书”的性质。以这样的一种思想艺术标准来加以衡量，则王安忆的这一部《天香》便庶几近之也。然而，要想真正写出具有“百科全书”意味的长篇小说来，如果离开了对于器物世界的精微描写，就是绝对不可能的。

阅读《天香》，一个直观的感觉就是，王安忆特别热衷于谈论并表现周围的器物世界。可以说，作家对于器物的描写热情，丝毫也不亚于对于人物形象的兴趣。以至于，我们差不多可以这样说，在《天香》中，器物描写与人物描写之间构成了一种平分秋色的对等关系。首先是对于器物世界一种兴致勃勃的谈论。“可是，阿潜忽然想到，纸与墨不也是由竹木而造？与弦管原是同根生，纸墨载字画，弦管则载清音；字画传文理，清音传天籁。再又想到丝线绫罗，可为衣被，衣被天下；亦可自为文华，华盖天下。都可谓之物用，而且一用生一用，近用生远用；近用于生计日常，远用于陶冶教化，至远则用于道。世上凡有一物降生，必有用心，人工造化，无一物是糜费。”（第二卷第二十六节）虽然借助着小说人物阿潜的口吻，但这一段关于物性的深入思考，其专利权很显然应该归属于作家王安忆。从这样的一种谈论中，我们应该多少能够触摸到一些王安忆之所以要执着于器物描写的深层次缘由。如果说，其他的作家总是视物如无物一般无法认识到器物的存在价值，那么，到了王安忆这里，就有了一种对于器物本性的真切了悟。在王安忆看来，现实世界上存在的任何一件事物，都有其存在的道理，有其相应的物性，有其使用的价值。尤其值得注意的，是王安忆对于器物三层次价值的厘定和梳理：“近用于生计日常，远用于陶冶教化，至远则用于道。”所谓“生计日常”，乃是器物最低一个层次的价值，属于那种与日常生活息息相关的可以摸得着看得见的价值。接下来是“陶冶教化”，这一点的提出，很显然与中国传统文化的强大影响有关，到了这个层次，王安忆所强调的物用重心就由可见的物质层面上升到了精神建构的层面。最后，当王安忆一力强调器物可以“用于道”的时候，她事实上也就把对于物性的思考更进一步地提升到了哲学的层面。“道”在中国的传统哲学中，是一个至高无上的带有强烈“元”意味的哲学概念。这样，当王安忆把器物和“道”联系在一起的时候，实际上也就意味着作家对于器物的尊崇理解，已经达到了一个相当特别的精神高度。说实在话，甭说中国作家，即使包括那些外国作家在内，就我个人有限的视野所及，如同王安忆这般重视器物，并且对于器物的理解达到如此一种程度者，确实是独一无二，真正是堪称独步。我们都知道有所谓人道主义者的说法，我想，如果简单地套用一下，王安忆是不是应该被看作一个真诚的物道主义者呢？因为，一个无法被忽略的客观现象就是，并不只是这一部《天香》，联系作家其他的长篇小说，就不难发现，其实对于器物的重视和描写，可以说是王安忆一贯的创作特色之一。只有在认真地读过王安忆《天香》中这一段谈论器物性质的文字之后，我们才能够明白，实际上，这种物道主义，业已构成了王安忆一种特别重要的精神底色。沿着物道主义方向进入王安忆小说世界，将会使我们对于王安忆的小说创作产生一种新的理解与感悟。

实际上，也正是因为有了这样一种物道主义思想做底色，所以，王安忆才会在《天香》中专注于器物的描写与呈现，才会如此浓墨重彩地对于种种器物进行工笔画式的精心描绘和展示。比如建筑："柯海的新房做在花厅旁的一个小套院，三间平房，十来步深的庭院，铺着细白石子，面上用暗红暗绿卵石嵌成图案，一孔月洞门隔成内外两进。外院仅两步，两面墙爬了常春藤。内院中央一棵香樟树，树下安一具石桌，四具石绣墩。正屋檐下是赵孟頫字的横额，堂上挂了古人的楹联，月洞门上凿了两个字：蕉风。多少是为迎合世家的风范，生怕受新媳妇的挑眼。"（第一卷第二节）说实在话，如同王安忆这般舒缓娴雅地关注描写建筑布局的文字，在当下的长篇小说中，真的是非常少见了。在这样一个包括作家的叙事速度在内什么都越来越快的时代，换了其他作家早就舍弃建筑直奔人物或者情节而去了，大约只有王安忆能够真正地慢下来，能够如此不急不躁地潜心细细勾勒描写申府的建筑构造。申府是贵族世家，既是贵族世家，那么，在方方面面就都得有个贵族世家的样子。很显然，如果舍弃了类似的建筑描写，虽然不至于影响到小说故事情节的完整性，但对于申府肌质内里的艺术表现或多或少要受到一些损害，却又是毫无疑问的一种情形。以上文字是关于柯海与小绸结婚时新房的描写，虽然看起来显得有些随意，但从"正屋檐下是赵孟頫字的横额，堂上挂了古人的楹联，月洞门上凿了两个字：蕉风"来看，随意间透露出的却隐隐然是大户人家的讲究和底气十足。我们或者也可以这么说，大约只有如此这般的建筑，方才真正配得上如同小绸这样粉雕玉琢的大家闺秀呢。这样，王安忆也就把对于人物和器物的描写难能可贵天衣无缝地编织结合在了一起。

比如："枝上，叶下，石头眼里，回字形的窗棂上；美人靠隔几步一盏，隔几步一盏；亭台的翘檐，顺了瓦行一路又一路；水榭和画舫，是沿了墙廓勾了一遍；桌上与案上的烛有碗口大，盈尺高，外面刻着桃花，里面嵌的是桃叶。""宾客分三处就座，主宾由申儒世申明世陪，宴席设在碧漪堂前，碧漪堂背积翠岗向莲池，之间有阔大地坪，铺青白方石，地坪周边是石灯笼，笼内如今亦是一支烛，围绕中，摆开十二圆桌，全是地方上的人物名流。"（第一卷第二节）天香园建成之后，申府肯定要借机大宴宾客的。我们所引述的这些文字，就是王安忆借助于申府大宴宾客的时机，所充分展开的对于天香园的局部描写。如果说，前面所引王安忆关于柯海新居的描写中隐隐透露出的，乃是王安忆的一种建筑美学的话，那么，关于天香园的这些局部展示文字中所表现出的，自然也就是王安忆的一种园林美学。从王安忆的描写文字中，我们强烈感受到的，正是江南园林的清新灵秀之气息。格局虽然不大，但一种可以说是渗入了骨髓中的精致与讲究，细细读来却明显有着一种咄咄逼人的效果。比如："小绸说，天香园绣是为器具衣冠文饰，说是绣品，实是用物，务实方是工艺之大要，比如木造、织造、器作、种植等等，如此抽离物用而自得，不免雕琢淫巧，流于玩物，终将无以立足，不是有言道，皮之不存，毛将安附？有违天香的风气。"（第二卷第二十六节）在这里，王安忆借助于小绸之口道出的，显然就应该被看作一种刺绣美学了。小说中心高气傲的沈希昭执意地要习画绣画，这样的一种举动对于“天香园绣”刺绣传统而言，表现出了一种突出的叛逆意味。以上的这一番话，小绸虽然是对着阿潜说出的，但其实际指称对象却很明显是企图对于“天香园绣”有所变法的沈希昭。然而，尽管小绸的此番话语有着具体的指称对象，但我们从中体会到的，却是王安忆关于刺绣的一种真知灼见。具体来说，最值得注意的，便是王安忆关于刺绣之实用与赏玩审美之间辩证关系的一种真切思考。说到底，如何在刺绣的实用与审美之间，求得某种平衡度，才应该被看作王安忆所谓刺绣美学的思想核心所在。

自然，一部篇幅长达四五十万字的长篇小说《天香》，即使只是从器物描写展示的角度来说，也并不仅仅是建筑、园林、刺绣这几个方面。其他比如说服饰、饮食等方面，王安忆在小说中也多有表现和揭示。实际上，更应该引起我们注意的，恐怕是王安忆寄寓在这种“器物美学”之上的一种文人情怀。正如前文所言，王安忆在《天香》诸般器物上都寄托着明显的“物道主义”思想，也即所谓的“道生一，一生二，二生三，三生万物”者是也。但“物道主义”终归是中国传统文化的一脉，而儒道释相融相生所形成的中国特有哲学及文化思想，又不可能不影响到“天香园”内外的各色人等。因为，就“沪上”一代的风气而言，似乎大都懒散惯了，读书人并不热衷于仕途，即便做了官，也不甚求上进，结果是早早辞了官回家造园子去了。但也正是这样一种似乎并不怎么符合当时主流价值观的群体性选择，为他们的精神追求提供了更多的空间和可能；此外，长江流域相对丰富的物质经济条件与和暖温润的气候，更是催生了文人士子对“雅”的推重；而明代又是一个传统文化集大成的朝代。这样数种元素相结合，“天香园”中的人物自然就潜移默化地浸染了这种以“雅”为尚的气质。而且也不唯是“天香园”，由“天香园”辐射开去，整个“沪上”当也是如此，只不过“天香园”是其中的典型佼佼者而已。所以，小说中，各种器物在氤氲着浓厚雅味的“沪上”人眼里，就不仅仅是器物，也不仅仅是“道”，而是掺杂着南方文人特有传统情怀及名贵气息的“雅道”。当然，我们并不是说这里面没有物用之“俗”，而是说“俗”已经被纳入了“雅”的范畴，无论是“天香园”内的“三月雪”“天香桃酿”“柯海墨”“天香园绣”，还是“天香园”外赵伙计的鉴画之法、俊再的丝竹管弦之道，乃至弋阳腔表演，都有一番理趣和学问在内，而支撑在其中的无不是文人雅士的精致情怀。即便阿昉开豆腐店，也大多是自家人光顾，买和卖皆是随性而为，并不为了趁钱，不过是大户人家体验市井之乐的把玩而已。这样，王安忆的所谓“器物美学”，便也就多了一层意指，即在器物的存在价值、陶冶教化、哲学感悟之外，还有一种笼罩于其上的浓厚的传统文人情怀。正如小说中希昭所言：“一件物，倘若物表、物性、物本皆全而美，且又互为照应生发，便是上乘，缺一则不成大器。”而文人情怀，就是系连三者“互为照应生发”的线，由此《天香》的“器物美学”

才最终臻于了一种完美之境。

总归一句话，作为一部尽显长篇小说丰富复杂性的长篇小说杰作，王安忆在其中所探究表现出的，那样一种建立在所谓物道主义思想基础上的器物美学，确实应该引起我们的高度注意。某种意义上说，因为有了王安忆的《天香》，更因为有了其中堪称丰富异常的器物美学，我们当代似乎也才的确产生了一部庶几可以被称作“百科全书”式的长篇小说。我们注意到，《天香》中曾经出现过这样一个细节：“闵师傅曾在扬州一位客商家中，见过一具西洋镜，安置在紫檀木匣子里，镜下有一粟米。从镜中看，那粟米粒上竟是一个园子，山川树木，殿宇桥梁，人物舟楫，栩栩如生。离开镜子，复又变回一粒粟子。”“那天香园在天地间，如同一粒粟子。”（第二卷第二十三节）在这里，通过一种比例放大缩小的手法，王安忆很巧妙地借助于造园高手闵师傅的眼光，把天地之间的天香园，比作了一粒生动形象的粟子。窃以为，如此一种描写，其实也可以被看作作家王安忆自己的一种夫子自道。在这个意义上，王安忆所提供给广大读者的，就很显然是一粒看似缩微然而实际上却又是包罗万象的粟子。这粒艺术的粟子里，所包含体现着的，其实正是王安忆全部的思想艺术才能，是她那样一种显然超群出众的非凡艺术想象能力与艺术构型能力。

注释：

① 王春林《“伟大的中国小说”》，《小说评论》2011年第3、4期。

② 哈金《呼唤“伟大的中国小说”》，《青年文学》2005年第13期。

③ 李洁非《谈谈明末》，《中华读书报》2011年3月30日。

④ 汪曾祺《汪曾祺文集·文论卷》，江苏文艺出版社1993年9月版，第1—2页。

⑤ 王安忆《小说的异质性》，《花城》2011年第3期。

⑥ 王安忆《雅致的结构》，上海书店出版社2011年1月版，第16—17页。

⑦ 钱理群、温儒敏、吴福辉《中国现代文学三十年》（修订本），北京大学出版社1998年7月版，第232—233页。

⑧ 李洁非《典型文案》，人民文学出版社2010年8月版，第30页。

⑨ 王安忆、钟红明《访问〈天香〉》，《上海文学》2011年第3期。

⑩ 石剑峰《王安忆接受早报专访谈新长篇小说〈天香〉》，《东方早报》2011年2月24日。

第二章
王安忆《考工记》:“昔日王谢堂前燕”或者“劫后余生”

2017年，在一篇文章中提及王安忆小说创作的时候，我曾经写下过这样的一段批评文字:“倘若沿袭文坛流行的代际概念，不管从哪一种角度说，最能代表中国当代小说创作最高成就的，当是包括王安忆在内的50后一代作家。这一代作家的小说创作，大多起步于‘文革’后期，亦即1970年代前期，迄今已有超过四十年的写作历史。或许与他们的多年历练紧密相关，这一代作家的小说创作，差不多已经到了一种气定神闲或者随心所欲的自由境界，仿佛怎么写来都可以成就一篇优秀的小说作品。这么说，倒也不是在说他们不尊重小说创作规律，而是说他们对于小说创作规律的理解与把握，差不多已经达到了胸有成竹或者游刃有余的地步。唯其已经对小说创作规律有着了然于胸的把握，所以他们在小说创作上才能够抵达某种自由的境界。但无论取得了怎样骄人的成绩，也无论怎样地了然于胸与随心所欲，这一代作家对于小说的敬畏之心却从未发生过变化。对于小说这一神圣的世俗化文体，他们从来也不曾像更年轻的作家那样生出过亵玩之意。唯其一贯地兢兢业业，脚踏实地，所以，尽管已经取得了足够大的成就，但他们却依然能够在现有成绩的基础上再有所精进。这一方面，王安忆就堪称一个突出的代表。其他的先不说，单是晚近一个时期以来，王安忆的努力就可圈可点。先是有获得过香港红楼梦奖的历史长篇小说《天香》，然后就是那部曾经在小说界引起极大争议的长篇小说《匿名》。在其声名差不多已经到了如日中天程度的时候，王安忆却仍然有足够的勇气做自我挑战，无论成功与否，作家的努力都应该赢得我们的尊重。”①实际上，当得起如此高度评价的，并不仅仅是《天香》与《匿名》，作家新近刚刚问世的一部长篇小说《考工记》（载《花城》杂志2018年第5期），也同样当得起这样的一种评价。

但在具体展开对《考工记》的分析之前，我们却首先需要强调指出，《考工记》绝对应该被看作作家王安忆已经持续了很长一段时间的所谓“上海书写”的一个重要组成部分。事实上，关于王安忆的“上海书写”，我此前在一篇专门讨论《天香》的文章中，也已经有所提及。在王安忆自己，一开始写作诸如《69届初中生》与《流水三十章》的时候，或许并没有生成所谓“上海书写”的自觉意识，但到了《长恨歌》之后，她的如此一种以小说的形式持续不断地为上海“作传”的意识，就越来越明确了。虽然从总体的写作格局来说，王安忆的小说写作路径，并没有狭隘地局限于“上海书写”这一个方面，溢出此种框限者可谓比比皆是，但相比较而言，最能够彰显她小说创作成就的，恐怕只能是“上海书写”这一系列。

不仅从篇幅体量来看，《考工记》算不上有多么庞大，而且，在文本中陆续登场的人物，加起来也不过十数位之多，更何况，其中有很多还只是属于那种“神龙见首不见尾”的龙套式人物。也因此，倘若说王安忆《天香》的创作过程中的确潜藏有创造一部现代“百科全书”式长篇小说的艺术野心，那么，她这部无论篇幅体量还是人物，都明显呈锐减状态的《考工记》，当然就与所谓的“百科全书”无缘了。问题显然在于，一部与“百科全书”的理念无缘的长篇小说，是否还可以被看作一部优秀的长篇小说呢？在这里，我愿意趁机对于当下时代我们所应持有的优秀长篇小说的理念略做探讨。依据笔者相当长一段时期以来对于当下时代长篇小说跟踪阅读的感受，同时结合参照中国古典文学与世界文学的长篇小说创作状况，我个人以为，在进入现代社会之后，我们所持有的，应该是一种带有突出开放性质的优秀长篇小说理念。

依据如此一种开放性的艺术理念，最起码存在着三种不同类型的优秀长篇小说。第一种，更多地与中国传统长篇小说创作有关，是一种“百科全书”式的长篇小说。这一点，我曾经在关于王安忆《天香》的那篇文章中有所论及。与这种“百科全书”式长篇小说理念紧密联系在一起的，既有曹雪芹的《红楼梦》，也有当代作家贾平凹的《古炉》、王安忆的《天香》。

第二种，更多地与西方十九世纪所谓批判现实主义有关，是一种“史诗”式的长篇小说。关于“史诗”式长篇小说，我们注意到，学者洪子诚与王又平曾经做出过颇为令人信服的论述。洪子诚认为：“史诗性，是当代不少写作长篇的作家的追求，也是批评家用来评价一些长篇达到的思想艺术高度的重要标尺。这种创作追求，来源于当代小说作家那种充当‘社会历史家’，再现社会事变的整体过程，把握‘时代精神’的欲望。中国现代小说的这种宏大叙事的艺术趋向，在30年代就已存在。……这种艺术追求及具体的艺术经验，则更多来自十九世纪俄、法等国现实主义小说，和二十世纪苏联表现革命运动和战争的长篇。……‘史诗性’在当代的长篇小说中，主要表现为揭示‘历史本质’的目标，在结构上的宏阔时空跨度与规模，重大历史事实对艺术虚构的加入，以及英雄形象的创造和英雄主义的基调。”②在王又平看来，所谓的史诗性，“可以说是中国当代文学批评中的最高级别形容词，称道一部作品是史诗，也就是将这部作品置于最优秀的作品的行列。因此‘史诗风范’在相当长的时期内作为一种文学理想一直为作家所企慕、所向往，形成了作家的‘史诗情结’。当一部作品具有宏大的规模、丰富的历史内涵、深刻的思想、完整的英雄形象、庄重崇高的风格等特点时，便可能被誉为‘史诗性’”。③毫无疑问，我们也正是在洪子诚与王又平的意义上来使用“史诗性”这一概念的。与这一理念紧密相关的，既有托尔斯泰的《战争与和平》，也有中国现代作家茅盾的《子夜》、中国当代作家柳青的《创业史》、陈忠实的《白鹿原》、贾平凹的《山本》、刘庆的《唇典》等。不知道其他研究者是否认可，极端一点说，我甚至还愿意把乔伊斯那部一向被读者畏若天书的《尤利西斯》，或者中国作家康赫的《人类学》，也都理解为现代意义层面上的“史诗”式长篇小说。

第三种，就是一种既非“百科全书”式，亦非“史诗”式的，更多地适应已然发生了根本变化的现代社会的长篇小说。对于这种长篇小说，我们姑且不妨将之命名为“现代型”长篇小说。从其基本的美学艺术追求来看，这一类型的长篇小说，不再追求篇幅体量的庞大，不再追求人物形象的众多，不再追求以一种海纳百川式的理念尽可能立体全面地涵括表现某一个时段的社会生活。与此相反，在篇幅体量明显锐减的同时，与这种“现代型”长篇小说紧密联系在一起的，就极有可能是深刻、轻逸与快捷这样的一些思想艺术品质。首先，是深刻。打一个比方，如果说传统的长篇小说就是一幅张择端的《清明上河图》，要全景式地把生活图景的方方面面都呈现出来，那么，“现代型”长篇小说就是在打一口深井，要抓住生活的某一个点不断地深入挖掘下去，很有一些抓住一点，不及其余的感觉。其次，是轻逸。因为此种长篇小说关注的生活面相对较为狭小，活跃于其中的人和事也相对单纯，体量明显缩小，自然就会产生一种身轻如燕的轻盈感觉。这里的关键原因，在于作家看取世界的角度发生了变化。当作家舍弃了一种总体性的艺术思维方式，转而使用一种个体性特色鲜明的艺术思维方式理解看待世界的时候，自然也就会对世界有所发现，就会发现世界的别一种存在样貌。轻盈的，轻快的，飞翔的，无论如何都应该是“现代型”长篇小说的题中应有之义。第三，是快捷。如果说传统的长篇小说类同于笨重的坦克，那么“现代型”长篇小说就是可以自由升降的直升机。传统的长篇小说，需要海纳百川，需要有宕开去的闲话闲笔，可以旁逸斜出，更可以杂花生树。这一切，到了“现代型”长篇小说中，却都发生了变化。为了提振速度，迅捷地抵达叙述的目的地，作家就只能删繁就简，彻底拒绝生活中的繁文缛节，不再曲径通幽，不再流连忘返，而是如同猛张飞一样“于百万军中”直“取上将之首”，一点也不拖泥带水。唯其如此，方才可能成就一部具有“快捷”美学品格的“现代型”长篇小说。倘若承认我们以上的界定还有一点道理，那么，自然也就可以顺理成章地推断出，与如此一种“现代型”长篇小说的理念紧密相关的，就是卡夫卡的《审判》，就是卡尔维诺包括《分成两半的子爵》《树上的男爵》《不存在的骑士》在内的《我们的祖先》三部曲，就是余华的《活着》与《许三观卖血记》，就是刘亮程的《捎话》。自然，其中肯定也少不了我们这里将要重点谈论分析的《考工记》。

王安忆《考工记》所集中讲述的，是一个“旧”人如何遭遇“新”时代的故事。事实上，《考工记》并非王安忆第一部思考表现这一主题意向的作品。早在作家问世于新时期文学之初的获奖中篇小说《流逝》中，王安忆笔下就曾经出现过欧阳端丽这样一位曾经的资本家少奶奶形象，主要讲述她以及她所归属于其中的那个资本家家庭在十年“文革”中的生活境遇与命运变迁，集中描写展示欧阳端丽从一位养尊处优的资本家少奶奶向一位生存能力超强的普通家庭主妇的角色转型过程。进入1990年代之后，王安忆更是在以《长恨歌》这样的一种“鸿篇巨制”，集中书写民国时期曾经的海上名媛王琦瑶，在遭遇到新时代之后发生的一系列可谓是波澜起伏的命运变迁。在其中，曾经的“上海小姐”的名号似乎构成了一条无形却结实的绳索，牢牢地绑架束缚着她的全部精神世界。她最后的因“上海小姐”名号而死于非命，在凸显某种怀旧心理的同时，其实有着再明显不过的宿命色彩。虽然并没有从王安忆处得到过相应的证实，但就她的创作轨迹来看，自觉地以小说创作的形式为上海作传的她，似乎一直在思考着来自一个过去时代的“旧”人，究竟应该以怎样的一种方式与早已发生天翻地覆变化了的“新”时代相处的问题。如果说1980年代的《流逝》中依然残存有时代意识形态的控制痕迹，欧阳端丽的转型过程中多多少少遗留有劳动光荣的思想印记，如果说1990年代的《长恨歌》中王琦瑶的命运变迁有着难以回避的传奇性色彩，那么，在进入二十一世纪将近二十年的时间之后，当王安忆再一次触碰到所谓“旧”人与“新”时代这一主题意象时，就不仅彻底过滤掉了曾经的意识形态色彩，而且也明显地“去传奇化”了。在去掉生活周边的一切枝枝蔓蔓之后，作家将叙事视野聚焦到身为小说主人公的“旧”人陈书玉身上，借助于他所寄身于其中的一所老宅子，以极其内敛的笔法不动声色地书写了一段“旧”人遭逢

“新”时代之后的“浮萍”人生。

整部《考工记》由六章内容组成，除第一章集中书写陈书玉他们几位在民国末期的生活状况之外，另外五章全部用来描写展示陈书玉在1949年进入“新”时代之后看似波澜不惊实则暗潮涌动的人生历程。陈书玉初始登场时的具体身份，是上海滩上所谓“西厢四小开”中的一位。何谓“小开”？“上海地方，‘小开’的本义是老板的儿子，泛指豪门富户的子弟，陈书玉大约属后者。事实上，在他可视范围内，家中无一人有经营，相反，多是无业，也不知坐吃多少代了，至此尚可继续。虽谈不上锦衣玉食，但也不缺，所以就没有劳动的概念。”尽管说陈书玉也曾经一度进入过交通大学铁道系读书，但却因“八·一三”淞沪会战的爆发所致的学校南迁而中止。学校一迁，陈书玉便只好重新回到他那个被世人浑称为“西厢四小开”的朋友淘里：“‘西厢’指的经常出入的地方，公共租界的西区，至于‘小开’，即如前面说的，富贵门户的晚辈。”具体来说，“‘西厢四小开’里，那三位一姓朱，一姓奚，一姓虞，互相昵称为：朱朱，奚子，大虞，陈书玉叫‘阿陈’”。实际的情形是，虽然被笼统地浑称为“西厢四小开”，但陈书玉与另外三位的情况却又有着明显的不同。这里，首先是大虞、奚子与朱朱、陈书玉他们两位的区别，前两位家道殷实，家境处于上升阶段，后两位尽管勉强可称为有渊源的世家，却已经衰落至末梢上了。然后，是朱朱与陈书玉自己，虽然都可被称为世家，但与陈书玉一家的只知一味坐吃不同，朱朱他们家后来还是有所经营。

也因此，虽然都被称为小开，但就经济境况来说，四位中相对最差的，其实是陈书玉自己："阿陈家几代赋闲，与社会断了联系，没什么人脉，且囊中羞涩，没有剩余资源作长例外的奉献，要说也有，那就是秉性了。在他纨绔的风流外表下，其实是一颗赤子的心，为人相当实在。"首先需要注意的，是王安忆对语言的某种特别使用。比如，"赤子的心"，就完全可以被更替为"赤子之心"，而意义不会发生任何变化。但，后者却是约定俗成的成语。以我愚见，王安忆之所以一定要把这句成语改换为"赤子的心"这样一种表达方式，尽管只是一字之差，却在很大程度上实现了对成语的规避。一方面，我们深知小说写作过程中肯定无法完全实现对成语的规避，但在另一方面，不管怎么说，能够尽可能地避开成语，却是作家实现语言个性化的有效路径之一。借助于"赤子的心"这样一个语词，作家道出的，是陈书玉一种可谓是宅心仁厚的突出性格特征。归根结底，陈书玉走过的之所以会是如同小说中所描写展示的那样一种人生轨迹，与他的这种性格特征，其实有着根本的内在关联。

唯其因为宅心仁厚的陈书玉，有着一颗可谓是淳朴的"赤子的心"，所以，他才会在"西厢四小开"中扮演一个特别的"核心"角色："实际上，没有他，'四小开'就成了散沙，'姐姐'们会变得没着落。"事实上，也只有陈书玉自己才特别清楚，在一个名叫采采的"姐姐"对自己动情，意欲有所接近的时候，自己之所以会不管不顾地以去内地寻访早已南迁的交通大学复学的名义离开上海，正是因为家道中落。采采看中陈书玉，是因为慧眼识人的她，“看见阿陈浮浪底下的仁厚心，又是世家——物质的世界，单有心不够，还要有力”。但只有陈书玉自己最清楚，所谓的“世家”，“往往与‘式微’连在一起，日久天长，内囊已经空洞，阿陈其实在拮据中长大。对采采畏惧，多少来自于此，预料终有穿帮的一日”。唯其如此，他才退避三舍远遁他乡。等到他漂泊两年半时间重返上海的时候，却早已物是人非。“西厢四小开”中，奚子据说远走他乡，去浙西做了教书匠（通过后来的故事情节，我们才知道，奚子与革命或者说与稍后到来的那个“新”时代的结缘，实际上也正在这个时候）。朱朱竟然已经结婚成为人夫，“女方据说是盛宣怀外家的小姐，姿色一般，但性情安静，看上去有些主张，不大像是朱朱的所爱，而唯其如此，方才辖得住这个人”。只有大虞一人，似乎还停留在原来的状态之中：“大虞且是万变中的不变（请一定注意这句话与我们前面所分析过的‘赤子的心’的异曲同工之处。所谓‘万变中的不变’，乃可以被看作是‘以不变应万变’一种王安忆式的巧妙化用）依然在木器行里帮父亲看店，手艺却有精进，埋头做一副和式拉扇门，细木条的格子，榫头比钉子还咬得紧。”这样一来，能够继续厮混在一起的，也就剩下了陈书玉和大虞这一个对子了。

关键还在于，陈书玉回到上海与大虞重新厮混在一起的时候，已经是1940年代的末期，已然到了一个特别时刻。值此关键时刻：“最为惶遽的是中产人家，资本市场发起，保守党和革命党都是对头，又都是靠山，不知何去何从，有奈何的投石问路，无奈何的测字算命，哪有心思置产！”但陈书玉和大虞所归属的，却偏偏就是这样的一种中产人家。既不可能像真正的上层社会那样远走异国他乡，也不可能像无产阶层那样任他风雨飘摇。然而，这只是问题的一个方面。另一个方面，不管身处怎样的时代，日常生活终归还得延续下去。就像《考工记》中对陈书玉家的描述：“像陈书玉家，那宅子里拥簇着人，但被生计压迫着，分不出闲心和闲气，所以，日子难归难，却同心同德，倒比以往安静。”事实上，这里的安静，已经不再是寻常意义上的安静，更多地带有无奈的意味。实际上，也正是在如此一种山雨欲来风满楼的气氛中，借一次为陈家老太爷祝寿的机会，已经与陈书玉交往多年且对木器这一行当拥有天生一份敏感的大虞，才有了第一次进入陈书玉老宅的机会。不来不要紧，大虞一来，就生出了一种强烈的惊艳之感：“大虞头一回来到陈书玉家，颇有惊艳之感。他知道些陈家的渊源，也知道已然在末梢，没承想还有这么一处宅子，就想起一句古话：百足之虫，死而不僵。”在陈书玉眼里早已熟视无睹乃至于视若无物的这座老宅子，其突出的建筑美学价值在大虞这样的行家眼里一下子就凸显出来了。在借用大虞的眼光对陈家老宅进行了一番切合建筑学原理的描述之后，王安忆最终让大虞的眼光停留在了陈家老宅的屋脊上：“顶上一列脊兽，形态各异，琉璃的材质；檐口的瓦当，瓦当上的钉帽，前端的滴水，全是釉陶。前一夜下了雨，今日太阳出，于是晶莹剔透，光彩熠熠。”非常遗憾，身为文学批评工作者的我，建筑学方面的知识几近于零。也因此，对于作家在《考工记》中借大虞之眼对陈家老宅所进行的各种精细描述，我自己虽然反复琢磨，却依然不甚了了。因是之故，无论如何都必须加以强调的一点，就是我对于作家王安忆小说创作过程中各方面知识博学程度的由衷佩服。具体到这部《考工记》，最值得注意的一个方面，恐怕就是建筑学相关理论的熟练把握与运用。

事实上，王安忆对建筑学相关理论的把握运用，早在她数年前那部影响颇大的《天香》中就已经表现得相当突出。对于这一点，我曾经做出过专门的分析。或许与作家一种构建“百科全书”式长篇小说的创作动机紧密相关，在《天香》中，除了建筑，其他诸如园林、刺绣、饮食、服饰等方面，也都有着足以令人惊叹的精细描写。到了这部《考工记》中，在作家的创作意趣已经由“百科全书”式的长篇小说而转向具有“深刻、轻逸与快捷”性质的“现代型”长篇小说之后，王安忆自然也就把自己的笔触集中到了以上各种中的某一个方面也即建筑学方面。更进一步说，之所以是建筑学而不是其他方面，与作家思想题旨的设定紧密相关。实际上，只要我们认真地阅读《考工记》，就不难发现，在这部旨在透视表现“旧”人与“新”时代关系之一种的长篇小说中，除了身为小说主人公的“旧”人陈书玉最为重要外，另一个重要的“事物形象”，就是陈书玉一直寄身于其中的这座陈家老宅。在我看来，这座陈家老宅在文本中的重要性，甚至已经超过了其他所有的出场人物，成了事实上的“二号人物”，尽管它说到底只不过是一座老宅子而已。

作为一位一向把物的描写放置到特别重要位置的带有突出“物道主义”倾向的作家，王安忆创作《考工记》的一大意图，就是让人（“旧”人陈书玉）与物（“旧”物陈家老宅）彼此映照，既借物写人，也借人写物，让“旧”人陈书玉携带着或者更准确地说是伴随着这座有着悠久历史的“旧”物老宅子，一起从一个“旧”时代踏入“新”时代之中。在这个过程中，人与物二者之间象征隐喻关系的存在，乃是一种非常显豁的文本事实。大约也正因为陈家老宅在文本中有着太过重要的地位，所以王安忆才会把这部长篇小说最终命名为“考工记”。仔细想来，“考”，自然是考证或者考辨的意思。“工”呢，则很显然是工程、做工的意思。什么工程？做什么工？联系文本实际，恐怕只能是主人公陈书玉长期寄身于其中的这座陈家老宅了。这样一来，“考工记”这一标题的意涵，恐怕就是“如同考古学一样地认真考辨这座陈家老宅的建筑工艺与历史传延”。但千万请注意，出现在《考工记》中的这座陈家老宅，绝不仅仅只是一座建筑，在其中，很显然凝结着足够丰富的人文与历史内涵。具体来说，作为一个具有突出象征意味的物事，王安忆煞费苦心地将这座老宅子特意设定成了“旧”人陈书玉的对应物。就此而言，一部《考工记》，就是一部“旧”人陈书玉与“旧”物陈家老宅被迫进入“新”时代之后的遭际史。小说开头的第一句话之所以劈头就是：“一九四四年秋末，陈书玉历尽周折，回到南市的老宅”，就把陈书玉连同老宅一起凸显出来，原因端在于这一“旧”人和这一“旧”物的特别重要。

既然陈家老宅在小说中占据着如此举足轻重的地位，那么，王安忆对其做一种可谓是倾尽心力的工笔描写，就是合乎逻辑的事情。且让我们来看这座老宅子最早的“凛然”出场：“门里面，月光好像一池清水，石板缝里的杂草几乎埋了地坪，蟋蟀嚁嚁地鸣叫，过厅两侧的太师椅间隔着几案，案上的瓶插枯瘦成金属丝一般，脚底的青砖格外干净。他看见自己的影，横斜上去，缀着落叶，很像镂花的图画。走上回廊，美人靠的阑干间隔里伸出杂草，还有一株小树，风吹来还是鸟衔来的种子，落地生根。回廊仿宫制的歇山顶，三角形板壁上的红绿粉彩隐约浮动。跨进月洞门，沿墙的花木倒伏了，却有一株芭蕉火红火红地开花，映着一片白——防火墙的内壁。”这是出现在好不容易方才从内地辗转回到上海后的陈书玉眼里的老宅情景。唯其因为一路旅途劳顿，早已身心俱疲，所以面对着自家老宅，陈书玉才会顿生无限感慨：“他不过走开二年半，却像有一劫之长远，万事万物都在转移变化，偏偏它不移不变。”这里的感慨，与其说是陈书玉的，莫如说是作家王安忆的。从表面上看，这种感慨固然与陈书玉长达两年半的漂泊有关，但如果联系整部《考工记》的书写主旨，联系陈书玉那看似波澜不惊实则暗潮涌动的大半个人生，我们就不难发现，此处之“移”与“变”或者“不移不变”，其实更是作家对于总体人生之“常”与“变”，或者说是对人生“无常”的一种由衷感叹。老宅的“不移不变”，首先映衬出的正是陈书玉的命运无常。更何况，即使是看似“不移不变”凝固如这座陈家老宅本身，在遭遇到新时代之后，也会不可避免地发生很多的“移”与“变”。也正是在经历了一番奔波跋涉之苦，初步体验品尝人生的艰辛之后，出现在陈书玉面前的陈家老宅变成了第一次出场时的那副模样。虽然看似一种平静客观的建筑描述，但无论是那如水的月光，丛生的杂草，还是蟋蟀的鸣叫，无名树影的飘摇，倒伏的花木，甚至，就连那株开得火红火红的芭蕉，所映衬传达出的，都是某种简直就是一言难尽的凄清与苦楚意味。质言之，作家如此一种关于陈家老宅的描写，直令我们联想起王静安先生那句“一切景语皆情语也”的名言来。更进一步地说，这里的“景语”也已经不复是“景语”，在王安忆已经把它作为一个仅次于陈书玉的重要物事做出处理之后，所谓“景语”干脆也就变成了“情语”本身。

无论是从作家的基本写作动机考虑，抑或是从小说艺术结构的完整与缜密来说，《考工记》的第一章都特别重要。既然是一部旨在描写呈现“旧”人与“新”时代之间关系的长篇小说，那一个重要的前提，就必须是首先把“旧”人既往也即“旧”的生存状态呈现出来。而第一章所承担的，便是这样的一个任务。具体来说，“旧”人陈书玉一种“旧”的生存状态，也就是以一位正处于衰落过程中的世家子弟的身份，而与另外三位同阶层的朋友奚子、朱朱以及大虞一起被浑称为“西厢四小开”。他们一贯游手好闲，寻常总是无所事事地出入于歌厅舞厅，既有来头，又颇显摩登，其实完全可以被看作是过着一种声色犬马的纨绔子弟生活。以一种中产阶层的纨绔子弟身份而在遭逢社会巨变后被抛入只能想方设法自食其力的“新”时代，如同陈书玉所经历的这样一种情形，自然也就是我们标题中的所谓“昔日王谢堂前燕”了。因为“劫后余生”，而且“劫后余生”后又携带着陈家老宅这样的“旧”物一起“飞入寻常百姓家”，成为“新”时代“新”社会中的普通一员，类似于陈书玉的这样一种“昔日王谢”的人生轨迹，正是王安忆在《考工记》中意欲集中聚焦谛视并做出真切描写的。

事实上，虽然同属于“西厢四小开”这个小群体，但他们四位“小开”在进入“新”时代之后的各自境遇却不仅并不相同，而且还可以说是大相径庭。最得心应手的那位，应该是奚子。本来，陈书玉企图联手奚子一起出走内地，没想到，事到临头，陈书玉苦苦等来的，确是一个自称为奚子弟弟的人。事后证实，这位“弟弟”的确不是奚子的弟弟。依据奚子后来的追述，大约也就在他受聘浙西一所中学的美术老师期间，他不仅接触到了革命思想，而且还成了革命队伍的一员。成了一个革命者，奚子自然也就免除了是否可以融入新时代之中的困扰，因为他本身就已经是新时代新社会理所当然的成员。实际上，奚子脱胎换骨式的变化，在他的数度更名这一细节中表现得非常明显。从“奚子”，到“奚涧”，再到“季西涧”，作家如此一种更名细节的设计，其中一种深意的隐藏，就是显而易见的一种事实。

大虞在“新”时代的命运遭际，毫无疑问起始于他与谭小姐的情感更易。本来，两个人可谓门当户对情投意合，但仅仅因为大虞他们家误收了一套来历不明的明式家具因而被新政府封店，谭小姐一家便匆匆忙忙地退避三舍远走乡下。借助于这样一个事件，王安忆一箭三雕地实现了三个方面的叙事意图。其一，写出了如同大虞这样的旧式世家与“新”时代的水火不容。事件被平息后，大虞父亲当机立断地决定全家迁回原籍川沙避祸。此后的事实，充分证明这一决定的正确。倘若不是做出如此一种选择，那么，他们家很可能此后还会面临新的祸患。实际上，大虞家迁回川沙的举动，就意味着他们向“新”时代的一种妥协。唯其因为妥协，所以大虞才在娶妻成家后过上了正常人的日常生活。其二，大虞一家面临祸患，急需设法找人摆平。这时候冒出来的一个人物，就是已然成为新政府官员的奚子。由此可见，借助于大虞一案而巧妙引出并交代奚子的下落，正是王安忆的叙事意图之一。其三，更重要的一点，恐怕却是要借此而对陈书玉有所提醒与警告。我们注意到，就在大虞意欲前往川沙落户之际，踌躇再三后专门叮嘱了陈书玉一句话：“大虞就说了：如今是无产者的天下，有产就是有罪，我担心你家的宅子……话没说完，转身上车，疾驰而去，阿陈心里一沉。”请一定不能忽略大虞对陈家老宅的特别强调。虽然陈书玉早已家道中落，但一座很是有些来历的老宅子的存在，却使得他顿时陷入了精神焦虑状态之中而难以自拔。那么，这样一座老宅子，到底会给陈书玉带来怎样的一种影响呢？自打大虞的提醒与警告发出之后，如此一种疑问就如同达摩克利斯之剑一样，不仅高悬在了陈书玉头上，而且更是成为一种艺术悬念横贯故事情节始终。

相比较来说，最针锋相对的那位，应该是朱朱。但真正在背后以一种坚韧的力量支撑着朱朱对抗行为的，却是他的妻子，那位出身工商界实力派家庭的冉太太。很可能是由于在“旧”时代无意间触碰了政治底线，某一日，朱朱在照相社就直接被带走了。正所谓沧海横流方显英雄本色，只有到了这个时候，我们方才能够强烈感觉到朱朱的妻子冉太太身上那样一种“每临大事不惊慌”地沉着应对的大将风度。朱朱事发被带走之后，冉太太的镇定表现，就是很快找到朱朱很要好的朋友陈书玉寻求援手。虽然冉太太深知陈书玉本人不会有什么办法，但她却非常明白，只有通过陈书玉才有可能找到业已成为新政府官员的奚子设法加以疏通。事实上，也只有在陈书玉陪同冉太太见到奚子那位被称为小李的科长之后，他方才真切感受到了她那非同一般的镇定与自尊：“陈书玉从旁看冉太太与小李说话，心中生出钦佩，钦佩她的风范。虽然尊称‘李科长’，但并无卑屈之态，隐约觉得小李也受了影响，态度变得慎重。”本来是自己前来求人帮忙，到头来却以某种非凡的气度赢得了对方的尊重。如此一种情形所充分说明的，正是冉太太气场的盛大。究其根本，冉太太如此一种气度的养成，与她的贵族家庭出身存在着无可剥离的重要内在关联。实际上，更为动人的一幕场景出现在陈书玉他们告别小李之后：“火头在风中摇曳，灭了几次，他走近去，拢起手挡风，冉太太闪开身子。这一闪身，他看见她眼角渗出的泪痕……就这么站着，一口一口吸进，再一口一口吐出。一支烟很快到头，将烟蒂在小银盒底摁灭，咔嗒关上，回过身，说：阿陈，谢谢你！陈书玉低头道：谢什么，朋友一场，就为这时候的！想起原是冉太太的话，自己不自觉地学舌，红了脸。”冉太太眼角出现的那一点泪痕，正是她内心里某种柔软处存在的明证。某种程度上，对冉太太那不无优雅的抽烟过程的描写所透露出的，也正是她面对困境强力克制战胜内心柔软的全部过程。自此以后，冉太太再也没有流露出过内心的柔软："生活复又平静下来，朱朱事情的创痛渐渐淡薄。曾经从菜场穿行，见冉太太提了草篮，沿着鱼摊问价。她身穿一件蓝布旗袍，脚上一双黑布鞋，看装束形容，自然已无佣仆差遣，毋庸说，家道处于拮据。但腰背挺直，举手顿足间，并无一丝屈抑委顿。他尾随一段，然后调转车头，退出去，换一条路。锦衣玉食长起来的人，应对大变故，竟能够从容不迫，实在让人又敬又怜。”对于冉太太这个女性形象，作家曾经艺术地借助于人物大虞之口给出过高度评价："陈书玉慢慢将朱朱的事情叙给大虞听，叙到冉太太一节时，大虞沉默了。喝半杯米酒，方才说出话：看起来，人不分贵贱贫富，是以性情分。陈书玉问：此话怎讲？世上的性情归根结底只有两种，一种厚，一种薄！”毫无疑问，冉太太的性情一定会是厚的。大约也正因为如此，同时兼及视角人物功能的陈书玉才会在内心里对冉太太持有一种特别的敬重。就这样，冉太太以一种极其难能可贵的坚韧精神一直坚持到了朱朱减刑出狱的时候。朱朱出狱不久，冉太太便申请移居香港。

当然，不管怎么说，小说最主要的人物形象还是陈书玉。王安忆在后五章中所集中聚焦描写的，正是“旧”人陈书玉猛然间不期而遭遇新时代后的各种人生遭际。进入新时代后，陈书玉首先一个值得注意的变化，就是通过“弟弟”的介绍，在一所小学校里谋了一个教职，成了一位自食其力的公民。这里的“公民”一词，其实充满了反讽的意味。但不管怎么说，在进入新时代后，陈书玉有了一份职业，成为这个时代一位自食其力的普通人，却是无可置疑的一种事实。然而，一个关键的问题在于，尽管说“旧”人陈书玉的身体已然跨入了新时代，但他的心，他的精神世界却并未能同时跨入新时代。对此，生性敏感的陈书玉自己，有着可谓是真切而深刻的感悟：“时代将人世划分成两边，这边是过去，那边是现在，奚子划到了那边，剩下他们几个在这边。陈书玉逐渐意识到，界限是难以逾越的，那边的生活新鲜活跃，生机勃勃，他也想介入呢，事实上，过不过得去不由自己说了算。曾以为，是那宅子，和宅子里的人拖累他，但大虞和朱朱的遭际却让他怀疑起来，分明感觉有一股更强大的力量暗中起着作用，就像水底深处的潜流，这股力量的名字叫‘宿命’。”倘若我们承认如同《考工记》这样的一部长篇小说也有所谓“文眼”，那么，陈书玉的这一段人生感悟，就应该被看作王安忆此作的“文眼”所在。说透了，一部《考工记》，写来写去，也不过是这一段话的一种形象化注脚而已。这里，在强调表达陈书玉们与“新”时代那样一种无论怎样都难以穿透的隔膜感之外，另外一个方面的要旨，却在于一种命运感的捕捉与传达。我曾经在很多个场合，反复强调所谓命运感的捕捉与传达，对一部长篇小说写作的成功与否，其实有着举足轻重的影响。作家王安忆，能够在《考工记》这样一部典型不过的“现代型”长篇小说中，不仅仅通过这样的一段叙事话语，更是通过总体故事情节的讲述，将如此一种令人捉摸不定的充满变幻色彩的命运感，成功地传达出来，其实是非常不容易的一件事情，理当赢得我们充分的尊重与敬意。

在处理陈书玉这一类“旧”人的命运遭际时，王安忆别出蹊径地成功避开了一味地大哭大闹的所谓“苦难书写”窠臼。一方面，陈书玉固然不可能摆脱各种政治运动的袭扰，但在另一方面，他却也并没有像他的很多同类一样被劳改或者干脆被投入大狱之中。诸如此类的苦难书写场景，我们已经在其他很多作家笔下看到了司空见惯的程度。但在实际上，被劳改或者被投入大狱，固然是“旧”人在新时代的现实境遇之一种，但如同陈书玉这样虽然没有惨遭劫难，却一直以一种战战兢兢的心态勉力维持生存，一直以一种别样的心态游离于时代之外的这一类“旧”人，不仅不在少数，而且也无疑有着更大的书写与表现难度。事实上，《考工记》的后五章中，作家时时处处都在书写表现着陈书玉以及与他其实已经差不多合二为一的那座陈家老宅与新时代之间的精神隔膜与疏离之感。比如，“新气象之下，那宅子显得颓然。不是因为陈旧，而是不合时宜。厅堂的高、大、深，本是威严和庄重，但时代是奔腾活跃，一派明朗，于是就衬托出晦暗”。这哪里是在写老宅子，简直就是在直截了当地写陈书玉啊。比如，“曾有中学来调他，思忖之后，还是婉拒了，生怕适应不了。世上专有一种念旧的人，大概就是他这样。到中心校，念‘立志’，到别处，又会念中心校。或多或少，还有对新环境的惧心，他已经不是当年鲁勇的年轻人了，说去重庆，拔腿就去，说要回，万水千山，掉头就回”。何止是与年龄有关，更关键之处，显然在于陈书玉的内心畏惧。一个“惧心”，写出的便是陈书玉精神世界的战战兢兢。再比如，“父母和他商量，能不能和政府交易，宅子上缴归公，换两间住房，勿计大小，煤卫独用即可。一则节省开支，方便生活；二则——他们嘴上不说，私下里都在想，或早或晚的事情吧！……陈书玉何尝不懂这道理，又何尝留恋这宅子？只是苦于无从着手，还生怕没事找事，惹出麻烦。最好，他对自己说，最好被忘记，被时代忘记。其实是苟且的心，但是，‘弟弟’说了：顺其自然。‘自然’是什么？似乎真的就是被遗忘”。一个是鸡蛋，一个是石头，就这样，王安忆生动地写出了“旧”人陈书玉与新时代之间一种必然的紧张对立关系。也因此，战战兢兢心存畏惧的陈书玉内心里的愿望，就是可以被时代遗忘。但带有吊诡意味的一点偏偏是，陈书玉的渴望被遗忘本身，恰恰也正说明着他的根本不可能被遗忘。很大程度上，正是陈书玉如此一种长期独身、离群索居的状况，最终促使他差不多总是如同哲学家一般地思索探寻一些带有形而上色彩的抽象生存命题。比如：“他仿佛站在昼和夜的分界线上，两重天地既近又远，咫尺天涯。那一边有故旧，这一边是新知，他在中间，哪边也摆不脱，舍不下，满心怅惘。”再比如：“他倒爱看这样的琐细，从中派生遐想，想这人和事其实就在自己身边，然而人海茫茫，世事浮沉，就像海底针，一眨眼就没顶了，于是又觉得惘然。”很大程度上，或许与他长期处于“旧”与“新”两种力量的撕扯中有关，到后来，陈书玉身上一种自我精神撕裂感的存在，就成了无法否认的一种事实。到最后，即使新时代的风气发生了天翻地覆的变化，但陈书玉却终究还是停留在了“旧”的一边，正如同那座陈家老宅一样，他最终也把自己彻底凝固成了一个“古董”或者说“文物”一般的存在物。

但在我们结束此文之前，无论如何都必须提到的另外一个重要物事，就是那座由大虞馈赠给陈书玉后长期陪伴着他的圣母像。1949年前，眼看着时代要发生根本的变化，曾经与大虞家合伙的意国人告别中国返回故乡翡冷翠。临行前留下了一座圣母立像：“此外，还有一些墓地的装饰物，其中一座圣母玛利亚的立像，一米高的圆雕，低头垂目，掩着头巾，露出的半边脸十分俏丽，有些中国式的楚楚动人。”本来，大虞非常喜欢这座圣母像，简直爱不释手。但是，在遭遇人生变故，被迫迁往川沙乡下之前，大虞万般无奈地把这座圣母像送给了挚友陈书玉。从这个时候开始，一直到“文革”期间被红卫兵抄没，这座圣母像不仅始终不离陈书玉左右，其间，陈书玉也还对圣母像做出过特别的理解与感悟：“圣母像安置在窗户旁边，书桌和橱柜的夹角，垫一个矮几。晚上，打开台灯，圣母的脸罩在光晕里，看上去有一种人间像，仿佛曾见过的某一个女性，却不是谭小姐。”“大虞说，意大利文艺复兴时期，穷艺术家，艺术家不总是穷困潦倒？艺术家往往出低价雇佣模特儿，所以，圣母的原型很可能就是一个洗衣妇、缝穷婆，甚至站街的娼妓，年轻时候真是无畏，敢说这样渎神的话，事实上，时至今日他们也还没老，不到三十，可是，就好像一个世代过去了。”这里，王安忆固然还在书写表达陈书玉他们对新时代的疏离感，但她更主要的意图，恐怕却在于对圣母像的一种想象式书写。在如此一种想象式书写中，流露出来的，其实是一种带有明显救赎意味的悲悯情怀。进一步说，在这部《考工记》中，作家之所以要反复不断地提及并书写这座圣母像，所表现出的，正是深藏于王安忆内心深处的一种人道主义悲悯情怀。唯其拥有如此一种悲悯情怀，作家才能够以《考工记》的如此一种方式书写表达“昔日王谢堂前燕”的“旧”人陈书玉们“劫后余生”的人生故事。对于这一点，我们无论如何不能不察。

注释：

① 王春林《战争反思与日常生活的苦难书写》，《长城》2017年第3期。

② 洪子诚《中国当代文学史》，北京大学出版社1999年8月版，第108页。

③ 王又平《新时期文学转型中的小说创作潮流》，华中师范大学出版社2001年9月版，第380页。

第三章
王安忆《一把刀，千个字》:“思接千载”或者尖锐的历史诘问

时下的中国文学界普遍流行一种代际观念，大家习惯于依照所谓代际的说法来理解评判文学创作。一方面，从强调文学创作的原创性和个性化的角度来说，如此一种情形，不仅意味着批评界的偷懒，而且更意味着批评家们在面对整体性文学现象时提炼概括能力的普遍贫弱与不足。对此，包括我个人在内的批评界，都应该有足够的警醒与检讨。但在另一方面，因为相同的一代人肯定不仅有相类似的社会生存环境，还会有大致相同的一些社会与人生经历，倒也不能说所谓的代际观念就全无道理。在这里，我之所以要借用代际观念，乃是试图表达这样的一种理念，那就是，倘若我们承认代际观念一定程度上的有效性，那么从代际观念出发去观察当下时代的中国文坛，就不难发现这样的一种创作分野现象。具体来说，倘若我们把所谓50后和60后合并为一个创作群体，把稍后出现

的70后、80后乃至90后合并为一个群体，那么，一个不能不承认的事实恐怕就是，前一个群体较之于后一个群体，不仅思想艺术的成熟度要高了许多，而且也只有他们，才能够真正代表迄今为止七十年中国当代文学的标高点。这一方面，一个显著的标志，就是他们的思想艺术风格，尤其是语言风格的高度个人化。很多时候，即使把他们的名字设法遮蔽隐去，仅仅从语言调度运用的风格上，我们也能够大致不差地判断出这部作品出自何人之手。另外一点就是，隶属于这个群体中的那些核心作家，差不多早在二三十岁的时候，就已经写出了他们各自的代表性作品。关键的问题是，为什么会形成这样的一种群体分野，或者说，前一个群体的作家何以就能够取得如此突出的思想艺术成就？一方面，我们必须承认，由于时代局限的原因，这一批作家并没有能够有机会接受完整或者说理想的科班文学教育。正是在这一点上，他们与中国现代文学阶段那些脚踏中西文化，对中西文化都有着深厚理解与积淀的作家们，也就形成了明显不过的差距。然而，实际的情况是，如此一种思想文化积累上的“先天不足”，并没有能够制约他们文学创作上高端思想艺术成就的取得。为什么会是如此呢？依照我个人的浅见，除了个人写作天赋的具备这个问题我们无法谈论，大约有以下两个方面的原因不容忽视。一个是他们以被动的方式承受了太多的人生苦难馈赠。在他们出生后初步成长的上世纪五六十年代，一直到“文革”结束，席卷而来的是一波又一波社会政治运动，这种社会政治运动到“文革”达到了某种极致的状态。常言道“国家不幸诗家幸”，一个正常状态的人，无论如何都不可能为了成为一名优秀的作家，去主动寻求某种人生苦难的体验，但反过来说，当这些苦难以无法抗拒的方式降临到一些作家身上的时候，如此一种不幸遭遇，反倒会成为这些作家未来文学创作所依凭的重要资源。另一个则是，等到他们即将或者初始步入神圣文学殿堂的时候，所有幸遭逢的，却又是一个现在看起来特别难能可贵的思想解放与改革开放的时代。二十世纪以来的一部中国现代史上，曾经先后形成过两次意义重大的中西思想文化大碰撞大交汇的时代。一次是以《青年杂志》(即《新青年》)在1915年的创刊为标志的所谓五四新文化运动。严格说来，那一次思想文化运动先后持续了十年左右的时间。到1927年前后的所谓“革命文学”粉墨登场的时候，五四新文化运动事实上也就宣告终结了。中国现代文学，之所以会形成一座相对而言的文学高峰，出现一批卓有成就的作家，与这一次带有突出思想启蒙性质的五四新文化运动的精神洗礼，存在着不可否认的内在关联。某种意义上，正因为五四新文化运动从根本上奠定了这批中国现代作家的思想与精神底色，所以，他们在文学创作的舞台上才会有那么出色的表现。再一次，就是漫长的“文革”结束后西方思想文化的大规模进入中国。由于特定社会文化语境限制，西方思想文化这一次的规模性进入中国，与政府积极倡导的“思想解放”与“改革开放”存在着格外紧密的内在关联。具体来说，因为思想解放与改革开放均直接提出于1978年年底在北京召开的中共十一届三中全会，所以对这一次全会的意义和价值予以多么高的衡估都不过分。也因此，如果说当年的五四新文化运动更多地出于中国现代知识分子的理性自觉，并且带有鲜明的自下而上的特点的话，那么，这一次以所谓的“文化热”为突出标志的思想文化运动，所显示出的恐怕就更多地是一种自上而下的特点。关键的一点是，在我个人的理解中，发端于十一届三中全会的这一次思想文化运动，虽然以“文化热”的形式出现，但究其实质，却有着一种无可置疑的新启蒙特点。正是在这个意义层面上，这一次思想文化运动，事实上构成了对于五四新文化运动遥远的历史回应。虽然说这一次思想文化运动前后持续的时间，也同样差不多只有十年左右，但它的意义和价值却绝对不容低估。到后来，国内之所以会形成一种一直到现在为止都未曾彻底结束的“80年代怀旧”的思想文化思潮，其根本原因恐怕正在于此。我们所说的前一个以50后和60后为主体构成的那个作家群体，所有幸遭逢的正是那样一个思想解放与改革开放的时代。唯其因为在那个时代，思想艺术正走向成熟的那些作家，经由新启蒙的洗礼，奠定了根本的精神底色，所以也才会有后来文学创作的大爆发，以及高端思想艺术成就的取得。

我们之所以要在这篇文章的开篇处不惜篇幅做以上的一番探讨和论述，正因为王安忆不管怎么说都应该被看作上述那个50后、60后作家群体中极有代表性的一位作家。虽然早在1976年就发表了散文处女作，但她文学创作尤其是小说创作的真正走向成熟，却毫无疑问是在我们前面所特别强调的1980年代。粗略回顾王安忆的小说创作，从最早引起文坛高度关注的《雨，沙沙沙》，到后来的《本次列车终点》、《流逝》、《小鲍庄》，以及“三恋”（包括《小城之恋》《荒山之恋》《锦绣谷之恋》），再到后来的《叔叔的故事》《我爱比尔》《纪实与虚构》《长恨歌》《启蒙时代》《发廊情话》，一直到晚近一个时期曾经引起普遍关注的《向西，向西，向南》、《乡关处处》，以及《天香》、《匿名》、《考工记》，正所谓长中短篇全面开花，全都可以被看作王安忆有代表性的小说作品。由以上罗列可见，王安忆的确是进入新时期以来艺术创造力特别旺盛，能够长期保持思想艺术高水准的可信度极高的杰出作家之一。别的且不说，单是从近些年来她差不多两三年的时间就会创作完成的几部长篇小说而言，从意在通过一段晚明历史的书写聚焦表现中国市场经济最早萌芽状况的那部《天香》，到意在通过一场意外的绑架案思索表现文明如何再生的《匿名》，再到借助于一座被看作历史遗存的老宅子的聚焦，书写表现一段前朝旧人如何度过“劫后余生”故事的《考工记》，可以说部部都有对生活和历史独到的深刻发现和领悟，部部都是当下时代难得一见的长篇佳作。一位已经拥有四十多年写作历史的作家，一直到现在都依然保持着如此良好的创作状态，能够不断地推出具有突出思想艺术原创性色彩的小说作品，其实是非常不容易的一件事情。这一次，她一部即使仅仅从标题上看都显得个性化色彩非常鲜明的长篇小说《一把刀，千个字》（载《收获》2020年第5期），也同样是时下并不多见的小说杰作。

一般情况下，我们很少能见到王安忆给自己的长篇小说专门撰写或者移用一个题记。但这一次，作家却刻意引用了清代诗人袁枚专门为扬州个园题写的楹联“月映竹成千个字，霜高梅孕一身花”来作为小说的题记。既然王安忆要非同寻常地弄一个题记出来，那这题记中肯定会潜藏有作家某种深刻的寄寓。也因此，从题记出发进入并展开小说的文本细读，就一定会是一种理想的解析路径。扬州个园，为中国四大名园之一，是清代盐商黄至筠在扬州建造的一个私家园林。以遍植青竹而名，以春夏秋冬四季假山而胜。竹子是江南最为常见的一种植物，常常被比附为世人精神品格上的高风亮节。也因此，才会形成所谓“宁可食无肉，不可居无竹”的说法。“个园”的“个”字，从构形上看，乃是“竹”的一半，其形状极类似于竹叶的样子，“个园”之名，毫无疑问由此而来。而才子袁枚，当他应邀试图为个园题写楹联的时候，很显然也是从竹子的叶片形状以及“个园”的名称上受到了启发。在此基础上，再进一步结合江南一带每到岁寒时即会有梅花盛开的情景，也就自然有了所谓的“月映竹成千个字，霜高梅孕一身花”这样的佳句。在明月的照耀下，那一片片竹叶在地上映出的是成千上万个“个”字，每当寒霜降临的时候，梅树也就孕育出了满身的花朵。虽然只是短短的十四个字，但这十四个字却因为袁枚的巧妙编排组织而出神入化地写出了江南冬日一番难得的好景致。尽管没有，而且也不可能从王安忆那里得到确切的证实，但在我个人的理解中，她新近这部长篇小说的创作构思，最起码小说标题的由来，与袁枚这副出色的楹联绝对脱不开干系（其中，绕不过去的一点渊源是，男主人公陈诚的父亲，便是地地道道的扬州人。而个园的所在地，恰好也是在扬州。更进一步说，不只是“千个字”，即使是“一把刀”，也同样与扬州有着一定的渊源。请注意这样的一段叙事话语：“这样的大司务，江北一代不晓得有多少，俗话扬州三把刀，菜刀剃刀修脚刀，就是头一把。”一方面，所谓“一把刀”的说法来自扬州；另一方面，陈诚也是在隶属扬州的高邮一代，跟着舅公学会厨艺，最终走上了厨师的人生道路）。依照我的猜想，王安忆应该是首先对“千个字”（说到“千个字”，同样不容忽视的一点，是它与陈诚童年记忆之间的紧密关联：“‘一个字’，‘一个字’！茫茫然不知其意。头上脚下，身前身后，全是‘个’字，风中摇曳。又变作树叶间晶亮的小孔，摇曳。再回到‘个’字。小孩子的声音还在，‘一个字’‘一个字’。他听出来了，是黑皮！那‘个’字，是竹叶，一千个，一万个……”）产生了强烈的兴趣，所谓“千个字”，当然不是指精确的一千个字，而毫无疑问是一种泛指，指的是很多个文字组合在一起构成的一大片文字的汪洋大海，具体到王安忆这里，或者也就是一部具有相当篇幅的长篇小说也未可知。在袁枚的楹联里，与“千个字”形成明显对仗的，很显然是下一句中的“一身花”。因为“一身花”与王安忆的创作构想了无干系，所以最后的结果便是，不仅“一身花”被置换为“一把刀”，而且前后的顺序也发生了颠倒。“一把刀”

在前，“千个字”在后。这样一来，王安忆的这部长篇小说，自然也就成了由“一把刀”而进一步牵引出的“千个字”的人生故事。究其根本，我们标题中所谓的“思接千载”，所实际意指的，也就是作家由前面的“一把刀”到后面的“千个字”这样一种艺术思维过程。“思接千载”，语出刘勰《文心雕龙》中的《神思》篇。在《神思》篇中，刘勰写道：“文之思也，其神远矣。故寂然凝虑，思接千载；悄焉动容，视通万里；吟咏之间，吐纳珠玉之声；眉睫之前，卷舒风云之色；其思理之致乎。故思理为妙，神与物游……此盖驭文之首术，谋篇之大端。”①在这篇文章中，刘勰所集中讨论的，就是文学创作中至关重要的艺术思维问题。以他所见，构思或者说艺术思维的问题，乃是“驭文”“谋篇”的最关键处。要想真正做到为文之神思，创作主体就必须能够“思接千载”“视通万里”，必须做到“神与物游”，也即令作家的主观精神世界与外在的客观世界达到高度交融的状态。只有这样，才能够让自己的作品真正做到“吐纳珠玉之声”“卷舒风云之色”，也即把身外的万事万物积极有效地纳入相应的文学文本中来。但请注意，很多时候，尤其是在面对王安忆这部《一把刀，千个字》的时候，我们却无论如何都不能把刘勰所谓的“思接千载”和“视通万里”做一种过分拘泥的坐实性理解。所谓坐实性理解，就是非得把“思接千载”里的“千载”看作一千年或数千年，非得把“视通万里”中的“万里”看作一万里或者数万里。质言之，刘勰在这里借助于“千载”和“万里”一类的语词所特别强调的，其实是一个作家的构思或者说艺术思维一定要拥有相对阔大的时间和空间。只有这样，他的总体创作格局才会显得不那么局促，才可能抵达更为辽阔的思想艺术境界。倘若借用《中庸》里的一句话来说，就是“致广大而尽精微”。窃以为，对于一个意欲写出优秀长篇小说的作家来说，《中庸》里的这句话不管怎么说都称得上是不二法门。很大程度上，一部理想的长篇小说，正是通过“尽精微”，也即那些足够精彩的细节与情节构造，而最终“致广大”的。这里的“致广大”，其实也就是刘勰所强调的“神思”时的“思接千载”与“视通万里”。具体到王安忆的这部《一把刀，千个字》，她小说叙事的出发点，当然是身为厨师的男主人公手上所操持的那一把厨刀，以及他所苦心经营出的各色菜品。所谓的“尽精微”，毫无疑问更多地体现在“一把刀”的层面上。至于“致广大”，则分别体现在时间与空间的层面上。从时间的层面上，是由早已进入市场经济的当下时代，一直回溯到了上世纪五六十年代那个社会政治思潮汹涌澎湃的畸形时代。虽然也不过是不足百年的数十年时间，距离“千载”更是遥远，但也不妨被理解为“思接千载”，理解为时间的悠长。从空间的层面上来说，整部作品从上海到扬州，再到地处东北最北端的黑龙江哈尔滨，一直到纽约的法拉盛，从国内到国外，其阔大程度，又何止是一个“万里”能够了得。当然，需要特别强调的一点是，对于所谓“致广大而尽精微”里的“广大”和“精微”，我们的理解还不能仅仅局限到客观的物理层面上，同时也更应该落脚到与人物形象紧密相关的主观精神世界层面上。但不管怎么说，一个无法被否认的事实是，不论是“致广大而尽精微”也罢，抑或是“思接千载”与“视通万里”也好，王安忆的长篇小说《一把刀，千个字》的表现都绝对称得上是可圈可点，格外精彩。

因为小说一开始就直接讲述男主人公陈诚（请注意，在小说中，正如同人物命运沉浮的不确定一样，即使是男主人公的名字也同样是不确定的：“幼年的日子在转移中度过，一会儿到这里，一会儿到那里。他甚至连自己名字都不确定，有时候，人们称他‘弟弟’，大弟、小弟；有时候喊他‘兔子’，小兔、卯兔、红眼睛、短尾巴，这就变成诨号了。”）在纽约法拉盛的故事，所以，我曾经一度误以为这一次王安忆会集中关注表现海外华人在异国他乡如何设法打拼人生的艰难命运。但只有在读完全篇之后，我们方才能够明白，她的这部长篇小说其实既跨越了国界，从大洋彼岸的美国延伸到了国内的大江南北，又打通了时间层面上的过去和现在，从当下时代一直上溯到了社会政治运动频仍的上世纪五六十年代。真正可谓起伏跌宕，纵横捭阖。事实上，只要是熟悉王安忆小说创作的朋友就都知道，她是在小说创作方面特别强调“经验的真实性与逻辑的严密性”②的一位作家。需要注意的是，王安忆这种艺术真实观的确立，乃是受到法国作家福楼拜影响的结果：“我年轻的时候不太喜欢福楼拜的东西，我觉得福楼拜的东西太物质了，我当然会喜欢屠格涅夫的作品，喜欢《红楼梦》，不食人间烟火，完全务虚。但是现在年长以后，我觉得，福楼拜真像机械钟表的仪器一样，严丝合缝，它的转动那么有效率。有时候小说真的很像钟表，好的境界就像科学，它嵌得那么好，很美观，你一眼看过去，它那么周密，如此平衡，而这种平衡会产生力度，会有效率。”③与一贯以严谨著称的福楼拜相比较，屠格涅夫当然充满了浪漫主义的色彩，这一点毋庸置疑。但断言伟大的《红楼梦》“不食人间烟火，完全务虚”的这种说法，却恐怕难以令人信服。在我的理解中，《红楼梦》无论如何都绝对不是一部凌空蹈虚的“务虚”之作。如果说作家关于大观园中故事的描写充满着浪漫色彩，关于太虚幻境与还泪神话的描写寄予着某种形而上玄思，那么，作家关于贾府日常生活的细致描写，其实是有着格外坚实的纪实根基的。虽然是钟鸣鼎食的大户人家，但实际上却也有着所谓柴米油盐酱醋茶的日常忧思。这一点，只要我们认真地回想一下小说中关于刘姥姥、王熙凤以及探春等人物与日常生存用度有关的场景描写，相信一定会得到公众的认可。事实上，也正是因为意识到了王安忆的小说观对于当下时代的小说写作有着特别重要的启示意义，所以，批评家谢有顺才会做出这样的一种精辟概括：“小说要写得像科学一样精密，完全和物质生活世界严丝合缝，甚至可以被真实地还原出来，这需要小说家有出色的才能。因此，作家要完成好自己和现实签订的写作契约，首先还不是考虑在作品中表达什么样的精神，而是要先打好一部作品的物质基础。所谓小说的物质基础，就是说，一部小说无论要传达多么伟大的人心与灵魂层面的发现，都必须有一个非常真实的物质外壳来盛装它。”④关键的问题是，王安忆在这么强调的同时，也更是把这些原则落实到了具体的小说创作过程之中。而且，越是到了晚近的一些小说作品中，这一点就表现得越是突出。比如，《天香》中对晚明时期的天香园绣以及天香园精雕细刻一般的细致描摹，比如，《考工记》中对那座陈家老宅的建筑工艺与历史传延所进行的如同考古学一样的认真考辨，所有的这些，实际上都为作家思想艺术意旨的深度实现奠定了相当坚实的物质基础。

正如同标题中的“一把刀”已经强烈暗示出的，到了《一把刀，千个字》中，王安忆对物质基础细针密线式的坚实建构，突出不过地体现在对男主人公那超乎群伦的顶级厨艺的精细描写上。比如，开篇不久的这样一段：“胡乱想着，菜上来了。雪菜豆瓣是瓶装的；烤麸是冷藏；熏鱼倒出其不意的好。中国内湖污染重，淡水鱼难得像这样没有火油味，酱料足，炸得透，糖色重，所以还是老三件。红烧肉是上海菜的主打，其实最平常，弄堂里每扇后门里都炖着它，高低在于猪肉。也许物种演变的关系，美国的猪肉，在向牛羊肉接近，有一股膻味。厨师显然是油酱大王，舍得下料。他猜想厨房距离比较远，端来的盘子都是半热，量又少，空气保持着清新，同时也是冷淡的。终于，清炒鳝糊登场了，没动筷子，他就笑了。别的不说，那一条条一根根，看得见刀口，而鳝丝是用竹篾划的。也就知道，这食材来自当地养殖，所以肉质硬实，竹篾也划不动。”严格地说，作家在这里并不是在直接描写陈诚（因为名字不确定，我们姑且以“陈诚”来称呼男主人公）自己的厨艺，但所间接反映出的，却仍然是他的厨艺。却原来，身为厨师的陈诚，之所以要邀请开农场的川沙朋友一起去曼哈顿的那家上海本帮菜馆吃饭，乃因为意外地看到了那家的菜单上赫然列着一道“清炒鳝糊”菜品。依照陈诚来到美国后所获得的经验，这个地方是不可能有“软兜”也即鳝鱼存活的。对此，陈诚或者王安忆试图给出解释：“从小处说，北美没有水田，旱地为主，也许，可能，很可能，鳝，即软兜，是和水稻共生；大处来看，新大陆的地场实在太敞朗，鳝却是阴郁的物种，生存于沟渠、石缝、泥洞，它那小细骨子，实质硬得很，针似的，在幽微中穿行，人类肉眼看不见，食物链上最低级的族群，就可供它存活。”细细想来，这段话里所表达的认识和传达的感觉，前边那小处的一部分是属于陈诚的。因为只有作为厨师的他，才能够认识到美国没有鳝鱼存活在地理差异方面的原因。后一个方面，也即所谓的大处，其实更多的是在一种文化人类学的意义层面上，借助于对鳝鱼生存条件的谈论，比较分析着中美两种文化的异同。潜隐于其后的，乃是一种不动声色的文化批判与沉思。根据我们对陈诚基本文化结构的了解来判断，他无论如何都不可能有如此一番相当高明的思想见识生成。也因此，如此一种文化感悟，与其说是属于陈诚的，莫如干脆说就是属于作家王安忆的。来到曼哈顿的这家菜馆后，陈诚和他的朋友便要了一桌菜。请注意，在写到这些菜品时，叙述者所持有的更多是一个厨师挑剔的眼光。毫无疑问，如果不是陈诚，而是另外一个普普通通的食客，他哪里会对这些菜品做出这么精准到位的品评呢？也因此，这段话语看似描写的都是曼哈顿这家上海本帮菜馆的厨艺水平，但暗中所真切折射出的，却依然是陈诚自己的厨艺。

再比如，“自从他来到，采买和烧煮就全担起了。材料的紧凑，还因为生活方式，上海的炊事比乡下细碎多了。豆芽要掐去两头，蚕豆剥了壳，还要去皮，花生米也要去衣。金针菜黑木耳全年各二两，需分配给各项菜式，鱼是一掌长二指宽，天不亮就去排队，不定买到买不到，半斤肉作几样吃，白切红烧切丝切丁。开一次油锅只出碗脚多点的菜，猫食似的，却要有三四种。所以，格外的忙碌”。这是关于陈诚初学厨艺略有小成时候的一段描写文字。一方面，这里所展示的厨艺，还带有明显的日常意味，是日常生活中的普通式样。但在另一方面，更重要一点却是掩映于厨艺背后的时代与人性状况。其一，从时代的角度来看，王安忆所巧妙写出的，是特定的物资匮乏年代人们窘迫的生存状况。正因为生活物资供应跟不上趟，所以，金针菜与黑木耳才会一年只有二两的数量。二两，即使到现在想一想，都是令人不可思议的一个计量数字。正因为如此，人们也才必须在天不亮的时候就去排队购买。其二，更是同时揭示了上海人生活的精细和讲究情况。吃豆芽要掐去两头，吃蚕豆和花生米都必须去衣，类似这样的生活细节，非亲身经历者其实不能道出。这个，在外地人那里恐怕的确很难想象。还有就是，明明已经是物质特别匮乏的时候，但上海人却还是要尽可能地讲究生活品质，否则也不可能如同“螺蛳壳里弄道场”一般，非得把好不容易才买到手的半斤肉还一定要再搞出三四个花样来。当然，如果换一个角度的话，如此一种情形，也说明着上海人骨子里对生活的一种热爱，或者说就是生命力的坚韧。还有一段，则是专门描写陈诚如何做一款面点：“这一款面点他下了功夫，难度在物色食材。说起来简单，细究却颇费周折，就是小麦。不能生，不能熟，恰是返青的一刻，摘下来，搓成粒；石臼里捣出浆，且不能烂，需保持原形；倾在手里揉，揉，揉成团；压在扁盘里，拍打、切块，上蒸笼。为了它，专在盆里栽几十株麦子。美国这地方，水土太丰腴，种什么，长什么，长什么都是肥硕壮大，他要的麦子却是颗粒小、瘦、高密度，从土里硬挤出来。中国的庄稼，哪一种不是？树的年轮压得死紧，铜线似的一周套一周，箍得个千年不朽。这一款面点，说是甜品，倒有些苦涩，但苦尽甜来，行话叫回甘。少有人知道它，名不见经传，事实上，连‘名’也没有。源出并不在淮扬地区，更要向北，盐城如东一带，想来是青黄不接春荒的时日，苦极了，救命的吃食，逐渐演化过来。他瞅准长势，及时掐下来，捡出硬实的麦仁，早一日捣好揉好，湿手巾盖在盘子里，这时切好上笼。还需看着火，不能太过，太过就散了。”王安忆的小说语言，很长一段时间以来就是这样，句子很短，因而不但会给人以特别绵密的感觉，而且也有着一种内在的节奏感与音乐性。她的这种语言，看似琐碎，却一点也不显得空洞高蹈，反而是特别及物，蕴含极其丰富的信息量。即如我们摘引的这一段，作家非常细腻地描写介绍一种由小麦制成的特别面点。或许因为面点的制作食材更为关键，作家的重心其实落在了对食材特点与来历的详细展示上。首先，是制作过程中的分寸把握。什么“不能生，不能熟”，而且还“不能烂”，什么既要搓，还得捣，然后再揉，真正可谓细致入微。其次，更进一步地，在描述完制作的过程和食材的特点之后，也对食材的来历做了相应的补充性交代。其中，尤其耐人寻味的一点，是如此一道现在看起来已经非常高雅的面点，原初的出身竟然只是盐城如东一带百姓春荒时救命的一种吃食。这样一来，自然也就构成了“昔日王谢堂前燕，飞入寻常百姓家”的某种反命题。却原来，食物也会有如同人生一样起伏跌宕的命运沉浮。自然，除以上这些内容之外，还有一点，恐怕就是为王安忆所念念不忘，时不时就要穿插到叙事话语间隙之中的中美比较命题。“美国这地方，水土太丰腴，种什么，长什么，长什么都是肥硕壮大”，而陈诚所需要的却是中国的麦子：“颗粒小、瘦、高密度，从土里硬挤出来”。实际上，又何止是麦子，其他的那些植物，不也一样如此么？这样，也才有了接下来的相关话语：“中国的庄稼，哪一种不是？树的年轮压得死紧，铜线似的一周套一周，箍得个千年不朽。”不知道其他朋友在面对这些叙事话语的时候会联想到一些什么，反正在我看来，这些叙事话语所谈论或者指向的绝不仅仅只是所谓植物生长的问题。这里的一种言外之意，不管怎么说都应该引起各位的高度注意。也因此，到底什么样的小说语言，方才算得上是细针密线的，不仅及物而且更有着丰富内涵的语言，王安忆的这一段叙事话语，其实就带有突出的示范性意义和价值。

实际上，也不仅仅是厨艺，其他方面，比如，人心的细微，同样在王安忆的笔下得到了特别缜密的挖掘与表现。比如，描写陈诚和师师在美国结婚前的一段对话："先是他起的头，他说：师师你不要发愁，不是有三条路吗？我可以帮你走第三条，结婚。师师看他一会儿，说：兔子，我其实可以走第一条，申请政治庇护，理由是计划生育受害者。他一时反应不过来，她继续往下说：我结过一次婚，生一个儿子，我来美国，一半为了他。哦，他停一停，说：第一条路虽走得通，可麻烦也多，还要坐移民监什么的！他发现自己仿佛迂回地求婚。师师说：你已经帮我很多，再得寸进尺，就是把客气当福气了！这话听起来又像婉转地拒绝。他说：我不是客气。师师说：我不能耽误你的终身大事。他说：没什么耽误不耽误，我就是一个人！师师说：你早晚会有两个人的！他不由得急起来：没有第二个人！"接下来的一个段落是："师师坚持道：总有那一天！他说：真没有！师师还是摇头，他叹一口气，出去了。"阅读这段饶有趣味的对话，让我既想起了著名的戏剧片段《三岔口》，也想起了现代京剧《沙家浜》中影响最大的《智斗》那个片段。陈诚和师师，原本是少年时上海弄堂里的玩伴，没想到很多年之后竟然在美国不期而遇。等到师师出现在陈诚面前的时候，陈诚已经凭借着他的厨艺以及机智，在美国立住了脚跟。但师师的居留，却仍然是一个悬而未决的根本问题。师师要想在美国居留，有三条路径可供选择。一是，政治庇护；二是，转工作签证；三是，找合适的人结婚。在师师这里，或许是因为自己不仅有过婚史，而且还生有一个儿子，首先，无论如何不想走第三条路，其次，即使万般无奈被迫走第三条路，也不会把目标聚焦到童年玩伴陈诚身上。但在陈诚这里，一方面，或许是因为单身一人早已孤独太久，另一方面则因为师师的出现仿佛一下子照亮了自己内心世界（请一定不能忽视这样的一个相关细节："眼前的师师，有着饱满的脸颊，双眼皮很宽，仿佛墨笔描画的，唇线也如描画般鲜明。这一张脸凸起在后厨灰暗的光线里，周围的事物都失去三维的立体感，变得平面。"），陈诚内心早已对师师充满了不可遏制的欲望和期待。关键的问题还在于，陈诚的这种真实想法，并不能对师师直截了当地表达出来。很显然，这一番饶有趣味的对话的发生，正是建立在对话双方如此这般各自不同的心理基础之上的。话题之所以会由陈诚率先挑起，乃因为他对师师先期发生了浓厚的兴趣。但是在对话的过程中，由于各自的想法不同，所以，一方一直在以一种暗示的委婉曲折方式表白着潜藏于内心深处的情愫，另一方却一直在以一种貌似"没心没肺"其实非常坦诚直率的方式"拒绝"着。如此一种弯弯绕的情感表达的错位，在让我们为男主人公陈诚捏一把汗的同时，也更让我们恨不得自己跳出来替这位无法明言的男子把自己的真实想法直截了当地告诉师师。也因此，一直到后来，看到这两位在上海时的少年玩伴终于走到一起的时候，我想，大概很多人都会如同我自己一样，在彻底松一口气的同时，把那颗悬着的心放下。阅读的过程中，我的一种真切感受就是，王安忆的确是一位很有叙事耐心的作家。能够仅仅通过两个人的对话，便丝丝入扣条分缕析地把陈诚和师师他们两位的内心世界做如此深入的剖视，端的是艺术功力了得。

从艺术结构上看，整部《一把刀，千个字》被王安忆不无果断地切割为上下两个部分。尽管很难把标题中的前后三个字截然分开，小说叙事过程中二者之间彼此的交叉穿插，毫无疑问是一种客观的事实，但相对来说，“一把刀”更多地对应着上半部，“千个字”更多地对应着下半部，这样的一种判断也不能说就完全没有道理。事实上，王安忆在上半部里所集中讲述的，乃是男主人公陈诚从少年时代开始就不断地四处漂泊的人生故事。倘若仅仅聚焦于陈诚其人，断言这一部分带有一定的成长小说色彩，也是合乎文本事实的。具体来说，陈诚的漂泊人生是从他只有大约七岁的时候开始的：“那时候，他大约七岁，住在上海虹口的弄堂。”为什么这么说呢？因为与那些长期和父母一起生活的正常孩子明显不一样的一点是，小小年纪的陈诚，只是和一个被他称之为孃孃（上海话里关于姑姑的一种称谓）生活在一起。当然，他们两个能够在一起生活的一个必然前提是，这个时候的孃孃同样处于单身一人的生活状态。即使是作为当事人的陈诚，也只是到了后来，方才从孃孃那里进一步了解到，却原来，孃孃不仅曾经有过自己的婚姻，而且生过一个孩子：“原来，孃孃有过一次婚姻，双方父母都不看好，因门第不对等。那一方是怡和洋行襄理的公子，这一方只是市井人家女儿。”但因为男女双方皆属青春年少，对未来的爱情充满幻想，所以两个人还是不顾家庭的反对，坚持走到了一起。然而，少年人的热情来得快也去得急，没有过太长时间，就在他们刚刚生下一子不久，他们的婚姻就出现了问题。分手前达成协议，用叙述者的话来说，就是："产下一子，留给夫家，因是孩子的母亲，便承诺负责生活，再嫁时候截止。到底生意人，有诚信，自此月月给付，无论时局改变，市面动荡，从不曾中断和拖延——他不禁要问，孃孃后来没有结婚？孃孃颇有得色：他们想不到要养我一辈子，这就叫人算不如天算，婚姻的好处坏处都尝过了，足矣！”毫无疑问，不从事任何职业的孃孃，之所以能够既养得起自己，也养得起陈诚，与她因为这桩异样婚姻所获致的经济补偿紧密相关。尽管说陈诚正是在这个时候，和后来成为自己妻子的师师最初结识，但一个小小年纪的男孩子，成天守着孃孃这样一个单身女子一起过日子，自然会有难以排遣的愁闷生成。很大程度上，正是这种愁闷，使陈诚得以跟随黑皮的爷爷，也即自己的舅公，不仅来到了位于高邮西北乡的他们家乡住，而且他也正是跟随着四处办厨的舅公才开始最早接触厨艺的："九月来到，黑皮上学，并没有如承诺的，带他一同去。看他孤寂，舅公问要不要跟着去办厨，点头说要，于是，一老一小便上路了。”正是在跟随着舅公四处奔波的过程中，陈诚开始了他带有明显偶然色彩的厨艺生涯："他是从白案入行。先只不过剥葱捣蒜择菜，给豆芽换水，洗了小脚丫，伙计肋下一叉，叉进面缸里踩面。实在忙不开，就当个人用了，发酵，擀皮，揪剂子，捏包子——一个包子二十六个褶！他脑子好，眼和手有准头，学得进东西，最要紧的是，勤快。”不容忽视的一点是，在学习厨艺的同时，他也还接受着别一种教育：“传授厨事之余，舅公还和他讲书。孃孃用《红楼梦》做脚本，舅公是黄历。”虽然一直没有能够接受正规的科班教育，但陈诚却也并没有成为一个大字不识的文盲，从根本上说，恐怕也正是拜孃孃和舅公如此一种特别教育方式所赐的结果。就这样，一直追随舅公学习厨艺三年后，已经初通厨艺的陈诚，才离开高邮西北乡，再次回到上海，回到了依然孤身一人的孃孃身边：“再次来到上海，觉得一切都变小。街道窄了，楼矮了，一方方的窗格子，蜂房似的，人却多了，密密匝匝的。”之所以会有这样的一种感觉，一方面，因为他刚刚从广阔的乡间大地回到其实逼仄的上海城；另一方面，则是因为三年的时间里，他的个子已经长高了不少。事实上，这个时候的陈诚，不仅个子长高了不少，而且也开始初通人事了。这一方面，一个标志性的细节就是，他竟然把自己学习厨艺过程中积攒下的一笔钱全都主动交给了孃孃：“孃孃用手帕在镜片后面擦拭一下，喃喃说：你还是个孩子呢！他低下头，窘得不行。这般大的少年人，最怕动感情，尤其他和孃孃，都不惯表达和交流。”一方面，在孃孃的心目中，他已经长大成人；另一方面，也因为孃孃发现他已经在厨艺上有所成就，所以便决定利用自己既往的关系，给陈诚找一个比舅公的厨艺水平不知道要高出多少倍的真正的淮扬菜大师傅，也就是孃孃一位久违的故人单先生：“先生姓单，淮扬大师傅胡松源外系后人，亲不亲，舅家人，也就称得上嫡传。二十岁出头来到上海，先在洋行做司务，后被高级襄理目中，高薪聘用，专为要客办宴。”无论如何，我们都得承认，这位单先生授徒方式不仅奇特，而且授徒效果也非常显著：“拜单先生为师，算是入了胡松源宗门，有了业内的身份。单先生授徒另有一功，不动手，只动嘴。到他家里，各坐一把椅，中间隔一张矮几，几上两杯清茶，一个讲，一个听，听的给讲的添水，递毛巾，方才分出上下长幼。讲着讲着，又颠倒过来，长的对幼的说：你忙不忙？还有几句，耽误不了太久。好像不是他教他，而是求他学。”但也正是如此一种只是口口相传式的点拨方式，到最后却奏了奇效。陈诚之所以后来到美国开餐馆后不仅大获成功，而且还被别人以讹传讹、一厢情愿地指认为是淮扬菜系正宗传人莫有财的嫡传弟子，不管怎么说，都与单先生当年那番真正可谓煞费苦心的悉心调教和点拨，是分不开的。

我们注意到，在主要讲述陈诚如何走上厨师这一条人生道路的过程中，作家也会时不时地穿插讲述他后来怎么样想方设法地在美国落脚打拼的故事。具体来说，厨师陈诚之所以有机会来到美国，与他的嫡亲姐姐关系密切。上世纪八十年代的时候，已经在三棵树插队的姐姐，首先是有机会被保送到工业大学，然后，等到大学二年级的时候，又被推选公派留学，这样才有机会漂洋过海来到美国留学。在经过一番周折，其实是亲身感受到母国与美国之间存在的一些差异之后，最终选择居留美国。若干年后，陈诚携手父亲，以探亲的名义，跟随姐姐的脚步，也来到了这块新大陆。“不觉间，三个月的签证到期，父亲回去，他又续签三个月。”等到续签的三个月再次到期的时候，他终于下定决心黑了下来，非法居留美国不归。再到“后来，他是顺着政治庇护的潮流，通过闸门，获得居留。那些黑了七八、十数年，难民监进进出出的人，称他‘福将’。他倒也不那么自得，因觉着不过早晚的事，有些道家的精神，其实是走哪座山，唱哪支曲，相信天无绝人之路”。就这样，等到陈诚在法拉盛居住第三年的时候，大号名为“师蓓蒂”的师师没有一点征兆地突然出现在了他的面前。这样一来，自然也就有了我们在前面其实已经涉及的，师师的居留、他们之间的婚姻问题，以及相关问题的最后解决。

然而，就在我们根据上半部的小说文本，差不多已经要认定《一把刀，千个字》就是一部从陈诚的高超厨艺切入并最终表现他终其一生的漂泊（他后来的美国故事，自然也可以被看作人生漂泊故事的一个有机组成部分）的长篇小说的时候，到了从第七章开始的下半部，整部作品的叙述方向却一下子就“峰回路转”，由“一把刀”转向了“千个字”。时间的视点，也随之而转向了某种意义上看似已经有点遥远了的上世纪中叶。只有到这个时候，我们也才会恍然大悟，却原来，王安忆这部长篇小说真正的书写重心，其实并不在前面已经占了很大篇幅的陈诚身上，而是最终落脚在了他的其实一直处于闪闪躲躲状态的母亲身上。小说叙事上如此一种“峰回路转”的情形，倘若借用众所周知的名句来说，无论如何也都称得上是“众里寻他千百度，蓦然回首，那人却在灯火阑珊处”。事实上，如果你的确称得上是一位敏感的读者，那么，早在上半部作家有意无意留下的一些蛛丝马迹中，就应该已经能注意到陈诚母亲这一形象的若隐若现。比如，在父亲携带姐姐专程到上海来看陈诚的时候，曾经出现过这样的一段叙事话语：“停一时，父亲开口了：以后，你管嬢嬢叫‘妈妈’。嬢嬢接着说：这样，你就可以在上海读书。他有些蒙，心里恍惚着，问出一句话：我妈妈呢？两个大人被问倒了，面面相觑，然后，他看见嬢嬢的眼镜镜片奇怪地闪烁一下，戴眼镜的人哭了。”由这一细节而引发的一连串无法回避的问题显然是，母亲到底是怎么回事？为什么父亲要他喊嬢嬢为妈妈？为什么一提到母亲，嬢嬢就会哭呢？再比如第四章里写到陈诚在那个物质匮乏的时代终于想方设法买到一只猪后蹄，并且做成挂丝的蹄髈的时候，曾经出现过一个他和嬢嬢以及朋友小毛一起看照片的重要场景：“再翻一页，就是一家四口，年轻的父母和幼雏儿女。小毛脱口道：你，兔子！他也认出父亲和姐姐，那抱他在怀里的，仿佛认识，却又不认识。嬢嬢伸手合起相册，说：没有了！站起身，就是逐客的意思了。”后来，等到故事情节行进到上半部最后一部分，也即第六章的时候，出现了与前面看照片的场景相呼应的另外一个场景，只不过，这一次看照片的，只剩下了陈诚一个人。其实，他是偷偷背着嬢嬢看照片的：“抽屉迎面放着相册，就是小毛来吃饭的那天晚上，嬢嬢取出来给他看的那一本。他没有看见嬢嬢收在哪里，可是却又像是知道。”但出乎意料的一点是，等到他取出相册打开来的时候，却发现此前那张一家四口合影的照片不翼而飞了：“照片抽走了，危险避开了，‘勤劳的人’终于没有说话，它究竟要说什么呢？”毫无疑问，由以上两个看照片的场景，我们所生出的问题自然是，那张无可置疑是包括妈妈在内的一家人的照片，到底有什么忌讳，会让嬢嬢“神不知鬼不觉”地抽走呢？难道说问题的确出在大家似乎避之唯恐不及的妈妈身上吗？对于这一切，王安忆在上半部里并没有提供答案，但那一首在陈诚偷看照片时窗外一直响着的“马兰花，马兰花，风吹雨打都不怕，勤劳的人在对你说话”的歌谣，从此之后却时不时地就会回响在陈诚的耳际了。那么，这又是为什么呢？这一点，我想，无论如何都只能从精神分析学的角度予以解释。陈诚之所以总是要不由自主地联想起少年时期在上海弄堂里听到过的童谣，不是因为童谣本身有什么微言大义，而是因为它很显然牵系着他内心深处某种难以言说或者说不足为外人道的精神情结。而这种牢固存在的精神情结所指向的，就是他那位很是有一点“云深不知处”味道的母亲。

耐人寻味的一点是，陈诚的母亲，虽然在小说文本中拥有如此重要的一种地位，却一直处于无名的状态。也就是说，明明有着赋名权力的王安忆，却偏偏就是拒绝给她命名，总是径直以“她”称之。出现这种“执意”不肯命名的情况，大约是出于能够更圆满地表达作家思想意旨的缘故。依照叙述者的交代，1934年出生于哈市道里一户基督教家庭的“她”，在少年时期，曾经被酷爱音乐的母亲特别安排，跟着一个名叫亚历山德拉克洛娃的白俄女教师学习声乐。但尽管如此，等到中学毕业的时候，“她”还是违逆母亲让“她”报考音乐学院的意愿，执意进入了一所工业大学：“学校起源于中东铁路培训人才的需要，一度名为‘中东铁路工业大学’，是中苏交好的象征，也显示走苏联道路的基本国策。”既如此，置身于那个中苏友好的蜜月期里，包括“她”在内的这所大学的学生，在各方面倾慕苏联的时尚，也就是一件顺理成章的事情。其实，早在大学的时候，“她”就已经表现出了对社会政治的浓厚兴趣。被誉为校花的“她”，曾经积极参与过大辩论：“晚上，大礼堂里，灯火通明，曾经演出《大雷雨》《海鸥》的舞台，此刻张开大辩论的横幅：‘共产主义的乌托邦’。也是一出戏剧，她饰演的是圣女贞德，对方一众人，她单挑。”进一步说，“她”最早引起陈诚父亲也即老杨的注意，也就是在这个时候：“他是从实际出发，她却有更高原则，认为政府有更宏大的目标，世人的目光不可企及。”尽管如此，但“他惊讶她的能量，不知源头哪里，取之不尽，用之不竭，使精神丰盈，漫溢到自身以外，感染周边的人”。由以上这个细节，我们也不难看出，“她”和老杨其实也并不是一类人。很多时候，如果说“她”可以被看作是生活中的主角的话，那么，老杨只可能是生活中的旁观者。然而，生活的辩证法就在于，到最后，偏偏就是这样的两个人，居然走到了一起。关键的问题是，虽然“她”可以和老杨一起结婚并生育子女，但从根本上说，“她”从来都不属于柴米油盐的日常生活，而只是天然地属于金戈铁马的社会政治生活。

从社会政治的角度来说，大学时代也即反右时期的“她”，如同很多人一样，其实也曾经是一个左派：“她，又一回独领风骚。一系列的好事接踵而来，高教系统优秀学生，共青团大会代表，两年前提交的入党申请有了回应，通知参加组织生活，列席党内会议，特别安排发言，陈述意见，没有人会质疑她，与她争个不休。”从这个时候开始，到后来的1960年代中期，如果联系“她”在“文革”中的石破天惊之举来判断，不妨将其理解为“她”思想转折的一种酝酿期。首先，是时代的转换迁移：“厂区的大喇叭里，传送出的声音高亢起来，炒豆子似的往外吐字。姐姐的小学校里，高年级语文扔了课本，换作读报纸和写大字报，批判《燕山夜话》和‘三家村’。大字报，这和平年代的进攻武器，又启动了。”但请注意，在“她”那张影响巨大的大字报出炉之前，曾经有过一次长途旅行的过程。而老杨，也正是在“她”出行未归的时候，出于平素对“她”的了解，就表达过一种强烈的忧虑：“认识她，他方才知道，世上有一种渴望牺牲的人，就像飞蛾扑火，由着光的吸引，直向祭坛。”这次外出旅行或者说“她”一个人的“大串联”过程中，最值得注意的一点是，在天津和大学室友短暂相聚时的一番促膝交谈：“她坐直起来，前倾着身子，说：我去过北京了。女同学不动弹，静静听着。天安门那么远，什么都看不见，她说，可是满地的人都在跳跃，叫喊，流泪——她止住话头，停顿片刻，接着说出一句：大家都疯了！女同学动了动，她继续：理性，理性到哪里去了？女同学在枕上问：你加入组织了？没有，她说，我读书。读什么书？《反杜林论》《国家与革命》《路易·波拿巴的雾月十八日》……读书好！女同学说。读书是不够的，她说，要到实践中去。”毋庸讳言，当“她”一力强调实践重要性的时候，这位对“她”一向了解甚深的女同学，已经预感到“她”想干什么了。这样，也才会有接下来的劝阻和拒绝：“女同学坐直了，俯身看向她：忘记它，想都不要想！可是我做不到！她说。”既然内心里已经拿定了主意，那个悲剧性的结局也就不可避免了。春节之后写好大字报，“她”把大字报毅然决然地张贴到了省委大院的外墙上：“后来，在人们的描述中，他仿佛看见学校大礼堂舞台，顶灯照耀下，白衣蓝裙的女学生蹲在地上，从皮包翻找书籍。大字报方才贴上一页，就有人伫步；三四页以后，便围拢起来；再有六七页，张贴已经赶不上阅读的速度，性急的人从桶里操起浆糊刷子往墙上涂。”“总共十二页，标题为‘人民政权和群众运动’，落款‘一名中共候补党员’，底下是真名实姓。”关键的问题是，在那个大字报早已铺天盖地的年代，“她”的这张大字报到底特别在何处？凭什么一下子就能吸引来那么多人呢？请看叙述者的相关介绍：“文中的主张，似乎没有偏倚，既不造反也不保皇，两边的队都不站，两边也都不支持。是要倒退到革命之前吗？却又像超越至最高目标，共产主义，消灭阶级，人类大同。”虽然现在看起来大字报中的观点没有什么了不起，但在当时的政治旋涡中，却真正称得上是石破天惊的闯祸之论。事发之后，预感非常糟糕的老杨，曾经专门赶到单位去见过一次“她”：“她坐在临窗的书桌前，抬头看一眼，复又低下去。他站在门口，说：回家吧！她没有回答，就又说一遍：一起回家！带些命令的意思，好像面对闯祸的孩子。她笑了笑，依然低着头：你自己回去吧！”尽管老杨一再坚持，但“她”却“坚执不从”。实际的情况是，这个时候的老杨根本想不到，这一次，乃是他们的最后一次见面：“他不知道，这是最后的一眼，自此，就再没有看见过她。”到后来，老杨才意识到：“她不随他回家，是因为已经身不由己，不得离开。”就这样，在那个特定的历史时期，“她”最终因为“冒犯天条”而被打入另册：“从通知送交衣物的地点变化，事态显然在升级中。先是单位保卫部门，后来到路段属地派出所，再又转入公安局拘留所，这一段时间比较长，他心存侥幸，以为局势缓和，会有转机，可是，长久的静止又让人不安了。”但老杨无论如何都想象不到，到最后，“她”竟然会因为这张大字报而性命不保。以至于，在若干年后，竟然不无反讽意味地被目为“烈士”而受到顶礼膜拜。分析至此，一个不管怎么说都应该提出来加以讨论的问题就是，王安忆《一把刀，千个字》中的“她”这个至关重要的人物到底是谁？又或者，如果说在小说创作的过程中，很多人物都会有生活原型，那么，这个“她”的生活原型又是谁呢？对此，我个人的看法是，如果联系那个特定时期东北所实际发生过的历史事件来加以判断，那么，这个生活原型极有可能就是那位曾经被著名诗人雷抒雁在其名作《小草在歌唱》中大力讴歌过的张志新烈士。二者之间高度的相似性，明眼人一看即知。当然，出于众所周知的原因，我们在这里也就不再对此展开详细论述了。但必须强调指出的一点是，在《一把刀，千个字》这部长篇小说中，王安忆能够从陈诚这样一个淮扬菜系的优秀厨师而进一步延伸并触及如同张志新烈士这样一种深度历史话题，无论是写作勇气，还是艺术智慧，都应该得到高度的肯定。而我们这篇文章标题中所谓“尖锐的历史诘问”，实际上也只能落脚到这一点上。

然而，或许是因为存在着某种书写禁忌，又或许，在王安忆最初的创作构想中，原本就是要把书写重心最终落脚到以陈诚为代表的子一代此后的人生漂泊上，然后，再以如此一种书写方式巧妙地折射回望母亲当年所遭逢的历史悲剧。对此，曾经有论者进行过深入的剖析：“其中有个锋刃般尖利的内核：丈夫在事发后提出离婚，女儿同母亲划清界限——这是那个时代屡屡上演的一幕。但王安忆没有直接撕裂这真相给人看，这一尖锐让她层层包裹，覆以一家人漂泊的命运和颠沛的生活。儿子就是那位大厨，因年幼对这些全然不知，只是成长颇为艰辛，从他视角看过去，一切是混沌不明的。父亲和女儿是当事人，则每每爆发冲突，不肯原谅对方，实际是不能原谅自己。”⑤换而言之，如同母亲“她”这样一位因为特定历史时期的反抗而在事后被封为“烈士”的人物，到底会在怎么样的一种程度上困扰影响到亲人们未来的命运走向，这个恐怕才是王安忆创作《一把刀，千个字》的初衷所在。事实上，陈诚年仅七岁就已经被迫开始了的人生漂泊，从根本上说，正是拜母亲的不幸遭遇所赐的结果。我们注意到，在第八章刚刚讲述完母亲的悲惨故事后，作家的笔锋陡然一转，一下子就转向了对陈诚即将开始的未来漂泊命运的书写。母亲“她”那个天津的女同学到来后，不由分说就把尚处于懵懂状态的陈诚带走了：“女同学说：凌晨有火车往南去，我带孩子走。他倒没想到，眼睛亮了亮，说：我有个妹妹在上海。”接下来就是：“从被窝里掏出人来穿衣服。孩子一直在酣睡中，小身子热烘烘，软绵绵。女同学笑了，问：他叫什么名字？父亲说：我们都叫他弟弟。好，弟弟，我们走！穿上大衣，用围巾裹住怀里的人，推开门走了。”懵懵懂懂的陈诚，就这么被带走了。到哪里去了呢？接下来第九章的开头所给出的，其实就是相应的答案：“他的记忆从嬢嬢的亭子间开始，窗户底下，女孩子跳着皮筋，唱道：‘马兰花，马兰花，风吹雨打都不怕，勤劳的人在对你说话。’”这样一来，因为陈诚的人生记忆实际上从上海弄堂，从嬢嬢，从那首《马兰花》开始，所以，母亲就被推置到了人生的后台，虽然“她”所投射出的巨大阴影从来都没有消失过。不论是陈诚后来参加夏令营时的中途逃脱，抑或是他后来坚决拒绝进入高中读书，都可以从这个层面上得到很好的解释，这都是其难以抚平的精神创伤记忆发生作用的结果。事实也正如老杨后来所强烈感受到的那样：“事情也不在儿女，而是母亲，那个她！也是纪念碑，他，他们，都是驮碑的龟。如此，儿女又算个东西了，和他一样的东西。”母亲，也即那个“她”，是碑，是纪念碑。而老杨和那一双儿女，却不过是被迫驮碑的龟。到这个时候，母亲也即“她”的当年行为的是与非，其实已经不在王安忆的关注视野之中。与母亲当年的壮举相比较，更令王安忆聚焦思考的，乃是母亲如此一种壮举给亲人，给儿女们所造成的的精神后遗症。从这个意义上说，老杨所谓“驮碑的龟”的说法，不仅别出心裁，而且也真正可谓既形象又准确。很大程度上，小说所集中描摹讲述的陈诚不仅地跨中国南北，而且也横越大洋两岸的人生漂泊遭遇，就可以被看作“驮碑的龟”的一种形象展示。

究其根本，也只有充分地联系那样一个在陈诚他们后来的生活中避之唯恐不及的母亲形象的隐然存在，我们才能很好地理解陈诚在美国和师师结婚后的一些不正常举动。这一方面，最典型不过的一个举动，就是他毫无征兆的悄然失踪：“送走父亲的次日，他去长岛接一单家宴。事毕结清账款，没有回家，而是直接往曼哈顿唐人街，旅社里宿一晚，天明时分搭大巴去了大西洋城。他很久没有玩过了，自从师师来到，逐渐疏离最后戒断，已经过去十年。今日再次踏上路途，仿佛只一夜之间。”尽管我们都知道，悄然失踪后的陈诚，不过是过一把能够自控的赌瘾，然后一个人在朋友倩西的住处休整几日，但在他的妻子师师那里，却毫无疑问会生出其他的理解：“不告而别的三天里，师师也担心也不担心。她知道他出不了事，却想不出他会去什么地方。他们俩彼此间没有秘密，同时，也了解不多，就像自己和自己。”大约也正因为他们是一种夫妻关系，所以，实在想不出答案的时候，就会不由自主地把事情想歪，就会联想到男女之间的关系上：“然而，枕边人却变得陌生，睽违的那些时间，忽地显现，一片空茫。他和她的第一次，并不是第一次，她是过了明路的，他呢？从未追究过，一个成年男人，没有经验才怪！”唯其因为师师做了这样的一种理解，所以也才有了她自己和那位无名老头之间对陈诚的报复性行为。但其实，师师对陈诚存在着极大的误解。正如同姐姐在安慰师师时所一再强调的自家弟弟不会有其他问题，只不过是拥有某种恋母情结一样，实际的情形尽管未必是恋母，却和一直隐然存在的母亲有着莫大的关联。说到底，恋母也罢，仇母也罢，反正在陈诚的潜意识深处，始终有一个隐然的母亲形象在不时地晃动着。对于如此一种情形，我想，我们恐怕也只能从精神分析的角度切入去做出合乎情理的理解和阐释。

就这样，在一部篇幅不是很长的长篇小说中，王安忆能够纵横捭阖地以一种伏脉千里的方式，时而国内，时而国外，时而过去，时而现在，既“思接千载”，又“视通万里”，通过对一种高超厨艺的精细描写，不仅最终把自己的笔触探向历史的深处，还对这段一直到现在都暧昧不清的历史提出强有力的思考与诘问，无论如何都应该获得我们高度的认可。

注释：

① 周振甫《文心雕龙今译》，中华书局2013年9月版，第248页。

② 王安忆《我的小说观》，《王安忆自选集——漂泊的语言》，作家出版社1996年2月版，第332页。

③ 王安忆《小说的当下处境》，《大家》2005年第6期。

④ 谢有顺《小说的物质外壳：逻辑、情理和说服力——由王安忆的小说观引发的随想》，《当代作家评论》2007年第3期。

⑤ 吴言《烟火处的悲悯——王安忆长篇〈一把刀，千个字〉读札》，《收获》微信公众号2020年10月30日。

第四章
金宇澄《繁花》：建构城市诗学的一种可贵努力

无论从哪种意义上来说，金宇澄的长篇小说《繁花》（载《收获》2012年长篇专号秋冬卷）在2012年的出现，都具有某种横空出世的意味。至今犹记，身为文学杂志编辑的金宇澄，多年前的1980年代中后期曾经发表过一些中短篇小说。尽管那时的金宇澄已经尽显谨慎异常的创作姿态，作品数量不多，但也以其较为鲜明的艺术个性引起过批评界的关注。“金宇澄写得不多，甚至可以说低产，从1984年至今，总共只发表了十来个短篇和两个中篇。但在新时期小说家中，他当是不被忽略的独特的一个。……把他的小说归于‘知青小说’行列是简单而勉强的，因为他的小说虽大多与‘文化大革命’和知青有关，但那只是一个外壳，一种包装，在特指的时代和环境下，金宇澄讲的是最普遍的人们所过的最平凡琐屑的生活中的蹊跷故事，往往源于普遍又归于普遍。人们因之又将他的小说放在‘新写实小说’旗帜下加以展出。不过我倒觉得，‘写实’功夫在金宇澄小说中并不见长，虽然他的故事带有神秘色彩，但他所予笔墨最多也最富个人特点的并非情节和人物，而是氛围和基调，他以近乎‘反小说’的处理方式淡化了前者，强化了后者，创造出一种融神秘怪异与迷离恍惚于一体的风格。”①然而，大约也就在自己的小说初步引起批评界关注的同时，金宇澄的小说创作却于不期然间戛然而止，本人也淡出了小说界。就此而一去经年，一直到二十多年之后的2012年，金宇澄才重出江湖，以一部字数达三十多万的长篇小说《繁花》“惊艳”中国小说界，引起了文坛内外的普遍瞩目。

必须注意到，金宇澄虽然隐伏多年，但这些年来，作为一线重要文学刊物的编辑，他其实须臾未曾离开过文学现场。这就意味着，金宇澄实际上时时刻刻都在悉心关注揣摩着当下时代中国小说创作的思想艺术变化。所有这些，都在为他这部名为《繁花》的写作进行着充分的准备。既然曾经有过小说创作的经历，那么，在我们读到《繁花》的时候，无法回避的一个问题，就是首先要对比观察一下作家现在的创作较之于从前发生了怎样的变化。假若以周佩红的分析结论为比较的出发点，我们就不难发现，金宇澄前后两个时期的小说写作，恐怕有以下一些方面的变化值得引起我们的高度关注。其一，不仅上海取代知青经历成为金宇澄的关注重心，而且其关注表现普通人最平凡琐屑生活的特色也被保留了下来。其二，尽管金宇澄依然善于营造小说的氛围与基调，但一方面营造氛围与基调的艺术手段发生了明显的变化，另一方面在人物内在精神深度的揭示与展示上，作家却也有着非常出色的表现。其三，相对于金宇澄前期小说写作中“写实”功力有所欠缺的问题，《繁花》的一大艺术特色，正突出地体现为“写实”方面的特别引人注目。以上种种充分表明，到了写作《繁花》的时候，金宇澄的小说创作确实已经发生了堪称脱胎换骨的根本变化。唯其如此，无论是从金宇澄自己创作的角度而言，还是就中国当代小说创作的演化发展来说，我们都有必要对于作家的这部长篇小说予以深入的思想艺术探究。

假若承认中国现代小说存在着所谓“宏大叙事”与“日常叙事”两种思想艺术传统的话，那么，金宇澄的《繁花》很显然应该被归入到“日常叙事”的行列之中。关于以上两种叙事方式，曾经有论者做出过如下细致辨析：“平民生活日常生存的常态突出，‘种族、环境、时代’均退居背景。人的基本生存，饮食起居，人际交往，爱情、婚姻、家庭的日常琐事，突现在人生屏幕之上。每个个体（不论身份‘重要’不‘重要’）悲欢离合的命运，精神追求与企望，人品高尚或卑琐，在作家博大的观照之下，都可获得同情的描写。它的核心，或者可以借用钱玄同评苏曼殊的四个字‘人生真处’。它也许没有国家大事式的气势，但关心国家大事的共性所遗漏的个体的小小悲欢，国家大事历史选择的排他性所遗漏的人生的巨大空间，日常叙事悉数纳入自己的视野。这里有更广大的兼容的‘哲学’，这里有更广大的‘宇宙’。这些‘大说’之外的‘小说’，并不因其小而小，而恰恰正是因其‘小’而显示其‘大’。这是人性之大，人道之大，博爱之大，救赎功能之大。这里的‘文学’已经完全摆脱其单纯的工具理性，而成就文学自身的独立的审美功能。”“日常叙事是一种更加个性化的叙事，每位日常叙事的作家基本上都是独立的个体……在致力表现‘人生安稳’、拒绝表现‘人生飞扬’的倾向上，日常叙事的作家有着同一性。拒绝强烈对照的悲剧效果，追求‘有更深长的回味’，在‘参差的对照’中，产生‘苍凉’的审美效果，是日常叙事一族的共同点。”②在承认论者以上对于“日常叙事”特征概括准确性的同时，我们须得清醒意识到，中国现代文学史上，此类“日常叙事”最具代表性的作家，显然非张爱玲莫属。而张爱玲与金宇澄之间的交集，除了均属于“日常叙事”一脉，从小说书写对象的角度看，他们又都可以被归入到上海叙事的行列之中。

依我愚见，说到上海叙事，自有白话小说盛行以来，一直到金宇澄的《繁花》横空出世，大约有四位作家是绝对绕不过去的。按照时间顺序排列，他们分别是韩邦庆、张爱玲、王安忆以及金宇澄。更进一步说，假若暂且把同时代的王安忆排除在外，前两位作家与金宇澄《繁花》之间传承影响关系的存在，绝对是一个无法被否认的客观事实。稍微熟悉文学史的朋友都知道，张爱玲对于韩邦庆纯粹使用吴方言写作的长篇小说《海上花列传》有着很高的评价。正因为特别喜欢这部作品，所以才不惜耗费时力，亲自动手把吴方言的《海上花列传》转换成为国语也即普通话的《海上花开》与《海上花落》。事实上，就张爱玲自己的小说创作而言，除了明显受到过《红楼梦》的影响之外，《海上花列传》影响的存在也是不容忽视的。尽管从题材上说韩邦庆具体描写的只是他那个时代十里洋场上一群烟花女子的生存状貌，却旁涉其他社会各阶层的种种人物，活色生香地表现出了初始殖民地化时期上海的基本社会面貌。相比较而言，张爱玲在诸多中短篇小说中所描写展示的，则是上世纪三四十年代殖民化时期上海芸芸众生的生活情状。具而言之，张爱玲上海小说的一大特色，是擅长从人性，尤其是从不健全人性的角度来观照呈现上海市民生活。或许是因为受到过现代主义文学作品影响熏染，她的小说往往能够力透纸背，较之于韩邦庆更能传达出一种生命的苍凉之感来。非常明显，无论是对于上海生活状貌的书写，还是对于一种悲剧性生命底色的艺术表现，金宇澄的《繁花》确实在在受到两位前辈作家的启示与影响。当然，他们之间的不同处也是显而易见的。进一步地说，这区别一方面体现为金宇澄所描写展示的，是自己生活的这个时代上海的社会状况，另一方面则表现为具体艺术表现方式上的差异。

既然言及上海叙事，有一种情形的存在绝对不容轻视。那就是，除了所谓“日常叙事”，上海叙事其实也存有着“宏大叙事”一脉。某种意义上，比如茅盾的长篇小说《子夜》、沈西蒙的剧作《霓虹灯下的哨兵》，就可以被看作这一脉络的代表性作品。然而，尽管存在着这样一种以“宏大叙事”形式出现的上海叙事，但无论是就作品本身的思想艺术水准而言，还是就作品所产生的社会影响力而言，此类作品恐怕都无法与前述那些

“日常叙事”作品相匹敌。个中缘由，大概需要联系上海这座城市的特性来加以理解。就我个人的感觉，假若说城市也能够被区分为阳性和阴性两种不同风格的话，那么，上海这座城市的根本性格显然就只能是偏重于阴性的。如此，与阴性的上海相匹配的也就应该是“日常叙事”了。我们前面所列出的，那些自有白话小说以来上海叙事最有代表性的作家，从韩邦庆起始，中经张爱玲，一直到当下时代的王安忆、金宇澄，他们之所以清一色地采用“日常叙事”方式，个中原因显然在此。需要注意的是，假若只是从题材的角度来看，自有新文学以来将近一百年的发展过程中，所谓的乡村叙事一直在与城市叙事的比较中占据着压倒性优势。即使到了当下这样一个城市化进程日益迅猛的时代，这种状况也仍然没有发生明显改观。这就使得如何振兴城市叙事成了一个不容回避的重要命题。从中国城市化的发展进程来看，上海无疑是发展最为充分的地域之一。这样看来，上海叙事在中国的城市叙事中所处地位的重要性，自然就是不言而喻的。实际上，在仍然不够发达的中国现代城市叙事的演进历程中，上海叙事一直扮演着排头兵的角色。就此角度来说，无论是过去的韩邦庆、张爱玲，还是现在的王安忆，都曾经为中国的城市叙事做出过相应的艺术贡献。假若确实存在着一种可以叫作城市诗学的东西，那么，以上这几位作家都以各自创造性的艺术劳动为中国现代城市诗学的建构做出过自己的贡献。然后，就是金宇澄的《繁花》在2012年的横空出世。从一种中国现代城市诗学谱系建构发展的角度来说，《繁花》之最值得关注处，就在于金宇澄以其二十多年之久的隐伏修炼，为中国现代城市诗学的建构做出了自己的一份可贵努力。

或许是多年隐伏修炼的缘故，就一种直接的阅读印象而言，金宇澄的《繁花》留给我最为突出的感觉，就是作品本身的沉静大气。当然，更重要的，恐怕却是金宇澄自己的沉静大气。当年，郁达夫在谈到周作人散文创作的时候，曾经讲过这样一番话："与此相反，周作人的文体，又来得舒徐自在，信笔所至，初看似乎散漫支离，过于繁琐！但仔细一读，却觉得他的漫谈，句句含有分量，一篇之中，少一句就不对，一句之中，易一字也不可，读完之后，还想翻转来从头再读的……"③尽管文体明显不同，尽管郁达夫谈论的是周作人的散文创作，但我以为，他的这样一段评价文字，却完全可以移用来评价金宇澄的这部《繁花》。阅读《繁花》，可能更多的人都会首先注意到，这是很多年来差不多唯一一部用吴方言写作的长篇小说。自打韩邦庆的那部长篇小说《海上花列传》之后，虽然很多作家在创作过程中也会有对于各地方言的穿插运用，但就整体状况而言，小说创作却基本上变成了普通话的一统天下。最起码，如同韩邦庆这样一种吴方言写作，是销声匿迹了。既然金宇澄是在韩邦庆之后很多年来又一位使用吴方言写作的作家，那么，他的写作实践最起码应该在这一点上具有特别的意义。然而，尽管金宇澄对于吴方言的运用足够引人注目，但在我看来，与吴方言的运用相比较，金宇澄的《繁花》在艺术上更值得注意处，却首先在于叙事艺术上的成功。具体来说，《繁花》叙事艺术的成功主要表现在以下四个方面。

第一，就是作家对于叙事节奏的超稳定控制，是整个小说文本自始至终都不疾不徐舒缓自如的叙事姿态。一位小说家，能够把篇幅如此巨大的一部长篇小说从头到尾都控制到这样一种不动声色的地步，认真想一想，其实是十分“可怕”的一件事情。如此一种超稳定的叙事控制，给读者留下的一种突出感觉就是，哪怕山崩地裂山呼海啸也都我自岿然不动稳如泰山。比如第十一章这样一段关于“文革”中死亡场景的叙述：“沪生想开口，一部41路公共汽车开过来，路边一个中年男人，忽然扑向车头，只听见啪的一声脆响，车子急停，血溅五步。周围立刻是看客鲤集，人声鼎沸。沪生听到大家议论，究竟是向明老师，还是长乐老师。姝华目不斜视，拉沪生朝南走。沪生忽然说，这是啥。姝华停下来看。路边阴沟盖上，漏空铁栅之间，有一颗滚圆的小球。仔细看一看，一粒孤零零的人眼睛，一颗眼球，连了血筋，白浆，滴滴血水。姝华跌冲几步，蹲到梧桐树下干呕。沪生拉了一把，姝华浑身发抖，起身挪到淮海路口，靠了墙，安定几分钟。”一个鲜活生命的消失，自然是非常惨烈的事情。如此一种故事场景，若是在一般小说家笔下，必然会有非常突出的渲染夸张，但到了金宇澄笔下，我们却只见特别克制的细致描写。除了“姝华浑身发抖”一句多多少少流露出叙述者的一种情绪状态之外，其他叙事话语均属于一种冷静到了极致的客观描述。在其中，我们很难感觉到叙述者有丝毫的情绪波动。这里，我们姑且不再追问死者究竟为什么要扑向车头寻死，单是面对如此惨烈的死亡场景，叙述者能够以特别克制的姿态予以冷静呈现，所充分表现出的，正是作家叙事控制上的一种超稳定状态。实际上，就一种艺术效果来说，作家越是冷静克制，就越是能够强有力地凸显出死亡本身的残酷意味来。最近十多年来，我一直关注跟踪长篇小说的创作轨迹，但能够如同金宇澄这样对于小说叙事实现超稳定控制者，却是相当罕见的。说到金宇澄超稳定的叙事控制，一个不容忽视的现象，就是作家在《繁花》中对于标点符号的具体应用状况。尽管说标点符号有好多种，尽管说客观生活中人的情绪确实多变，这些多变情绪的表达也的确离不开各种各样标点符号的运用，但金宇澄的一大引人注目处，却在于除了偶一使用书名号，他自始至终都只是使用过逗号和句号两种标点符号。金宇澄之所以要这么做，显然是试图有效地控制故事的跌宕起伏，希望能够企及一种平静如水的叙事境界，写出一部“无高潮”的长篇小说来。在我有限的阅读经验中，《繁花》之前，真还没有其他小说作品从头到尾只是使用逗号和句号这两种标点符号。别的且不说，单就标点符号的使用而言，金宇澄这样一种原创性的艺术努力就足够赢得我们充分的敬意。我们之所以强调他的小说能够让我们联想到郁达夫关于周作人散文创作的那一段评价，根本原因正在于此，正在于作家对于整部长篇小说很好地实现了一种超稳定的叙事控制。这样，一个无法回避的问题就是，金宇澄的《繁花》何以能够抵达这样一种思想艺术境界呢？答案显然与他的多年沉潜，与他沉潜时对于世事人生的悉心观察揣摩有关。人都说，世事洞明皆学问，人情练达即文章。某种意义上，正因为已经对于世事人生有了一种堪称老僧入定一般的透彻了悟，所以，金宇澄方才可能真正地淬尽浮躁气，以一种如此平静沉稳的方式不动声色地面对数十年之久的变幻人生。

其次是坚持以对话的方式推动故事情节的演进。只要稍有写作经验的朋友，就会明白要想在小说中写好人物的对话有多难。人物之间对话的过分书面化，对话的内容和口吻与人物个性之间的脱节，是很多哪怕是已经成名的小说家在实际写作时都难以避免的错误。就我个人有限的阅读视野而言，这些年来能够如同金宇澄这样具备出色的对话处理能力，能够通篇以对话方式完成小说叙事的作家，大约只有贾平凹一位。这一点，在贾平凹那部篇幅长达六十七万字的《古炉》中有着极其突出的表现。关于贾平凹对话能力的了得，只要统计一下《古炉》中的标点符号，就可以得到充分的证明。金宇澄的《繁花》，从头到尾一直使用逗号与句号，《古炉》中使用最多的，却是冒号。表面上看起来是没有进行段落区分的大的叙事段落，如果你真的深入进去，就会发现，这些个段落差不多全部都是由人物之间的对话构成的。与《古炉》相类似，《繁花》中的绝大多数段落，其实也都是由人物之间的对话组成的。通过人物之间的对话，在充分凸显人物不同个性的同时，渐次推动故事情节的演进发展，可以说是《繁花》中对话最突出的特点所在。比如还是第十一章中的这样一段："姝华说，据说准备要改反帝路，文革路，要武路了，好听。沪生笑笑。法国阵亡军人，此地路名廿多条，格罗西，纹林，霞飞，浦石，西爱咸思，福履理，白仲赛等等，也只此三条，有点意思。沪生说，真不如小毛抄词牌，清平乐，蝶恋花，姝华不响。沪生说，小毛认得姝华后，抄了不少相思词牌名，倦寻芳，恋绣衾，琴调相思引，双双燕。姝华面孔一红，起身说，我回去了。沪生说，好好好，我不讲了。姝华跟了沪生，低头朝前走。”虽然只是沪生与姝华两个人之间的一小段对话，但其中的蕴含却是十分丰富的。首先是对于时代特色的一种巧妙交代。那些原来以法国阵亡军人命名的街道要更改为具有时代气息的反帝、文革、要武路了。在交代时代特色的同时，把上海曾经被殖民的历史也进行了随机的介绍。其次，是极其隐晦地讲述小毛在结识姝华之后对于姝华的暗中悄然恋慕。需要注意的是，对话者之一的沪生自己，本就对于姝华暗存一腔情愫。由这样一位情场上的对手来向姝华转述小毛的暗恋，读者读来其实别有一番滋味的。实际上，沪生是在借助于小毛故事的讲述委婉曲折地向姝华表达着自己的情意。很显然，如同道路改名、小毛抄词牌以及小毛、沪生暗恋姝华这样一些故事情节，在这里都是借助于两位人物的对话交代得一清二楚。

尤为值得注意的是，在小说的对话过程中，金宇澄非常明显地承继植入了中国本土小说传统不进行静态的心理描写的特质，把人物的心理活动巧妙地融入了对话的过程之中。说到作家对于人物心理活动的细微体察与表现，敏感的读者大约早就留心到，金宇澄特别擅长于使用“××不响”这样一种语言表现方式。一部《繁花》，尽管不至于每页都要出现这样的一种表现句式，但这种表现句式运用之普遍，却又是无法被否认的一种客观事实。借“不响”而写“响”，虽然表面看上去“不响”，实际上内心世界里却是如同煮沸了的开水一样波浪翻滚。比如第五章的这样一段：“蓓蒂说，是种橘子树。阿宝不响。蓓蒂说，我进来帮忙。阿宝说，不要烦我。蓓蒂说，看到马头，不开心了。阿宝不响。蓓蒂说，马头，过来呀。马头走过来，靠近篱笆。蓓蒂说，这是阿宝。马头说，阿宝。阿宝点点头。蓓蒂说，不开心了。阿宝不响。”阿宝比蓓蒂大四岁，他们两个有着非常突出的青梅竹马之谊。马头是蓓蒂结识的新朋友。因为阿宝特别喜欢蓓蒂，所以看到马头接近蓓蒂，他心里自然倍感不快。唯其如此，面对着蓓蒂的几次主动搭讪，阿宝才会“不响”。虽然“不响”，但此时此刻的阿宝，心里边其实是非常不舒服相当不高兴。连着出现的三个“阿宝不响”，所成功传达出的，正是阿宝一种难以言说的微妙复杂心态。再比如第八章中的这样几句叙述：“徐总说，汪小姐有性格，看得懂的男人不多了。李李不响。汪小姐羞怯说，徐总懂我，就可以了，苏安不响。”这是发生在阿宝他们一行七八人前往常熟游玩时的一幕场景。尽管说现场的各色人物计有十多位，但金宇澄却只是特别写到了李李与苏安两个人物的“不响”。那么，为什么只有李李与苏安两个人的“不响”呢？却原来她们各自内心中都有玄机存焉。当时的李李，正处于和汪小姐争风吃醋的一个时期。当徐总当着这么多人的面夸奖汪小姐的时候，李李心里就实在不是个滋味。一丝怨恨，一点失落，一种不满，全都在这个“不响”之中了。同样的，作为徐总的得力部下，苏安从身到心，实际上早就是徐总的人。既然对于徐总心有独属，那么，在当众目睹徐总与汪小姐“调情”，在听到汪小姐多少带有一点撒娇意味的对于徐总的夸奖的时候，苏安与李李的心态，真的也就相差无几了。关键在于，在那样一种合众聚集的场合，无论是李李，还是苏安，内心里不管有多大的波澜，也都不能够直接流露出来的。无法流露表达，所以就只能是“不响”了。就这样，对于人物的万千心思，金宇澄都非常巧妙地借助于“不响”二字进行了相当到位的艺术呈现。必须强调的是，并不只是实际举出的这两处，稍加留心，即可发现，如此一种表现句式的运用，其实是随处可见的。古人云，不著一字，尽得风流。到了金宇澄这里，就变成了“不响”二字尽得风流。能够把文字揉搓拿捏到如此这般得心应手的程度，仅仅通过“不响”二字，就可以把各色人物纷繁复杂的内心世界凸显在读者面前，所充分显示出的，自然是金宇澄一种超乎寻常的艺术功力的具备。

第三，是金宇澄对于小说叙事结构的一种特别营造。尽管说所有的文学作品都需要面对结构的问题，但相比较来说，叙事结构，对于一部长篇小说的写作，可能是更为重要的一件事情。正因为如此，才会有不止一位作家公开强调长篇小说从根本上是一种结构的艺术。而这，也就意味着，是否能够拥有一个带有某种原创性色彩的合理结构，在很大程度上决定着长篇小说写作的成功与否。《繁花》描写的是1960年代一直到1990年代这数十年间的上海日常生活变迁。按照图示下面的一种特别说明，到小说结束的时候，实际的时间也就是2000年了。面对这前后四十年之久的故事时间，金宇澄究竟采取怎样的一种叙事结构，方才可能达至期望中理想化的艺术效果呢？我们注意到，在具体的书写过程中，金宇澄既没有顺序写起，也没有逆势倒叙，他所采用的反倒是一种把生活从中间截为两段的叙事方式。一段从1960年代说起，一直讲到1970年代末期，另一条则是从1990年代初期写起，一直讲到1990年代末。这中间，对于1980年代的十年时光，金宇澄所采用的是一种类似于现象学"悬置"的方式，简单跳过，并没有展开详尽的精微叙事。为什么要"悬置"1980年代？为什么不对1980年代同样展开细密精微的叙事？这是我一直到现在为止都没大想明白的问题。唯一一个勉勉强强的解释，恐怕就是只有从1990年代起始，中国才真正进入了以经济为核心的所谓市场经济时代。在一个市场经济的时代，欲望的空前喧嚣，自然成了时代最突出的一种表征。如此一种欲望的喧嚣，与1980年代改革开放之前清心寡欲的中国，形成了极其鲜明强烈的对照。金宇澄之所以要跳过1980年代，干脆直接切入关于1990年代的叙事，个中缘由，或许在此。具而言之，金宇澄采用的是一种交叉进行的结构方式，其中，以繁体字而专门标出的单数章，主要讲述的是1960年代至1970年代末过去岁月的故事，标示为简体字的双数章，讲述的则主要是起自1990年代以来的当下时代的故事。实际上，在认真地读过小说之后，我也曾经突发奇想。我想，其实有好奇的读者也不妨进行这样一种阅读实验。那就是，先跳过双数章，只是沿着单数章一路读下来。待到单数章读完之后，再来从头读过双数章。即使如此，读者的阅读也都会顺畅无疑，不会遇到明显的障碍。那么，金宇澄为什么拒绝这样一种顺时序的叙事方式呢？在我的理解中，作家之所以要打破时间顺序，要采用现在这样一种把生活从中间截为两段然后交叉的叙事结构，主要原因正在于两个不同历史时期的生活本质存在着根本性的差异。唯其存在着根本性的差异，金宇澄的这样一种叙事结构就能够取得一种彼此对比映照特别强烈的艺术效果。尽管我们一直强调《繁花》是一个典型的“日常叙事”文本，尽管说《繁花》从总体上也确实非常成功地剥离了政治的存在，主要聚焦于上海市民的日常生活之上，但关于当代中国的所有写作，实际上都是不可能离开政治的。略加思索，就不难发现，在金宇澄如此一种结构分野中，我们还是能够明显感觉到政治的巨大存在。非常明显，金宇澄之所以要做出这样一种结构分野，正是因为两个阶段的生活有着某种本质性的差异。而造成这种明显差异的主要原因，就在于政治的根本制约与影响。需要注意的是，两条结构线索，到了小说的第二十八章，开始合流对接。然后，一直顺序发展到了第三十一章。尽管说最后金宇澄还特别设定了“尾声”一部分，但实际上到两条结构线索初始合流的时候，主体的小说故事已经结束。为什么小说发展到第二十八章的时候会实现两条结构线索的合二为一呢？一个重要原因就在于，与主要人物沪生、阿宝关系密切的另外两个人物的命运开始发生了交集。其中一个是小毛，另一个则是汪小姐。这两个人物本身并不相干，却都和沪生、阿宝存在着密切关系。汪小姐意外怀孕后与老公离婚，为了免除孩子将来报户口的麻烦，需要找一个男人和她假结婚。单身的小毛一时成为最佳人选。汪小姐与小毛的这样一种意外交集，就使得中断联系十多年之久的沪生、阿宝、小毛他们三位的人生轨迹再度发生交汇。在这样的结构处理方式背后，我们甚至能够非常强烈地感觉到某种人生无常造化弄人的意味。

第四，是一种低姿态的说书人式叙事方式的设定运用。这一方面，我们首先应该注意到《繁花》的“引子”部分。之所以要在正文之外特别弄出一个“引子”来，其中显然蕴藏着一些事关我们到底应该怎样理解小说文本的奥秘。“引子”的主要内容，除了介绍沪生、阿宝两位与梅瑞之间曾经的一段复杂纠葛，就是讲沪生在一个偶然的机会，与自己前女朋友梅瑞的邻居陶陶在菜场相遇。尽管沪生一再强调自己有事要走，但陶陶却硬是拖住沪生不放，非得给他讲述一个上海滩上男女偷情的故事不可。故事的内容除外，值得注意的，尤其是一种讲述的姿态。“陶陶笑说，寿头，好故事为啥要分开讲，我不穿长袍不摇折扇，不是苏州说书，扬州平话《皮五辣子》，硬吊胃口做啥，碰得到这种人，我吃瘪。”“看眼前的陶陶，讲得身历其境。沪生预备陶陶拖堂，听慢《西厢》，小红娘下得楼来，走一级楼梯，可以讲半半陆拾日，大放噱，也要听。”就这个“引子”而言，我以为，最起码有三点不容忽视。其一，陶陶所讲述的故事内容，暗示金宇澄《繁花》的关注点是上海普通市民的日常生活。其二，更重要的，是陶陶故事的讲法。尽管陶陶强调自己“不穿长袍不摇折扇”，但“听慢《西厢》，小红娘下得楼来，走一级楼梯，可以讲半半陆拾日”却告诉读者，作家在《繁花》中所采用的，正是这样一种类乎中国传统民间说书人的低调叙事方式。我们注意到，在接受一次访谈时，金宇澄曾经刻意强调自己要做一个位置很低的说书人：“《繁花》不说教，也没什么主张，位置放得很低，常常等于记录，北方话讲，基本是逗哏，捧哏的，牢骚。像这个多元时代的方式，宽容，有序，也很无序。”④金宇澄不仅如是说，实际上也如是做。一部《繁花》，充分证实的，正是如此一种低调民间说书叙事方式的艺术成功。其三，则是对于小说主体故事内容的一种悬念式预叙：“阿宝吃一口咖啡说，看见了李李，想到小毛以前的邻居大妹妹了。沪生说，是的。阿宝说，白萍有信来吧。沪生说，比较少。两个人闷声不响，吃咖啡。阿宝感叹说，大妹妹，还有小毛，已经多少年不见了，时间真是快呀。沪生不响。”就这样，由李李牵扯出当年的大妹妹，又由大妹妹而牵扯出小毛。因为沪生、阿宝、小毛，正是《繁花》中不可或缺的三位主要人物形象，所以，整部小说的故事就此而徐徐拉开了帷幕。此处，尤其值得注意的，是阿宝关于时间的感叹“时间真是快呀”。某种意义上，所谓人生，其实正是由时间而构成的。舍弃了时间，人生便无法得到有效的丈量。唯其如此，法国作家普鲁斯特才会有皇皇巨著《追忆似水年华》问世。“子在川上曰，逝者如斯夫”，所谓“似水年华”者，实际上也就是对于时间的一种感叹而已。对时间的感慨，究其本质，其实也就是对于生命存在的感慨。当然，除了对于小说主体故事的预叙，我们还不能忽略“引子”与“尾声”之间一种对位呼应叙述方式的运用。“引子”中特别强调小毛已经很多年不见了，到了“尾声”中，核心的故事就是小毛之死。以小毛始，以小毛终，是为对位呼应叙述也。

由以上四个方面的分析，即不难断定金宇澄《繁花》确实是一部当下时代难得一见的拥有叙事原创性的长篇小说。尽管从根本上说，金宇澄肯定不是小说的技术论者，但一个非技术论者的小说作品在叙事方面能够达到如此一种艺术高度，其实是非常难能可贵的一件事情。然而，就我自己的小说观念而言，优秀的小说作品固然需要极好的叙事技术，但仅有技术肯定是不够的。技术之外，精神内涵的深厚与否，同样是衡量一部长篇小说非常重要的艺术标准所在。虽然就小说的叙事层面来说，金宇澄是一个对于中国本土小说传统多有继承与发扬的民间叙事者，但从文本所承载表现的思想内涵来说，金宇澄却毫无疑问是一个拥有知识分子精神价值立场的现代作家。虽然由于叙事的特别成功，由于小说故事情节本身的杂树生花气韵饱满汁液横流，《繁花》一种深层的思想内涵很容易被遮蔽，但只要联系几十年来中国社会历史的实际进程来做一番细致的考察，就能够于小说鲜活饱满的叙事中辨析出内在的思想风骨。从这个角度看来，金宇澄就毫无疑问是一位很好地把民间叙事与知识分子叙事结合在一起的优秀小说家。同样需要注意的是，“道德在土中，滋养花果——艺术品是土面上的花果。道德力量愈隐愈好。一点点透出来”，“现代文学，我认为好的作品将道德隐得更深，更不做是非黑白的评断”。⑤非常明显，木心此处的道德云云，也正是我们所谓的思想精神内涵。联系木心的这种言论反观金宇澄的《繁花》，我们当更能够体会《繁花》艺术表现形式上的真正佳处。

说到作品的深厚思想内涵，首先一个问题就是，《繁花》到底应该被定位成怎样的一部小说？如果从小说的艺术结构来说，《繁花》显然应该被切割为单数章与双数章两大部分。关于1960—1970年代末期的单数章的叙事内容，主要是三位主要人物沪生、阿宝与小毛的成长历程以及他们成长历程中所遭逢的那些人与事。单就这一部分而言，《繁花》或许可以被看作一部成长小说。尽管成长小说的定位肯定是不成立的一种说法，但一个无可否认的事实却是，在这篇小说的写作过程中，金宇澄肯定非常充分地调动了自己的全部人生经验。同样不容忽视的一点是，《繁花》肯定不是一部自传体小说，你很难指认小说中的哪一位主要人物的原型是金宇澄自己，但必须看到的一点却是，小说中最主要的三个人物沪生、阿宝与小毛，都毫无疑问是金宇澄的同龄人。而这也就明显意味着整部小说所调动凝结的，实际上正是金宇澄他们这一代人的基本人生经验。从这一角度来说，《繁花》虽然不是自传体小说，但也应该被看作一部准自传体小说。细致观察《繁花》，即不难发现，小说先后写到过两代人的社会状况，其中的一代人，自然是沪生、阿宝与小毛他们这一代，另一代则是他们的父辈一代。我们之所以认定《繁花》是一部准自传体小说，与小说的观察视点显然是沪生他们这一代人存在着直接的关系。然而，在强调成长经验重要性的同时，我们也得清醒地意识到，即使是在成长意味极其突出的单数章部分，对于社会世相的观察与表现，依然是小说文本非常重要的组成部分。在这里，或许有一个可能的认识误区需要我们略加辨析。这就是，作为一部旨在观察表现数十年间上海市民生活的长篇小说，《繁花》到底能不能够被看作一部市井小说？答案自然是否定的。原因在于，所谓市井小说，虽然从表现对象上看，与金宇澄《繁花》是非常一致的，但前者的一大特质，却是对于各种民情习俗简直就是不厌其烦的描写与展示。而《繁花》，虽不能说就与民情习俗无关，但民情习俗没有成为作家的表现重心却是毋庸置疑的一件事情。既不是成长小说，也不是市井小说，那么，《繁花》究竟是一部怎样的小说呢？按照我的观察理解，对于社会现实状况以及人性实际情形的关注表现，实际上一直是小说单数章核心的内容所在。到了双数章中，成长意味被完全剥离之后，作家的关注重心更是落到了社会现实与人性内涵上。从这样的角度来看，金宇澄的《繁花》就只能被看作一种具有突出批判性色彩的社会世相小说了。当然了，更进一步说，其中显然也还存在着对于生命存在的一种深切体悟与表达。

关于《繁花》的思想内涵，我们注意到，批评家程德培曾经表达过这样的一种看法："《繁花》的叙事，立意揭露在思想后面起作用的那些卑微的不为重视的动机。在这些动机中，引人注目的不是观点的辩驳，而是人性。作者主动放低身段，重视被忽视的生态部分，着重市民意趣和价值观。不连贯是这部小说的叙事特色，轮番交替出现的场景可以让我们更容易辨认出这个地域的特征。欲望怎么可能从我们重视的目的转向使它变得浅薄和低下的目的，我们生活的社会，一方面迫使我们追求即时的满足，另一方面又强迫所有的人把满足的实现无限推迟。功利主义持有的那种贫血的幸福观，从上世纪八十年代开始滋生并蔓延。在许多人眼中，幸福是指日可待，根本不成问题的概念，幸福就是快乐。但更多的时候人们却忘记了，有时为了得到幸福，必须终止短时的快乐。思维不能向房舍提要求，可是房舍却纠缠今天的思维。"⑥既然是一部关注表现上海市民生活的长篇小说，《繁花》就少不了对于上海市民精神的艺术理解与表现。说实在话，虽然我们确实不知道程德培的阐释在多大程度上符合金宇澄的本意，但毫无疑问地，对于特定时代上海市民精神的一种捕捉与表现，肯定应该被看作《繁花》的思想艺术主旨之一。但作为一部在现代城市诗学的建构方面有着突出建树的长篇小说，《繁花》的思想内涵难道就只能被理解为是对于一种市民精神的捕捉与表现吗？很显然，这样的一种理解是相对偏狭的。我们在前面曾经指出金宇澄是一位很好地把民间叙事与知识分子叙事结合在了一起的优秀作家，假若说民间叙事一面更多地体现在作品叙事层面的话，那么，其知识分子精神内涵的一面就主要体现在对于历史和现实的一种批判性反思上。

关于金宇澄《繁花》对于历史和现实的批判性反思，我们可以从两个不同层面展开分析。非常明显，所谓对于历史的反省批判，对应于《繁花》，就主要体现在以单数章出现的所谓1960—1970年代的叙事之中。在这一历史时段中，核心的社会事物就是席卷一切的革命。在那样一个革命的年代，包括上海这样一向扮演着中国现代文明排头兵的大城市也都是无法幸免的。因此，如何呈现一种革命化年代上海市民的日常生存景观，实际上就是金宇澄所必须面对的一个问题。说到1960—1970年代的叙事，在这个革命时期，革命最典型化的表现，其实就是持续了长达十年的“文革”。就我个人一种真切的阅读体会而言，读过《繁花》之后，难以忘怀的艺术场景之一，就是金宇澄的“文革”叙事。以我愚见，若是谈论《繁花》而忽略其中的“文革”叙事者，肯定没有真正地读懂《繁花》。这里，一个关键的问题，恐怕就在于我们一定得认识到，对于上海滩上市民生活一种活色生香的艺术表现，与金宇澄知识分子的精神价值立场也即他对于“文革”历史的批判性反思，实际上是完全可以并行不悖的。说到《繁花》的“文革”叙事，核心之处就在于金宇澄从一种人道主义的立场出发，对于“文革”的反人性本质进行了堪称尖锐的揭示与表现。这一点，首先集中表现在沪生、阿宝及其家人的“文革”遭遇上。沪生出身于一个军人革命干部家庭之中。如此一种本来在革命时代非常骄傲的出身，遭遇“文革”，被打入另册。阿宝则出身于一个资本家家庭，他的祖父可谓拥有家财万贯。这样的一种家庭出身，遭遇“文革”后，也不可能比沪生强到哪里去。就此角度而言，沪生与阿宝其实很有一些“同是天涯沦落人”的感觉。他们之所以能够成为一生好友，显然与这一点有关。具而言之，《繁花》对于“文革”反人性本质的洞穿与揭示，集中表现于阿宝父亲、姝华以及蓓蒂这三个人物形象身上。说到这里，我们便需停下来略微展开讨论一下《繁花》中的人物形象问题。从根本上说，《繁花》是一部极具繁复之美的长篇小说，不仅人物形象众多，而且人物之间的关系可谓互相勾连而呈盘根错节之势。约略计来，能够给读者留下深刻印象者，就有三十位之多。此处之所谓深刻印象者，就是指尽管作家面对不同人物确实存在着使用笔墨多寡不均的问题，但这些人物却都达到了活灵活现生动饱满的程度。更进一步说，读过《繁花》，恐怕任何一位读者都无法对于小说故事情节做出基本的提炼与概括。一部长篇小说，能够达到如此一种难以被“复述”的地步，充分说明的，正是小说作品艺术表现上的巨大成功。

首先是阿宝父亲。阿宝父亲，人生经历相当复杂。身为资本家的儿子，他却积极投身革命，并因此而不断承受苦难命运的折磨：“爸爸是曾经的革命青年，看不起金钱地位，与祖父决裂。爸爸认为，只有资产阶级出身的人，是真正的革命者，先在上海活动，后去肃北根据地受训，然后回上海，历经浮沉。等上海解放，高兴几年，立刻审查关押，两年后释放，剥夺一切待遇，安排到百货公司做会计。”“文革”开始，阿宝父亲更是在劫难逃，天天都得挂着认罪书，自觉接受思想改造。关键处在于，这种长期“被革命”的革命经历，在很大程度上扭曲了阿宝父亲的正常心性。如此一种被扭曲的状况，极其鲜明地表现在“文革”后期他对待自香港回来探亲的哥哥嫂子的态度上。面对着多年未见的骨肉亲人，他不仅断然拒绝了儿子带来的所有礼物，而且还把他们赶出了家门。唯其如此，才会有小阿姨的激烈反应：“姐夫，神经病发作了，阿姐还未回来，亲骨肉还未看到，真是铁石心肠了，脑子让汽车轮盘轧过了。阿宝爸爸不响。”难道说阿宝父亲果然就是无视亲情的铁石心肠么？一句“不响”隐隐地透露出了他内心的些微悸动。但终归有一点不容否认，那就是，阿宝父亲对于亲情的决绝姿态，乃是所谓革命思维对正常人性的一种扭曲异化。

然后是姝华。作为沪生他们同龄人的姝华，属于“文革”时代少有的有自己独立思想的年轻人。她的思想的形成，与她当时大量阅读老书、外国书有直接的关系。大量地阅读老书、外国书在那个时候自然是不合时宜之举，所以沪生才会要求小毛：“沪生说，如果来信，小毛就回信，劝劝姝华，少看老书，外国书。”既然如此这般不合时宜，姝华在“文革”中的命运遭际也就可想而知了。到了知青下乡的时候，姝华就被发派到了遥远的吉林。在吉林，姝华嫁给了一个当地的男人，并且成了三个孩子的母亲。等到沪生在车站偶遇姝华的时候，姝华的精神已经出现了严重的问题。“沪生一看，一个披头散发的女人，手拎人造革旅行袋，棉大衣像咸菜，人瘦极，眼神恍惚。沪生定睛一看，叫一声说，姝华。女人一呆说，是我呀，这是啥地方。沪生说，我沪生呀，此地是上海。姝华张大嘴巴说，沪生来无锡了。沪生说，此地是上海公兴路。姝华说，无锡火车站关我进去，现在放我出来了。沪生闻到姝华身上一股恶臭。”尽管小说并没有交代姝华到吉林后有什么不堪的遭遇，但从沪生再次见到姝华时她精神错乱的状况，我们却完全能够想象得到那个时代对于有思想青年的无情摧残。由姝华的悲惨遭际，我们自然就不难联想到蓓蒂的下落不明不知所终。身为剥削阶级的子女，由于父母都被拘捕，年幼的蓓蒂只好与年迈的阿婆相依为命。对于自小就弹钢琴的蓓蒂来说，钢琴就是她的命。但“文革”开始后，偏偏就是蓓蒂的钢琴被抄家的造反派弄走了。请一定注意，钢琴在此处只应该被理解为与“文革”的野蛮相对立的文明的一种象征。正如同贾宝玉须臾也离不得那块通灵宝玉一样，蓓蒂也同样离不得钢琴。在这个意义上，蓓蒂与阿婆最后的隐然失踪不知下落，实际上正是对于“文革”提出的最强烈抗议。

《繁花》的现实批判，主要表现于以双数章形式出现的1990年代叙事之中。必须充分认识到，到了1990年代以来的所谓市场经济时代，物欲喧嚣已经成为最突出的一种时代特征。对于这一点，金宇澄有着格外清醒冷静的理解把握。只要认真地读一读《繁花》，你就不难发现，到了1990年代叙事中，金宇澄描写最多的场景，就是一场接一场似乎没完没了的饭局。之所以会有这么多饭局出现，一方面当然是物质极大丰富的一种具象呈现，另一方面饭局是谈生意的最佳场所之一。在一个完全商业化的时代，有多少合作项目都是借助于饭局才能够搞定的啊。自然，物质的极大丰富也严重地刺激了人的各种心理欲望，其中不容忽视的一个重要方面，就是男女之间的情欲。而各式各样的饭局，又恰好是男女之间感情交流最恰切的温床之一。从这个角度来说，金宇澄以饭局为中心而细致展开《繁花》中的1990年代叙事，就绝对是一种特别睿智的选择。但一个不容忽略的问题是，这么多次的饭局描写，其实也意味着金宇澄给自己制造了一个不小的艺术难题。从文本的实际情形来看，金宇澄很好地克服了这个艺术难题，每一次饭局的具体处理都各不相同，非常有效地避免了雷同的问题。然而，与饭局的描写相比较，更为重要的，却是金宇澄在关于1990年代的叙事中，对于物欲喧嚣所持有的那样一种难能可贵的批判立场。这一方面，最不容忽视的一个人物形象，就是那位长袖善舞的梅瑞。梅瑞最早的男朋友本来是沪生，但是，在与沪生的好朋友阿宝结识之后，或许因为阿宝是一家私人公司老总，她又对阿宝产生了浓烈的兴趣。但阿宝一方面内心里深藏着早年的蓓蒂，最终无果。此后，梅瑞虽然与北四川路的男朋友结婚成家，却也曾经和康总发生过一番情感的纠葛。最后，梅瑞彻底地卷入了与自己的姆妈、小开三人之间感情与生意的双重复杂缠绕之中。小开是梅瑞姆妈的前男友，两人在1980年代久别重逢，旧情复燃，梅瑞姆妈和丈夫离婚后嫁给了小开。没想到的是，与梅瑞姆妈成婚后的小开，却对梅瑞产生了浓烈兴趣。就这样，梅瑞母女二人与小开就发生了某种感情与生意的复杂纠葛。但这所有的一切努力到头来却是白茫茫一片大地真干净：“梅瑞说，沪生，梅瑞我现在，已经全部坏光了。西北流水线，加上连带项目，小开融资，圈铜钿的情况，已经漏风了，捉了不少人，估计要吃十多年牢饭。沪生一吓。梅瑞抽泣说，现在，我全部坏光了，我的面子衬里，样样剥光，等于一个赤膊女人了。”细察梅瑞的人生与情感历程，即可发现，其中核心的因素恐怕就是一种强烈的物质欲望。如同梅瑞这样一个执着于物欲的追求者，到头来面对的只能是一种“样样剥光”的悲剧性结局。这样的情节设定，所最终传达出的，正是金宇澄对于喧嚣不已的欲望世界持有的一种批判立场。

同样承载着金宇澄现实批判立场的另外一个人物形象，梅瑞之外，是李李。需要特别强调的是，承载作家批判立场的同时，李李这一人物更为重要的价值，却在于她的存在强有力地凸显出了金宇澄塑造人物时所具有的一种精神分析学深度。虽然年龄不大，但李李却有过被自己的小姊妹诱骗拐卖的悲惨经历。被小芙蓉诱骗到澳门后，尽管李李百般反抗，但终于还是被强制性地在身上刺了青：“李李说，脐下三寸，一行刺青英文，‘FUCK ME’。翻译过来，我不讲了，另外一枝血血红的玫瑰花，两片刺青叶子，一只蝴蝶。”非常明显，正是因为有过这样一种惨痛的经历，李李此后才再也见不得玫瑰：“我拿起台子上一瓶血血红的玫瑰花，交到工人手里说，不许再让我看到玫瑰花，不管啥人，不许送玫瑰花进入这个房间。”“李李说，我怕结婚，是因为心里有玫瑰。”不仅如此，李李还对小芙蓉采取了极端的报复手段："前十天的清早，我已经得知，小芙蓉彻底消失了，据说是浇混凝土，小芙蓉已经浇到地底深处，不会再笑，再吃香烟，再说谎了。"用这样一种惨烈的手段对小芙蓉施以极端报复，强烈表现出的，正是李李自身内心深处的一种残忍。好在李李后来意识到了自身难以救赎的罪："当然，这是我一生中最大罪孽，但问心无愧，我必须让小芙蓉彻底消失。"一方面意识到自身的罪，另一方面却"问心无愧"，说明此时的李李尚未完全顿悟。她彻彻底底的顿悟，要等到再经历更多的人生，等到小说的"尾声"里才会真正到来。在我看来，李李最终的剃度出家，一方面固然是对于物欲喧嚣的一种强烈批判，另一方面却又应该被看作她对于当年极端报复小芙蓉的罪过的一种真正意义上的忏悔。必须看到，正因为金宇澄具备十分深厚的艺术功力，所以他才能够在《繁花》中刻画出如同李李这样具有精神分析学深度的人物形象来。

实际上，更进一步地说，在李李幡然悔悟断然出家的行为背后，显然也还有着金宇澄一种生命层次上人道主义悲悯情怀的突出表现。应该注意到，到了小说快要结束的第二十九章，金宇澄曾经借助于小毛之口，讲过这样一段话："小毛说，世界变化快。老毛讲，弹指一挥。挥就是灰，一粒灰尘。理发店，大自鸣钟，所有人，是一粒灰尘，有啥呢。"世界变化快，弹指一挥间，所有的人，甚至于物，都是如同灰尘般的存在。讲出这样一段充满人生顿悟色彩的话语的时候，已经距离小毛因病而彻底离开这个世界的时间不远了。毫无疑问，与其说这是历经人生沧桑之后的小毛对于人生的一种真切体会，反倒不如说是作家金宇澄在借助于小毛口吻来传达自己对于生命的一种深邃见解。金宇澄之所以能够生发出如此真切深刻的人生顿悟来，显然与他全部的人生经验有关。或者也可以这么说，正是因为金宇澄目睹了《繁花》中如此之多的芸芸众生充满苦难的人生历程，所以他最后才能以这样一种人道主义的悲悯情怀去描写表现小毛、李李、梅瑞他们悲剧性的人生结局。非常明显，《繁花》如此骄人的思想艺术成就的最终取得，与金宇澄这种人道主义悲悯情怀之间的内在紧密联系，无论如何都是不能忽略的。

注释：

① 周佩红《迷夜·光斑·人生观望——金宇澄小说漫评》，《当代作家评论》1993年第3期。

② 郑波光《20世纪中国小说叙事之流变》，《厦门大学学报》（哲学社会科学版）2003年第4期。

③ 郁达夫编选《中国新文学大系·散文二集》（影印本），上海文艺出版社2003年7月版。

④ 金宇澄、朱小如《我想做一个位置很低的说书人》，《文学报》2012年11月8日。

⑤ 木心讲述《1989—1994文学回忆录》（下册），广西师范大学出版社2013年1月版，第336页。

⑥ 程德培《我讲你讲他讲，闲聊对聊神聊——〈繁花〉的上海叙事》，《收获》2012年长篇专号秋冬卷。

第五章
吴亮《朝霞》：撕碎，撕碎，撕碎了是拼贴重构

2016年，我无论如何都必须面对的一个挑战性批评难题，就是针对杰出文学批评家吴亮的长篇小说处女作《朝霞》（载《收获》长篇专号2016年春夏卷），应该怎样发出自己的声音？最早从友人处获知吴亮正在进行长篇小说创作，且这部长篇小说将会发表于《收获》长篇专号信息的具体时间，是这一年的3月初。那时，我正在江城武汉参加一个探讨文学期刊未来发展方向与路径的会议。吴亮，毫无疑问是当代最富有艺术智慧的文学批评家之一。作为一位杰出的文学批评家，吴亮曾经在1980年代的中国文坛纵横驰骋叱咤风云，指点江山激扬文字。依凭着那一篇篇才华横溢的批评文字，吴亮在积极推进新时期文学的同时，也形塑完善着自身批评家的出色形象。但不知道出于何种缘故，或许与1980年代后期的那个重大政治事件的影响有关，进入1990年代之后，身为文学批评家的吴亮便渐次淡出了文学界。与此相伴生的另一个事实，就是一位更多

倾心于美术批评的艺术批评家的诞生。在逐渐远离了文学批评之后，吴亮把更多的精力投注到了美术批评之上，并且在这一方面取得了不俗的成绩。这一点，自有被收入北岳文艺出版社《中国当代艺术批评文库》的那一册《吴亮自选集》为证。以文学批评家的身份而跻身于艺术批评的行列，社会身份如此转换自如者，吴亮虽称不上是绝无仅有，却也属罕见之列。究其根本，还是因为有吴亮那种超乎群伦的写作才气在做支撑。实际上，此后吴亮文学写作的数度转型，也同样是他那种逼人才气的缘故。2011年8月，《我的罗陀斯——上海七十年代》由人民文学出版社正式出版。对于出生于1955年的吴亮来说，七十年代，是他生命成长的一个关键时期。这一长篇回忆录的写作出版，从文学文体的层面上说，无疑具有双重意义。它的问世，一方面标志着吴亮散文写作才能的具备，另一方面，倘若联系稍后问世的长篇小说《朝霞》，那么，《我的罗陀斯——上海七十年代》的写作出版，其实预示着作为小说家的吴亮的即将登场亮相。虽然文体差异非常明显，但无论是被书写表达的地域还是时间，《朝霞》与《我的罗陀斯——上海七十年代》的共同处都是无法被忽视的。就地域而言，二者的故事都发生在上海，就时间来说，虽然《朝霞》的书写范围很显然要大于这部长篇回忆录，但七十年代的记忆构成了二者的共同核心，却是毫无疑问的事情。尽管并无明确的证据证明二者之间存在着必然的联系，但依循文本出现的先后顺序加以推断，长篇回忆录《我的罗陀斯——上海七十年代》，毋庸置疑地构成了长篇小说

《朝霞》的前文本。就文体的特性来说，回忆录要求所讲述的事件必须是真实的，不能有丝毫的虚构成分。这就规限了《我的罗陀斯——上海七十年代》的叙述只能绝对地忠实于吴亮自己1970年代的成长经历，排斥虚构成分的存在。但事实上，也正是如此一个非虚构自传文本的存在，为长篇小说《朝霞》的艺术想象和虚构，提供了起码的生活前提。在这个意义上，《我的罗陀斯——上海七十年代》与《朝霞》之间的内在关联，绝对不容轻易忽视。

应该注意到，截止到《朝霞》的问世，吴亮最起码已经完成了文学批评家、艺术批评家、散文家与小说家这四种不同写作者的身份转换。放眼中国当代文坛，先期以文学批评家的身份而名世，嗣后，又能够在这数种写作者身份之间进行自如转换，同时兼擅散文或小说文体者，其实非常少见。就我个人有限的视野，吴亮之外，大约也不过只有李国涛、雷达、南帆、费振钟等不多的几位。与此同时，另外一个不容否认的事实是，这些能够同时兼擅其他文体的文学批评家，其文学批评业绩皆非常突出，毫无疑问属于当代文坛的一流批评家。又其实，他们的跨文体写作行为本身，就充分地佐证着他们写作才华的非同寻常。不能不强调的一点是，文学批评家转换身份从事小说写作，既有着明显的优势，也有必须克服的思维定式。虽然文学批评一贯被视为审美活动，但究其根本，文学批评写作还是一种逻辑性写作，是一种充满理性色彩的分析认知活动，它所依赖的，实际上是批评家的理性分析能力。从这个角度来看，举凡优秀的文学批评家，都应该具备突出的理性分析能力。然而，更多地强调想象虚构的小说写作，所依凭的，却是作家对于生活对象的捕捉感受能力，以及如何才能够将生活转化为语言艺术作品的艺术构型能力。尽管说也并不绝对排斥理性的内在支撑，但相比较而言，小说写作所根本依赖的，恐怕还是作家足称丰富驳杂的一种感性经验。正所谓“成也萧何，败也萧何”，能够成就一位文学批评家的理性分析能力，反过来却很可能变成小说写作的障碍。因此，文学批评家转换身份从事小说写作需要克服的，也正是这种过分依赖理性分析的思维定式。但在另一方面，文学批评家转而从事小说写作的身份优势，也是非常明显的。刘勰《文心雕龙·知音》有云：“操千曲而后晓声，观千剑而后识器。”就刘勰的本意来说，这位“操千曲”与“观千剑”者，不是其他人，正是以品鉴评判文学作品的艺术成败为根本志业的文学批评家。唯其因为曾经有过“操千曲”与“观千剑”的丰富审美实践，所以文学批评家所最终做出的审美判断才能令人信服。这种足称丰富的审美实践，遂使得文学批评家对于那些真正优秀的文学作品的思想艺术品质有着格外清醒的体认。既然内心非常明白究竟怎样一个模样的文本方才算得上理想意义上的小说作品，那么，在从事小说写作时也就会尽可能地去努力企及内心此种思想艺术标高。很多时候，对于这些曾经拥有过批评家身份的作家来说，其小说写作的第一位读者，其实是他自己。只有首先能够入得了自己的法眼，小说文本方才有望通过检验而进一步获得与社会公众谋面的机会。

毫无疑问地，吴亮正是如此一位曾经“操千曲”与“观千剑”拥有异常丰富审美实践的杰出批评家。作为一位对于古今中外的文学尤其小说经典早已如数家珍烂熟于心的批评家，当他初涉小说写作的时候，那些小说经典的影子恐怕会不时地晃动在他的脑海中，会伴随其小说写作的全过程。这里，我们无论如何都不能回避的一个问题是，杰出的文学批评家吴亮，当他终于转换身份从事小说写作之后，他在长篇小说《朝霞》中为自己择定的，究竟是怎样的一种艺术表现方式？

据一种未经证实的传言，吴亮之所以会心血来潮地转而写作以“文革”为对象的长篇小说《朝霞》，是因为受到了金宇澄的长篇小说《繁花》写作大获成功的启示。作为一位出色的文学刊物资深编辑，金宇澄在多年远离小说写作后猛然爆发，以书写上海的一部长篇小说《繁花》而获致特别成功。不仅荣膺包括第九届茅盾文学奖在内的各种文学奖项，更是以其对于拟民间说话艺术形式的精妙设定，与对城市或者干脆说就是上海这座城市生活内涵的深刻挖掘而奠定了其在未来文学史上的重要地位。同样生活在上海，吴亮与金宇澄是非常要好的朋友。既然是朋友，又是同行，金宇澄意外的小说写作成功，肯定会对吴亮形成强烈的刺激或者说启示。既然金宇澄可以有《繁花》，那么，才华横溢的吴亮，为什么就不能转而从事小说写作呢？依循以上的推演逻辑，虽然并未能得到确切的证实，但断言吴亮《朝霞》的写作与金宇澄《繁花》的写作存在着某种隐秘的内在关联，却也是具有相当可信度的一件事情。然而，文学创作从根本上说是一个特别讲究思想艺术原创性的事业，吴亮固然可以接受金宇澄的启示转而从事小说写作，但吴亮却终归不能简单复制《繁花》的思想艺术经验。假若说吴亮的小说写作的确受到过金宇澄《繁花》的启示，那么，吴亮必须认真思考的一个问题，就是怎样在金宇澄已经大获成功的《繁花》艺术体式之外，独辟蹊径地寻找到独属于自己的一种小说写作方式。事实上，同样是对自己上海记忆的一种书写，假若说金宇澄的《繁花》更多地汲取着中国本土传统的叙事经验，那么，吴亮的《朝霞》无疑更多地依仗西方现代主义的叙事经验。我们都知道，吴亮本就是一位曾经对于1980年代中国小说界的先锋探索实验持明确激赏姿态的批评家。这一方面，他的那一篇关于作家马原的可谓声名显赫的经典批评文章《马原的叙述圈套》，即是一明显的例证。现在的问题显然是，当那位曾经格外敏锐地发现马原叙述圈套的批评家也要亲自“下海”转而从事小说写作的时候，他所选择设定的，却又是怎样的一种叙述方式呢？或者说，他所遵循的，究竟是什么样的一种叙事语法？阅读《朝霞》，首先一个引人注目的特点，就是叙事时空的倒错与叙事线索的繁多杂乱，以至于当我第一次走进《朝霞》世界的时候，曾经很多次地如同无头苍蝇一般迷失阅读的方向。整部小说一共设定了一百章，每一章又由数量不等的叙事片段组构而成。这些片段，多则十余个，少则三四个，并不稍显刻板，真正可谓有话则长无话则短。依照一种常规的阅读经验，采用如此一种板块式结构的小说作品，并不会给读者造成太大的阅读障碍。但，吴亮的《朝霞》却显然并非如此。一个不容忽视的问题显然在于，除了那些带有鲜明议论色彩的叙事片段，其他那些出现于同一章之中的叙事片段之间，可以说没有任何情节上的彼此关联。这就不能不让我们联想到了贾平凹的长篇小说《秦腔》。

“与其他大多数的纯文学作家相比较，贾平凹《秦腔》最具挑战性的一点是做到了故事情节与小说人物的‘去中心化’。从当下中国小说总体的创作倾向来看，虽然亦有各种形式的实验探索行为存在，但基本上却还都坚持着一种中心情节与中心人物的写作模式。这也就是说，在一部相对成熟的小说作品中，其小说的故事演进总是围绕一种核心情节与一个核心人物而运转的。而所谓故事情节与小说人物的‘去中心化’，便是指一部具体的小说文本中，作家既放逐了中心情节，也放逐了中心人物。这样出现于读者面前的，就是一部既缺乏中心情节也不存在核心人物的小说文本。应该承认，类似这样一种情节与人物均‘去中心化’的情形，曾经在中短篇小说中有过一定的尝试实验，但在篇幅巨大的长篇写作中，这样的情形却差不多是绝无仅有的。因为，采用这样一种情节叙事模式的长篇小说作家很显然存在着很大程度上要被读者拒绝接受的风险。然而贾平凹的《秦腔》却正是这样一部采用了‘去中心化’的总体情节叙事模式的长篇小说。”①虽然说贾平凹一向并不被认为是先锋作家，但他在《秦腔》中所做出的故事情节与小说人物的“去中心化”努力，其先锋性意味却无论如何都不容忽略。很多读者在面对《秦腔》时，都曾经突出地强调阅读与进入的艰难。其实，导致此种情形出现的原因之一，很显然就是作家在故事情节与小说人物方面的“去中心化”。然而，与贾平凹的《秦腔》相比，吴亮的《朝霞》在情节结构的先锋性实验方面却毫无疑问表现得更为极端。以我愚见，吴亮更为极端的先锋性探索，主要体现在他干脆以一种诗歌写作的方式来进行他的小说写作。要想说清楚这个问题，我们首先需要对于诗歌与小说的文体区别有所认识。根据我多年来的阅读体会，大多数读者之所以会普遍觉得诗歌这一文体的接受难度要大于小说这种文体，一个非常关键的原因在于，二者所遵循的艺术逻辑各不相同。具体来说，作为一种典型的叙事文体的小说，所遵循的艺术逻辑是一种“线性的因果逻辑”。尽管一些先锋作家也会竭力试图对这种因果逻辑有所破坏，但绝大多数小说文本中故事发展演进过程中因果逻辑关系的存在，却还是不容否认的基本事实。而作为一种典型的抒情文体的诗歌，所遵循的艺术逻辑却是一种“非线性的情绪逻辑”。读者在面对一首现代诗歌的时候，往往会生出丈二和尚摸不着头脑的感觉，很大程度上就是这种“非线性的情绪逻辑”作祟的缘故。这里的关键问题在于，这种“非线性的情绪逻辑”是独属于诗人这一写作主体的，其情绪的起伏与波动，并不像“线性的因果逻辑”那样清晰可辨。我们寻常所谓诗歌的思维与语言的跳跃，实际上也与这种“非线性的情绪逻辑”存在着内在的紧密关联。由以上的比较可见，诗歌文体的接受难度之所以要远远大于小说文体，正是它们所各自遵循的艺术逻辑大不相同的缘故。以这样的文体标准来理解看待中国当代小说，最起码在我个人有限的阅读视野中，在吴亮之前，并没有哪一位作家明显地逾越二者之间的文体界限，以诗歌的艺术思维方式来精心营构一部长篇小说。在我看来，《朝霞》最突出的先锋性，就体现在这一点上。

比如，从小说一开始就已经登场的那个邦斯舅舅的外甥“他”，究竟是小说中的哪一位人物？叙述者一直没有做出明确交代，一直到小说的第十九章，到小说差不多已经完成五分之一篇幅的时候，我们方才恍然大悟，却原来，这位其实已经出场很多次的人物，名叫阿诺：“纤纤说，阿诺你哪能一句话不讲，他们三个人铁定是要打牌的，孙继中江楚天李致行，还有一个艾菲，你不想想，扑克牌是艾菲的，你好意思跟艾菲抢最后一个名额吗，阿诺？”“‘阿诺’就是邦斯舅舅的外甥，那个‘他’。”身为小说中最主要的人物之一，他的名字不仅一直拖延至第十九章才被披露给读者，而且也如同其他人物与场景一样，始终处于时断时续的状态之中。如此一种时断时续，实际上即是作家或者叙述者情绪演变流动的直接结果。比如，小说第七章，曾经讲述江楚天约同住在淮海坊的郭小红去国泰电影院看电影，没想到在电影院碰上了李致行。然后，这一条故事线索就中断了，一直到第三十三章，叙述者才通过江楚天1999年某日的日记，遥遥回应了这一事件：“今天有些感触，写几句，见到致行了，多少年啦……他还提起二十多年前的事，那天晚上在国泰电影院意外看见我和小红，不是存心，而是他喜欢坐最后一排，恰巧碰到小红，我说这个事我都忘了，他说你当然会忘记，你巴不得忘记你的初恋，我和你不一样。”再比如，第十八章，曾经叙述四个热血沸腾的年轻人私底下成立了一个团伙组织：“他们四人已饥肠辘辘，夜之淮海中路寒风呼号黑灯瞎火，一种甘愿忍饥受冻的自豪感鼓舞了这几位少年……他们究竟在寻找什么，某种脱离大集体的欲望，背叛，出走，另立门户另立山头，一个精悍的团伙，他们明天太阳升起后就有了一个组织有了一个名，反到底，反什么，其实他们并没有认真讨论，取这个名，是因为更多的名已经被人征用，他们不愿重复别人，特别是太有名太熟悉太附近的……”对这一成立团伙组织的回应，要等到后面的第二十一章几位人物的对话：“阿诺：那天筹备反到底战斗队，半夜了，我们爬到培文公寓八楼平台上。”“江楚天：是啊，那是一九六七年一月，夜里很冷。”“李致行：饥肠辘辘，身无分文。”“江楚天：有钱也买不到食品，我记得，当时我们口袋里有一点零钱的。”“阿诺：整整九年了。”根据对话的内容，等到阿诺与江楚天、李致行他们几位重新相聚，再度谈论当年成立反到底战斗队的情形的时候，具体时间已经是1976年了。这一年，既是“文革”结束的那一年，同时也是吴亮《朝霞》叙事的终结点。

由以上例证可见，在长篇小说《朝霞》中，尽管依靠读者的主体性努力，可以还原如同草蛇灰线般隐伏着的因果逻辑，但就文本的表层形态来说，吴亮的确不无极致地打碎了现实主义小说中司空见惯的情节链，依循于作家主体的内在感觉情绪，最大限度地重组了这部长篇小说。也因此，虽然小说中的每一个叙事片段都看似寻常，谈不上什么接受难度，但这些片段一旦被吴亮按照某种内隐的情绪逻辑拼贴组构在一起，就毫无疑问地会变成一座难以索解的迷宫，令那些欲进入其中一窥堂奥者倍觉接受的困难。实际上，我们置身于其中的日常生活本身就毫无逻辑可言，很可能就处于类似于诗歌的那样一种“非线性的情绪逻辑”状态之中。从这个角度来说，日常生活的一种基本存在形态，就可以说是一地碎片。面对着这一地碎片，绝大多数作家采取的是一种将其连缀缝合为内含鲜明因果逻辑的艺术整体的表现方式。这类小说作品给读者造成的某种带有误导性与欺骗性的审美幻觉即是，日常生活本身的面目就如同小说文本所呈现出来的这副模样。但其实，毫无逻辑可言的日常生活本身，就是四处散落的一地碎片。吴亮的难能可贵之处，正在于他以极大的艺术勇气，以一种“冒天下之大不韪”的精神，挥动手中的艺术铁锤，颇为无情地打碎了貌似整体合一的生活与艺术的幻觉，最大限度地逼近或者说还原了日常生活的本相。本文标题“撕碎，撕碎，撕碎了是拼贴重构”的具体内涵，所指的正是吴亮这种在打碎整体的生活与艺术幻觉之后，以主体情绪为内核，对于一地碎片的生活片段，通过拼贴的方式进行艺术重构的小说写作过程。更进一步说，吴亮撕碎之后拼贴重构的直接结果，就是我们曾经反复阅读的长篇小说《朝霞》。不能不强调的一点是，不仅仅是身为作家的吴亮需要“通过拼贴的方式进行艺术重构”，与此同时，作为读者的我们也需要对于吴亮所提供的《朝霞》这一表象倒错杂乱的小说文本进行理解接受意义上的拼贴与重构。这一点，正如批评家程德培所言："这些行文的变化和变化的操练无疑是《朝霞》文体的重要来源。是的，'作家绝对掩藏不了这样的事实：他的活动就是组织安排'。（本雅明语）同样是'安排'，《朝霞》却桀骜不驯地抑制我们业已习惯的阅读方式、老掉牙的组织体系，他对自由的追求把文本弄得遍体鳞伤、歪曲痉挛，以至于这一形式本身成了其关键的所指。假如硬要从所谓现实的'故事'着眼，那么就必须在一种叙事中对这些'安排'进行痛苦的解码、推敲和重新组合，而这样的'重组'只有在付出暴露其自身技巧的代价时，才显露出其行为的逻辑。"②毫无疑问，程德培这里所强调的那种"对这些'安排'进行痛苦的解码、推敲和重新组合"的过程，实际上也就是我们所提出的读者必须在吴亮"拼贴重构"的前提下对于《朝霞》进行再度的"拼贴重构"。与此同时，程德培的看法也启示我们对于吴亮的"撕碎"式小说写作行为的深层意蕴做更进一步的社会学层面的索解与分析。倘若联系中国当代社会的政治与文化现实，那么，吴亮所一力坚持的这种击碎整体还原日常生活的一地碎片的叙述语法背后，很显然隐含着作家精神深处对于自由与民主的积极向往与勇敢追求。在这个层面上，《朝霞》这部小说的语言艺术形式，显然也就不再仅仅是语言艺术形式，而是具有了更为内在深邃的现实批判的思想内涵。毋庸讳言，假若说贾平凹在《秦腔》中所做出的故事情节与小说人物的"去中心化"努力已经足称先锋的话，那么，吴亮在《朝霞》中“撕碎，撕碎，撕碎了是拼贴重构”的这一番艺术努力，他的以一种类乎诗歌的“非线性的情绪逻辑”来营构一部长篇小说的书写实践，在先锋性方面显然更进了一步。

严格地说，那些被吴亮不无“残酷”地撕成一地碎片然后“任意”拼贴的叙事片段，其实并不都是叙事性的。仔细辨析这所有的片段，实际上可以更进一步地将其区分为叙事性片段与非叙事性片段两大类。首先进入我们分析视野的，是那些现实主义小说中极其罕见的非叙事性片段。某种意义上，我们也完全可以说，正是这些非叙事性片段的普遍性存在，给《朝霞》这部长篇小说打上了鲜明的“吴”记烙印。细加辨析，这些非叙事性片段大约由四类不同的文字组成。其一，是带有突出“元小说”意味的片段。“元小说”，“又译‘元虚构’、‘超小说’。‘元小说是有关小说的小说：是关注小说的虚构身份及其创作过程的小说。’（戴维·洛奇《小说的艺术》）美国作家威廉·加斯于1970年发表的《小说和生活中的人物》中首次使用了这一术语，它的一般含义就是‘关于怎样写小说的小说’。帕特里夏·沃说：‘所谓元小说是指这样一种小说，它为了对虚构和现实的关系提出疑问，便一贯地把自我意识的注意力集中在作为人造品的自身的位置上。这种小说对小说作业本身加以评判，它不仅审视记叙体小说的基本结构，甚至探索存在于小说外部的虚构世界的条件。’（《元小说》）与传统的小说相比较，‘正常的叙述——认真的、提供信息的、如实的——存在于一个框架之内，这类陈述有说话者和听话者，使用一套代码（一种语言）并且有某种语境……如果我谈论陈述本身或它的框架，我就在语言游戏中升了一级，从而把这个陈述的正常意义悬置起来。同样，当作者在一篇叙事之内谈论这篇叙事时，他好像是已经把它放入引号之中，从而越出了这篇叙事的边界。于是这位作者立刻就成了一位理论家，正常情况下处于叙事之外的一切在它之内复制出来'（华莱士·马丁《当代叙事学》）"。③简言之，所谓"元小说"，也就是指那些在小说中由叙述者公开跳身出来直接谈论小说写作本身的段落与文字。或许与吴亮批评家的身份有关，这类带有小说写作理论自觉探索性质的片段，在《朝霞》中，总是会时不时地跳身而出。比如，第十八章的一个片段："肉眼所见，文字无法追赶与捕捉，描述永远是滞后的，失去的场景，它们沉睡在缄默的抽象概念中，回述一个情节就是重塑一个情节，它子虚乌有，是语言，将一切心里想的、幻觉的、错置的、被刻意修饰的、自我伪装的、精心回避的内在经验、意识、渴望、疯癫以完整或分散的形式进入一种个人化的字里行间，换一个词或挪动一个词都会改变你想召回的世界，别人的世界，这个世界之中有无数的小世界，如同邦斯舅舅所讲的植物分类，目、属、科直至个体：最后的单元，所有的戏剧性，都浓缩在每一个瞬间即逝的有形无常的情节中，啪啪啪！"这一段文字中，吴亮在指出文字永远不可能把作家意欲表达的全部内容表达出来的同时，其实也很巧妙地透露出了自己极大的书写野心，就是"将一切心里想的、幻觉的、错置的、被刻意修饰的、自我伪装的、精心回避的内在经验、意识、渴望、疯癫以完整或分散的形式进入一种个人化的字里行间”。毫无疑问，这是一场不可能取得胜利的带有悲壮色彩的如同堂·吉诃德大战风车一样的写作努力。它以“夫子自道”的方式明确暗示读者，只有从内在经验的个人化表达的角度切入，才能够更好地理解把握《朝霞》。与此同时，无论如何不能不指出的一点是标点符号的运用问题。吴亮似乎是一个对于逗号存在着特别兴趣的写作者，绝大多数时候，除了偶尔使用其他标点符号，《朝霞》中的每一个片段基本上都是一“逗”到底。很多通常应该使用句号的地方，都被吴亮以逗号强迫性地取而代之。即比如我们所例举的这个片段，除了结束处的那个感叹号，全部都是逗号。这样一来，就使得读者在阅读时只能够凝神静气地一口气读下去，不可能获得中间停顿的机会，而且还往往会有喘不上气来的感觉。一个无法回避的问题是，吴亮为什么要采取此种处理方式？我想，他的这种处理方式，或许与乔伊斯的潜在影响紧密相关。在阅读《朝霞》的过程中，我一直在思考的一个问题就是，倘若要寻找一位最大限度地影响着吴亮小说写作的经典作家，那这位作家恐怕就只能是乔伊斯。虽然吴亮绝对不可能对乔伊斯做一种亦步亦趋的拙劣模仿，但从内在的艺术与精神气质来判断，对《朝霞》产生根本性影响的经典作家，其实是乔伊斯。即如对于逗号的情有独钟，作家借此意欲达到的，或许正是某种连绵不断的生活流艺术效果。这种连绵不断的生活流，与乔伊斯那样一种意识流之间，很显然是存在某种内在关联的。

再比如，第三十六章中的这样一个“元小说”片段：“叙述中不要夹杂太多议论！是这样的吗，还是你们不习惯议论，在日常生活里你们只喜欢一种交流方式：闲谈与杂聊，把你的闲谈与杂聊记录下来就可以了，那是你们的意义世界，远远不是全部世界，甚至不是内心世界，这个世界并非你们观察到的‘那一个’，生活貌似平缓匀速地流过你们的眼畔，它们偶尔也会激起惊涛骇浪，溃迸交替，任意东西，为什么你们的读物总是那么一成不变，阅读，毫无秩序是必须的，把生活并不存在的逻辑打乱，才能接近那万千生活之流，距离越来越大叙述的魔方方能游刃有余地展现……”作为典型叙事文体的小说中到底应不应该有议论出现，长期以来一直是学术界争议未决的一个艺术命题。对此，吴亮的回答，显然是很响亮的一声“可以有”。出于艺术表达的必要，议论的存在其实并非可有可无，即如吴亮自己的这部《朝霞》，你很难想象，假若把那些非叙事性的议论片段删除，文本会变成怎样一种残缺不全的不堪模样。很大程度上，《朝霞》的思想艺术成功，正取决于吴亮一种极端开放性的叙事姿态，取决于其叙事手段运用方面的肆无忌惮与百无禁忌。唯其因为吴亮以不无决绝的艺术勇气大胆征用各种艺术表现手段，《朝霞》才会呈现出如此一种琳琅满目丰富驳杂的艺术面貌。与此同时，吴亮在这个“元小说”片段中的“夫子自道”也不容忽略。在我看来，他所一力强调的只有“把生活并不存在的逻辑打乱，才能接近那万千生活之流”的艺术主张，很明显不仅暗合于前述我们关于生活流的判断，而且也暗合于我们关于《朝霞》依循诗歌“非线性的情绪逻辑”展开叙述活动的相关论述。当然，相比较而言，更为典型的“元小说”片段，很可能还是第三十九章所专门列出的那本《一本计划在将来完成的书》共计三十八条的写作构想。某种意义上，这个写作构想非常类似于《红楼梦》中的太虚幻境那个部分。正如同太虚幻境预示了众多红楼人物未来的基本命运走向一样，这个构想其实也以一种预叙的方式在暗示着《朝霞》中故事与人物未来的基本走向。无论如何，以“元小说”形式出现的这些个议论片段，都是《朝霞》不可或缺的有机组成部分，它们与叙事部分所构成的，其实是一种彼此映照的“互文性”关系。

其二，是凸显时代背景因素的片段。作为一部以“文革”为主要书写对象的长篇小说，时代背景因素的存在是非常必要的。一个需要克服的叙事难题，就是怎样才能够把这些重要的时代背景因素艺术地嵌入到小说文本之中。在《朝霞》中，吴亮寻找到的一种有效方式，就是非叙事性片段的适度插入。比如，第十章的开头那个片段，借助于房屋建筑的讨论，叙述者颇为巧妙地引入了时代背景因素。本来，作为一部个人化特点非常突出的长篇小说，《朝霞》的主体部分是排斥政治性话语的。然而，一部以“文革”那样一个极端政治化时代为主要表现对象的长篇小说，又怎么可以纯粹排斥远离政治性话语的呢？吴亮所采取的艺术手段，就是通过对饱含时代背景因素的议论性片段的征用，把“文革”期间流行的各种政治性话语有效地纳入小说文本之中。

其三，是带有明显形而上意味的存在思索片段。作为一位声名显赫的文学批评家，吴亮毫无疑问是思想智慧的热爱者。拥有这一特点的吴亮，自然不可能在《朝霞》中仅仅满足于日常生活的形而下叙事。这样，抓住恰切的时机，以一种议论性片段的方式，把作家关于存在的思索过程与结论，有机地嵌入到文本缝隙之中，也就顺理成章地成为吴亮小说写作的一个鲜明特色。比如，第七十八章的这样一个片段：“生活是如此漫无目的，这一分钟不知道下一分钟，意志都在随时改变方向，你溶解在你无法预见的他人的洪流中，一个陌生人，更不要说一个熟悉的人，他与你重逢，邂逅，你只要一个闪念，你下一刻就会出现在某个意想不到的地点，见到更多的陌生人，那些本来不太有可能向你打开的门向你敞开，另一些人名，名称，场面，概念，杂念，赞赏，迷惑，一起搀和进来……”很显然，叙述者在这里展开谈论的，其实是命运与偶然性的问题。人生充满了各种可能，在某一时间地点遇上某一个人或者没有遇上某一个人，完全可能从根本上改变你的人生方向。即如小说中的阿诺，本来只是想和纤纤一起去吃个晚饭，却根本没有料想到，在无意间撞见了江楚天、郭小红、孙继中、翁柏寒、李致行以及何显扬他们六个人，结果变成了八个人的一个大聚会。关键的问题是，与阿诺他们俩无意间邂逅的那六个人，同样也是分为三对在无意间彼此撞见的。四对人毫无准备的意外相聚，已然构成了人生偶然性一个很好的注脚。放大了看，每个人的人生其实也都是被这变幻莫测的偶然性所决定的。

非叙事性片段对于《朝霞》固然重要，但它们毕竟不是文本的主体部分。对于《朝霞》这部长篇小说来说，更重要的，无疑是作为主体部分存在的那些叙事性片段。但在具体展开这一部分的分析之前，我们首先需要对《朝霞》所集中关注的人群有所了解。或许与“文革”结束后长期以来接受的各种规训有关，一旦提及“文革”，我们便马上会联想到红卫兵以“打砸抢”为突出标志的造反，惨烈无比的武斗，知识分子的被打倒在地，老干部的遭受迫害等一系列场景与行为。说实在话，诸如此类的场景与行为，曾经在众多的文学作品中得到重复性的凸显与表达，以至于已经差不多形成了一种格式化的状态。面对着这样的一种创作格局，吴亮必须认真思考的一个问题就是，究竟怎样才能够在忠实于个人“文革”记忆的前提下，独辟蹊径地打造出具有鲜明个人化特质的“文革”书写。事实上，正如同作为《朝霞》蓝本的《我的罗陀斯——上海七十年代》这部长篇回忆录早已暗示或者限定的，吴亮在《朝霞》中既不可能讲述红卫兵们的造反故事，也不可能聚焦表现知识分子或者老干部在“文革”中的悲剧遭遇，尽管他拥有充分展开艺术虚构想象的绝对权力，但毫无疑问地，巧妇难为无米之炊，不管如何“天马行空”，他的虚构想象也只能建立在自身真切生活经验的基础之上。我们通常所谓文学与生活之间关系的密切，也正突出地体现在这一点上。究其根本，正是因为受制于吴亮自身的“文革”记忆，所以他在《朝霞》中最终展示在读者面前的，是一个被明显边缘化了的具有突出文青气息的一代青年，以及他们以知识分子为主体构成的父一辈这两个群体的日常生活情形。具体来说，前一个群体的构成者主要包括阿诺、纤纤、沈灏、江楚天、郭小红、孙继中、翁柏寒、李致行、艾菲、何显扬、林林、东东等大约十几位，其中，当然也包括那位明显长于这一批同龄人的马立克。“终于有一天，阿诺确认了他在嫉妒马立克，说确认，就是说阿诺已经意识到他在嫉妒他的偶像了，只是不愿意承认，马立克比阿诺大十四岁，马立克独身一人……”尽管马立克比阿诺他们大了整整十四岁，但一方面，由于马立克与阿诺的关系密切，另一方面，由于吴亮在《朝霞》中以不小篇幅描写身为高级知识分子的他的父母，倘若他的父母属父一辈，那马立克自然也就只能被归入子一代了。前一个群体的构成者主要包括邦斯舅舅、李兆熹、阿诺父亲、阿诺母亲、朱莉、宋老师、殷老师、李致行爸爸、沈灏妈妈、翁家姆妈（翁史曼丽）、马馘伦、张曼雨、孙来福、何乃谦、浦卓运等十几位。两两相加，活跃于吴亮《朝霞》中的各色主要人物约略三十位。

这众多的人物中，值得特别一说的，是一直到第十九章方才出现名字的阿诺。因为《朝霞》是一部与吴亮的个人“文革”记忆紧密相关的长篇小说，所以虽然肯定不是自传体小说，但其中却一定会有吴亮自己身影的投射。这样，一个无论如何都绕不过去的问题就是，那么多的人物中，究竟谁才是吴亮？或者说，哪一位人物身上吴亮的影子最为明显？一番细致的推敲之后，答案恐怕只能够是这位阿诺。为什么是阿诺？首先，阿诺与吴亮一样都出生于1955年。其次，尽管《朝霞》并未采用第一人称的叙述方式，但我们在阅读过程中却自始至终都能够感觉到有一种观察者的眼光存在。这位重要的观察者，就是阿诺："旁观者态度就是这样逐渐形成的，他许多经验都先由观察得来，还有良莠不齐的阅读，饥不择食阅读，沉溺在形形色色书里，世界消失了，世界在书本中，世界在世界里，所有关于世界的概念与描绘，用来掩盖世界的另一个世界，被这个世界封锁的另一个世界，父亲担心他视力会急剧下降，事实确实如此，父亲对他的关心围绕着他肉体，过度用眼，吸烟太多，睡眠不足，户外活动太少，那些来历不明的书的另一端，是个什么人？""这是父亲唯一关心甚至十分警惕的问题，无关肉体，直指思想，以及联系到那个极端危险的外部世界。"（第二章）这个片段中，有三个方面的问题需要引起注意。其一，日常生活中的阿诺，既是一位生活的旁观者，也是一位书籍的阅读者。既然是旁观者，那就肯定不在生活旋涡的中心，不能被看作小说的中心人物。又或者，《朝霞》虽然人物众多，却很难说谁是中心人物，谁不是中心人物。很大程度上，《朝霞》如同贾平凹的《秦腔》一样，也可以被视作一部故事情节与小说人物的"去中心化"的长篇小说。假若说那个名叫清风街的村庄成了《秦腔》主人公的话，那么，《朝霞》中的主人公，就毫无疑问可以说是"文革"期间的上海。从这个角度来说，《朝霞》

自然也可以毫无愧色地被列入包括韩邦庆《海上花列传》、张爱玲作品、王安忆作品、金宇澄《繁花》等在内的那个“上海叙事”的序列之中。然而，故事情节与小说人物固然可以“去中心化”，但一个观察者的叙述视角的存在，却是如同阿基米德的支点一样必要的事物。在《朝霞》中，这一生活旁观者的角色，就落在了阿诺身上。俗语云：“当局者迷，旁观者清”，唯其因为阿诺在很多时候是一位旁观者，所以他才可以以一种冷静、客观的姿态观察并呈示事物的本相。旁观者之外，阿诺的另一重身份，是一位虔诚的阅读者。用叙述者多少有点绕口的话语来说，就是他一直在凭借阅读来理解认识世界：“世界消失了，世界在书本中，世界在世界里，所有关于世界的概念与描绘，用来掩盖世界的另一个世界，被这个世界封锁的另一个世界。”这里，格外耐人寻味的是最后两句。两句话中前面的“世界”，很显然是指现实世界，而后面的那个“世界”，则是指由书籍中所展示的那个世界。而且，这两个不同的世界之间，毫无疑问是一种相互对抗的紧张关系。但我们也应该承认会有例外的情形存在。那就是，即使是在那样一个时代，在远离政治旋涡的边缘人群中，的确会有一些人在从事着潜心阅读的工作。比如，阿诺。比如，那些活跃于《朝霞》文本中的人物。这一点，是有吴亮自己的长篇回忆录《我的罗陀斯——上海七十年代》做坚实支撑的。实际上，吴亮自己之所以能够在“文革”后的文学批评界很快就脱颖而出，与他在“文革”期间的潜心阅读，存在不容轻视的内在关联。同样的道理，假若没有“文革”期间以地下形态出现的潜心阅读，又怎么可能有诸如“白洋淀诗群”这样带有明显叛逆性现象的生成呢。也因此，吴亮能够以一部长篇小说的形式来呈现如此一种“文革”之真实，也还的确称得上是某种独到的艺术发现。其二，父亲的担心，一个指向了阿诺的身体，另一个则指向了这些书籍的来源。父亲之所以会担心书籍的来源问题，主要原因显然在于，阿诺们所置身于其中的，是一个以禁锢和封杀思想为根本特征的“文革”时代。在那个随时都可能因为读书和思想的问题而触碰禁区的时代，父亲为阿诺的担心无论如何都算不上是杞人忧天。其三，《朝霞》一个突出的特点就是，叙述者从小说一开始就在叙事过程中会不断地提及父亲母亲这两个称谓。小说里曾经先后出现过十几位年轻人，那么，这父亲母亲究竟是谁的父亲母亲呢？实际上，这父亲母亲的称谓带有明显的特指色彩，是专门用来指称观察者阿诺的父母双亲的。而且，曾经被很多次提及的阿诺父亲的名字，一直都没有被叙述者披露。如此一种艺术处理方式，所明确透露出的信息，正是阿诺在《朝霞》这一小说文本中地位的重要与特殊。综合以上种种，在《朝霞》中，与吴亮相对应的那个带有更多自传性色彩的人物，毫无疑问就只能是阿诺。

实际上，假若我们将分析的重心落到阿诺这一人物身上，就不难发现，虽然《朝霞》肯定不仅仅是一部成长小说，但它带有鲜明成长小说的特点，却是无可置疑的一种文本事实。阿诺的成长，沿着两个方向渐次展开，一方面是性意识的萌动与性的尝试，另一方面是他读书过程中精神与思想的逐渐成熟。先来看第一方面，阿诺性意识的最初萌动，体现在他对年长自己好多岁的宋老师的莫名依恋上："和宋老师在一起，他总有种软绵绵愉悦，宋老师整张脸很精致，他一直不知道宋老师的具体年龄，这让他有点不安，他猜想宋老师年龄应该是自己母亲和大姐年龄之间的中间值，这样算的话，母亲是在她二十四岁那年生下大姐的，二十四除以二，宋老师就比大姐大十二岁，这使他产生了一种奇妙的身体感受，介乎于妈妈和姐姐之间的一个女人，粉红颧骨，鼻尖几颗浅色雀斑，他喜欢看宋老师手指，特别在她翻书时，手指灵活好像在弹钢琴。"对于吴亮这里所描述的情形，其实可以用弗洛伊德的所谓"恋母情结"理论来加以解释。虽然宋老师的年龄比母亲要小，但她相对于阿诺来说，无疑是一位女性长辈。对于如此一位长一辈的女性产生"奇妙的身体感受"，其实可以被看作"恋母情结"的一种迁移式表达。阿诺之所以在发现马立克与宋老师之间的"暗送秋波"与"含情脉脉"之后，感觉特别不舒服，实际上也正是性意识萌动后一种暗恋情愫作怪的缘故。事实上，也正是在宋老师这里感觉无望的情况下，阿诺与其实只是萍水相逢的殷老师之间有了初吻，发生了第一次性关系："她摇曳的身影融入房间的暗影中，阿诺也不知道她的全名……阿诺让了位，走到三楼晒台抽香烟，与正在洗衣服的夜校殷老师认识了，第一次见面，两人说了没几句话，阿诺居然就毫无预兆地吻了殷老师，阿诺简直昏了头，但是殷老师好像并没有惊慌失措，把两只湿淋淋的手在自己的衣裳两边抹抹，托起阿诺颤抖的嘴两人就热烈地吻在一起了……”“阿诺感觉得到她在舔他的肚脐附近，一圈又一圈，柔软的舌头啊……”（第四十八章）“阿诺能感觉她颤抖不已，他们的身高很相配，但是他们属于完全不同的世界，虽然她也教语文课，她远远没有宋老师那种说不清的温情与矜持，阿诺觉得他好像是被她意外捕获的一只猫，或者她是一只猫，他则是随她摆布的小布人，她的臀部在阿诺手掌底下结实而紧凑，她那么老练，掌控了全局……”（第五十章）无论如何，阿诺与殷老师之间的关系都来得太莫名其妙。很大程度上，殷老师可以被理解为宋老师和纤纤的“替身”。阿诺对宋老师有“奇妙的身体感受”，但宋老师却无动于衷，只对马立克充满兴趣。阿诺对纤纤可谓情有独钟，却又胆怯到“不敢向你的同龄女孩子示爱”的程度：“既暗地喜欢她们，又假装不在乎她们。”这样一来，被体内的青春荷尔蒙冲动完全控制的阿诺，自然就在殷老师那里完成了自己性的“成年礼”，而殷老师，也就顺理成章地成了阿诺的性启蒙者。但其实，阿诺内心真正的恋慕对象，一直是同龄的邻家女孩纤纤：“纤纤，纤纤，纤纤，纤纤纤纤，纤纤纤纤纤纤，我的纤纤，然后咬咬牙，把‘我的’两字慢慢抹去，先是轻轻的，留恋的，诀别式的，直至完全抹去，纤纤，纤纤，纤纤纤纤，你把写满‘纤纤’的那张明信片藏到哪里去了……几十年之后，一句话孤零零地从本雅明《单向街》里蹦出来，就为了追回他的年轻记忆，‘相爱的两个人在一切之中最眷恋的是他们的名字！’”（第五章）别的且不说，单是书写名字这一细节，就足以充分地说明阿诺对于纤纤那种深情款款的爱。也因此，到最后，当纤纤因为受到惊吓从崇明岛回到上海陷入惊恐状态难以摆脱的时候，那个坚持陪伴在柔弱少女纤纤身边的，已经俨然是一位责任感很强的男人形象了。“我不骗你纤纤，只要你开心，我心甘情愿陪你，坐你身边，我第一趟给你讲了介许多话，你总是笑，没有烦恼的样子，其实你是烦恼的，人在上海，关系了崇明，不是你一个人，我跟你一样，东东也不开心，纤纤你晓晓吧，你流眼泪了，哭出来，哭出来，我晓得你为啥哭。”如此一番贴心贴肺的话语，若是此前成长中的阿诺，任是怎么样恐怕都讲不出来。

再一个方向，就是阿诺在人生与阅读过程中精神与思想的成长。从人生方面来说，对其精神成长产生着重要影响的一位人物，就是那位邦斯舅舅。在1949年之后的共和国时代，邦斯舅舅是一位命运多舛的不幸者：“一九五一年邦斯舅舅因反革命罪入狱，户口吊销，出狱后迁回麦加里，户口簿户主早就改为阿诺外公名字了，好景不长，不识时务的邦斯舅舅命也实在不好，一九五七年年底他被自然博物馆开除公职，卷铺盖发配到青海劳改农场，判劳改，听起来好像比判徒刑罪孽轻，其实比判徒刑更加令人绝望……”（第二十一章）然而，即使如此命运多舛劫难不断，也没有能够从根本上击垮邦斯舅舅。这一点，从他坚持与自己的毓琇妹妹也即阿诺的母亲，以及外甥阿诺的通信，以及通信内容即不难窥见一斑。比如，第六十二章，邦斯舅舅在信中曾经讲了这么一个故事：“陈医生他会算命，他说他是逢凶化吉的命，我问他，我的命怎样？他说你不需要算命，我问为什么，他说你不相信命，我说你怎么知道，阿诺，你猜陈医生怎么说的吗，他笑笑说，因为我会算命，所以知道。”邦斯舅舅的不相信命，就说明他是一个坚决对抗不幸命运的乐观主义者。唯其如此，他才总是会不断地在信中给阿诺母亲以及阿诺传递各种治疗疾病的方法。在他的信件必须接受官方检查的那个不正常时代，邦斯舅舅通过这种方式传递出的实质上正是一种难能可贵的生命坚韧力量。以至于，面对邦斯舅舅，阿诺常常会生出强烈的不解与困惑："邦斯舅舅又来信了。他经常为此纳闷：四舅舅过了五十岁，孤零零一个人待在青海湖旁边的劳改农场，在那里坚韧地活着，活得那么健康，甚至还那么开朗，他凭啥？"（第三章）实际上，在阿诺发出由衷感叹的同时，他其实已经接受着邦斯舅舅坚韧精神的熏染了。在阅读过程中，对阿诺产生影响最大者，莫过于他在图书馆偶然间结识的，比他大了整整十四岁的马立克。“阿诺以马立克为榜样，保尔·柯察金对朱赫来，纤纤是他的冬妮娅……”（第二十七章）只要读过奥斯特洛夫斯基的长篇小说《钢铁是怎样炼成的》的朋友，就都知道，保尔·柯察金是小说中处于成长状态中的主人公，朱赫来是其某一个人生阶段的人生导师，而冬妮娅则是他内心热恋着的一位美丽姑娘。当阿诺把马立克比作朱赫来的时候，马立克作为一位思想启蒙者的形象，自然也就无可置疑了。“哦哦，那个叫马立克的，讲伟大导师一直翻的是二十四史，文学是政治，伟大导师讲文学，兴趣从来不在文学，《武训传》《清宫秘史》《海瑞罢官》，现在又推荐全国人民读《红楼梦》，读《水浒》，《红楼梦》是阶级斗争，《水浒》要害是投降，哪里是文学？这个年轻人厉害，不晓得哪能会看过这么多书？”（第十六章）这里，一方面固然在借助于谈论伟大导师与中国若干文学名著之间的关系凸显着“文革”的时代氛围，但另一方面却很显然是要充分表现马立克作为一位思想启蒙者的重要性。连宋老师都对马立克叹服连连，其对阿诺精神成长过程所产生的影响，自然也就不容低估了。实际上，马立克自打与阿诺结识之后，就一直在强势影响着阿诺的精神世界：“阿诺突然意识到他对马立克的嫉妒，完全是两人在智性与博识之间的巨大差距挑起的，这天他无意翻阅了马立克的一个笔记本，当然是中文写的笔记本，阿诺以为马立克是个外语天才，马立克的笔记本大都用英语和日语，他想知道马立克用中文写了些什么，于是他就把那本很薄的笔记本随意翻到一页，上面写着这么几段话：还没有出发，人就已经不在原处！／孤立地给当前下定义就是杀死当前！／原始的元素，只能被命名，因它们只有一个名称！／以正确的方式停留其中！／我只能命名对象。符号再现它们。我只能谈论它们。我不能断言它们。命题只能说出一个事物如何是，而不能说出它是什么。”面对着马立克的笔记本，“阿诺眩晕了，他以为他看懂了第四句话，其余的，字面上都明白，究竟何意？阿诺不知所云，阿诺发现了一个同样用中文表达的意义世界，他现在不懂，但是马立克肯定懂，至少比他阿诺懂”。（第二十五章）细读这一片段，我们即可以真切感受到阿诺是怎样接受着思想启蒙者马立克的影响。

虽然说阿诺的成长过程是《朝霞》非常重要的一部分内容，但这却肯定不是吴亮的书写主旨之所在。依我愚见，通过阿诺、纤纤、沈灏、江楚天等年轻一代与邦斯舅舅、阿诺父亲、马馘伦、朱莉、宋老师等父一辈这两大人物群体的真切艺术扫描，吴亮在《朝霞》中其实是要分别展示表现“文革”期间上海的生活与思想这样两幅形象生动的地图。首先，是上海的生活地图。但在具体谈论这一问题之前，我们须得对阿城关于小说与世俗之间关系的深刻认识有所了解：“近现代各种中国文学史，语气中总不将中国古典小说拔得很高，大概是学者们暗中或多或少有一部西方小说史在心中比较。”“小说的价值高涨，是‘五四’开始的。这之前，小说在中国没有地位，是‘闲书’，名正言顺的世俗之物。”“做《汉书》的班固早就说‘小说家者流，盖出于稗官。街谈巷语，道听途说者之所造也’，而且引孔子的话‘是以君子弗为也’，意思是小人才写小说。”④阿城的这部著作是专门梳理中国世俗与中国小说之间复杂关系的。抽象地提炼概括一下阿城此作的主旨，大约便是自古以来君子所不为的难登大雅之堂的小说，天然地与日常的世俗生活之间有着内在的亲和关系。而这，也就自然而然地使得中国小说形成了注重于表现世俗日常生活的主导性传统。在阿城看来，只有那些注重于日常世俗生活表现的小说作品，方才称得上是优秀的中国小说。从中国古代的话本小说，到现代文学阶段的“鸳鸯蝴蝶派”，到1980年代的寻根文学，再到汪曾祺、贾平凹，那些颇获阿城青睐的小说家的创作，差不多都与世俗日常生活之间有着极为紧密的联系。我们应该承认，阿城对于中国小说在古代文学中的地位，对于中国小说与世俗日常生活之间的关系，以及在此基础上对于作为个案存在的那些小说家与小说作品，虽然只是片言只语却又深得个中三昧的精妙点评，都内蕴着相当的真理性因素。倘若我们承认阿城所论合乎艺术真理，那么，衡量一个作家优秀与否的重要标准之一，恐怕就是他是否具备形象表现世俗日常生活的艺术能力。之所以特别强调作家处理世俗日常生活的能力，是因为我们所实际面对的，是吴亮这样一位由文学批评家而华丽转身为小说家的作家。既然吴亮的前身是一位以理性能力见长的文学批评家，那我们当然有理由担心他是否具备书写再现充满烟火气的世俗日常生活的能力了。《朝霞》的文本事实不无惊艳地告诉我们，这一次华丽转身，吴亮交出的是一份非常漂亮的答卷。作家呈现世俗日常生活的能力，的确称得上形象生动，活色生香，甚至会让读者生出某种毛茸茸的生活质感。认真读过《朝霞》之后，我们完全可以负责任地说，就艺术地处理世俗日常生活的能力而言，吴亮丝毫都不输当今中国文坛那些一流的小说家。唯其如此，他才能够在《朝霞》中首先勾勒描绘出一幅“文革”时期上海的生活地图来。

说到对于世俗日常生活的艺术表现，一个非常重要的内容，就是关注呈现日常生活中最为鸡毛蒜皮的那些家长里短，那些人情世故。也因此，在阅读《朝霞》的过程中，每每遇到作家处理世俗日常生活经验的精彩之处，我都会情不自禁地在刊物上写上旁批曰："且看吴亮如何人情世故，如何家长里短。"比如，第七十四章的这样一个片段："宋老师果然一歇歇回来了，阿诺说，电话打通了？宋老师说，不急不急，我先脱脱外套，你帮我去弄堂对面水果店买点水果，我烧壶开水，阿诺说，朱莉等一歇过来啊，宋老师说，朱莉电话里讲，与其你们两个人过来看我，还不如我一个人过去看你们，阿诺说，苹果我已经买好了，四娘舅关照过了，一本书给宋老师，几只苹果带给朱莉，宋老师说，哦哟，你舅舅送我是厚礼，实在不好意思，阿诺说，我今天下半日准备分别拜访宋老师跟朱莉的，现在计划改变了，宋老师说，阿诺你的意思我听出来了，你有闲话要对朱莉一个人讲，是你舅舅叫你传话给朱莉，所以我夹在中间，碍手碍脚是吗，阿诺说，宋老师其实对我们家里这点事体比我还晓得了多，并没有啥可以瞒着宋老师，我姆妈一直对我阿爸讲，宋老师是她的小姐妹，宋老师说，我跟你姆妈，还有朱莉，三个女人是无话不谈的，你晓得不？阿诺终于忍不住，对宋老师说，四娘舅这趟叫我单独寻朱莉，不仅不要告诉你，连我爸爸姆妈都不告诉！"人都说三个女人一台戏，没想到，阿诺和宋老师两个人竟然也是一台戏。只要联系上下文我们就可以知道，邦斯舅舅给阿诺写信，委托他去看情人朱莉，结果却遗漏了朱莉的地址和联系方式，阿诺万般无奈，只好找朱莉的闺蜜，自己一度的暗恋对象宋老师帮忙，没想到，宋老师却在窥破阿诺的心思之后故意推三阻四，最终逼迫阿诺和盘道出了自己其实只是想和朱莉单独见面说话的初衷。能够不动声色地讲其中的细致曲折渐次循序道来，见出的果然是吴亮一番不凡的叙事功力。

吴亮《朝霞》对世俗日常生活的艺术表现，最引人注目的一个部分，就是对于“文革”时代边缘化人群中各种情欲故事的处理。这里，既包括邦斯舅舅与朱莉，也包括翁柏寒与翁史曼丽，既包括李致行爸爸与沈灏妈妈，也包括阿诺、纤纤、宋老师与殷老师之间的曲折感情缠绕。其中，多少带有一点惊心动魄意味的，恐怕是李致行爸爸与沈灏妈妈。李致行与沈灏是同学，李致行爸爸和沈灏妈妈是因为他们各自的儿子才得以认识的：“那一次学校家长会上，他们因同时迟到而认识了，两个人站在教室门口轻声说话，她问他是哪个同学的家长，他说我儿子叫李致行，你呢？她说，我认识李致行，他经常到我家来玩，噢，我知道了，你就是艾菲妈妈？她笑笑，摇摇头说，不是的，我是沈灏妈妈。”（第四章）相识之后，又是一次天鹅阁餐厅的偶然相遇，然后就是李致行爸爸以寻找儿子为名的上门主动出击：“李致行爸爸说，那我回去了，亲戚等着，沈灏妈妈说，有空来白相呀，反正你也认得了，李致行爸爸左右看看无人，靠近沈灏妈妈说，你太好看了，沈灏妈妈灿烂一笑说，怎么个好看，李致行爸爸说，魂被沈灏妈妈勾去了，沈灏妈妈轻声说，连我名字都不晓得，瞎讲点啥？”（第九章）吴亮这个场景的处理虽然非常简洁，却堪比《水浒传》中西门庆勾搭潘金莲一节。看似不动声色的言语对答之间，某种郎情妾意的暧昧情愫就已经被浓浓地渲染出来了。他们之间倘若不进一步发生男女情欲的纠葛，才是不合常理的一件事情呢。实际上，李致行爸爸和沈灏妈妈之所以会一拍即合发生情欲故事，还是各有其内在的深层原因。就沈灏妈妈来说，丈夫长期支内，她属于典型的怨女："沈灏妈妈说，这死鬼是国家的，不是我的，李致行爸爸说，啥人今天不是国家的，我也是一个十七级的国家干部，沈灏妈妈说，你不能跟他比，李致行爸爸问，他是什么级的干部，回家都不行，沈灏妈妈说，他在酒泉，你千万不要对任何人讲，他说他在为国家国防研究火箭。"（第十三章）而李致行爸爸，也有自己难言的苦衷："李致行的外公一九四九年之前是一个富裕的绸缎贸易商，三反五反，李致行爸爸（当然啦，那时候世界上还没有李致行呢）作为工作组成员进驻了李致行外公所在的纺织丝绸商会，很快就娶了李致行的妈妈……"（第十五章）在这种含而不露的叙述中，所隐约透露出的，其实是李致行妈妈嫁给李致行爸爸时的一种不情愿与无奈。这一点，在文本中借助于李致行的记忆也得到了确切的证实："在李致行模糊不清的孩童记忆中，姆妈与阿爸关系不好，很僵，很少讲话，要么就争吵，阿爸有点怕姆妈，阿爸做干部，很晚回家，姆妈旁边有个叔叔，青鸟照相馆拍照的，戴金丝边眼镜文质彬彬，姆妈失眠，等阿爸，阿爸回来晚，姆妈不让阿爸进卧室跟姆妈一道困觉，阿爸只好困沙发。"（第四十六章）由此可见，李致行爸爸其实也是个"旷夫"。既然男女双方分别属于"旷夫怨女"，那他们之间情欲缠绕故事的最终酿成，也就顺理成章势在必然了。但究其根本，吴亮在《朝霞》中之所以一定要叙述李致行爸爸和沈灏妈妈之间的情欲故事，其主旨恐怕还是要凸显情欲本身的力量："女人的身体会不会背叛她阶级属性，背叛她自尊和恐惧，破解这个问题对他来说，好像来得比较早，沈灏妈妈与李致行爸爸的私情曾经被他意外地窥见一次，那年他才十岁，但足以让一个初入人世的男孩子心惊胆战了……他那时还不知道这个古老的问题，身体和情爱，嫉妒与不安，早就开始在困扰着自柏拉图以来的众多欧洲思想家，他有限阅读经验告诉他，似乎只有欧洲人对男人女人的解释最符合他心愿，笛卡尔用灵魂假设来证实灵魂的独立存在，人可以控制身心的二元对立，沈灏妈妈家庭出身对她邻居们是一个谜，不过我们却目睹了，她惊恐地发现了她无法从身心二元论中脱身，她坐在沙发上写的每一句话都是真实的，她躺在床上对李致行爸爸讲的每一句话难道不是真实的吗，她知道李致行爸爸十分危险，为什么危险？这只有她最清楚，哪怕仅仅来自猜测，或者预感，身体的召唤，难以克制的欲望，以及有关女人身体和女人直觉，在他那个年纪，几乎就是一张白纸。"（第十章）这个片段，首先从成长者阿诺的视点切入，表明李致行爸爸与沈灏妈妈之间的私情，曾经在怎样一种程度上影响过阿诺自己对于情欲的理解。但这个片段的书写重心，却显然更在于对沈灏妈妈偷情过程中那种身心处于分裂状态的二元论表现。在这里，吴亮其实意在凸显情欲那种本能力量的强大。由此而生发开去的一个重要问题就是，在一部关注表现"文革"的长篇小说中，吴亮为什么要花费这么多的笔墨来刻意书写诸如此类的男女情欲故事？我想，要想回答这个问题，最好重温一下西方中世纪之后的文艺复兴。我们都知道，文艺复兴是十四世纪中叶至十七世纪初在欧洲发生的一个大规模的思想文化运动。文艺复兴时期出现的一大批优秀文艺作品，一个非常突出的特点，就是集中体现了人文主义思想，在反对中世纪神权统治下的禁欲主义和宗教观的同时，大力主张个性解放。在当时出现的诸如薄伽丘短篇小说集《十日谈》一类的小说作品中，一个鲜明不过的书写主题，就是通过对于人类情欲的大胆正视与书写以达到彻底颠覆宗教神权禁欲主义的目的。我觉得，我们也不妨在这种人文书写的意义上来理解看待吴亮《朝霞》中的那些情欲故事。众所周知，“文革”一大突出的特点，就是从根本上视包括情欲在内的人类欲望如洪水猛兽。但实际的情况是，一方面是来自政治的高压与禁欲，而在另一个方面，日常生活却依然在延续，情欲故事也不仅没有完全退出历史舞台，而且还以地火的形式在持续不断地熊熊燃烧，并最终冲破禁锢的地平线，从根本上颠覆摧毁这个具有突出反人性本质的黑暗禁欲时代。唯其如此，我们方才称得上是比较准确地理解把握了吴亮《朝霞》中情欲故事深厚的人文内涵。

其次，是上海的思想地图。

《朝霞》中，与思想的反叛联系在一起的人物，主要有马立克、阿诺、邦斯舅舅、马馘伦、张曼雨、何乃谦、浦卓运等。其中，最有代表性者，无论如何当属那位阿诺思想启蒙者、社会青年马立克。马立克之所以能够成为一位饱学的思想叛逆者，与他出身于高级知识分子家庭，存在着紧密的内在关联。他的父亲马鹹伦是一位翻译家：“最后马立克本人出来澄清，家父告诉他，在江西五七干校劳动锻炼了三年之后，中央来了两个神秘人物，拿出一纸调令，将通晓六种语言的翻译家马鹹伦带回北京，并吩咐当地有关领导立即安排马鹹伦同志的妻子张曼雨去上海治疗类风湿关节炎，待病情稳定之后，再赴北京与其丈夫马鹹伦团聚，并协助马鹹伦所承担的重大政治任务，他目前已经在重建的中央编译局德语小组开始工作，一切前期筹备差不多都已准备就绪。”（第十五章）在“文革”那个非正常的政治时期，马鹹伦能够被特调至北京承担秘密重任，可见其专业造诣之高。马立克的饱读诗书与个性化思想能力的突出，很明显是受到了父亲影响的缘故。家庭的影响之外，马立克自己所经历的苦难，对他思想的发展与成熟也无疑发生着重要的作用。1966年“文革”爆发之初，他的资产阶级知识分子家庭无可逃避地受牵连。“那时候扎根边疆的马立克还远在阿克苏栽培新型号的杂交哈密瓜，完全不清楚家里发生了什么变故……”一直到“两年后疾风暴雨式的革命稍有降温，马立克以慢性肝病的名义回上海治疗休养，此时他父母仍在江西五七干校劳动改造……”从此之后，马立克就变身为社会青年，彻底成为那个时代并不多见的具有叛逆精神的地下思想者：“他喜欢睡在终年黑暗的房间中——将身体形而上学化，他把他仅剩的热情全部交予思想……”（第十一章）尽管没有具体展开，但我们却完全想象得到马立克在边疆生活期间所经历的苦难历程。这些人生苦难对于马立克的思想当然会产生不容否认的影响。只要看一看吴亮在第五章对马立克所进行的形象描述，我们就可以对马立克的思想状态有一种真切的了解：“马立克马立克，谨记啊，说过即弃，不落文字，记下来就是隐患，马立克思想来去无踪，他不关心在他周围有多少人会像他那样殚精竭虑想一个无关痛痒的问题，或者危险的问题，他一定发疯了，他们可怜他！他的思考常常会出现突然性和偶发性，他说他已经不再令自己惊讶，他独自微笑，他认为尼采笔下的查拉图斯特拉就是他灵魂附体，他的天赋，少年时代的自闭，天生的怀疑，对反题的逆向思考习惯，无师自通的写作能力，灵感，轻而易举就捕获某个概念，让它出现在最需要的位置，照亮了昏暗的上下文，他自我欣赏，他从不示人，现在也不过给几个人看！他从生活中直接抓取它们，以极有限的词语和知识理解将它们呈现出来，他从记忆深处唤醒它们，使之出现在他的秘密写作之中，而他能触及到的书是那么屈指可数！”不能不提及的一点是，马立克不仅自己是一位“文革”时代难得的阅读与思想者，而且也正是在他的启蒙影响下，把他看作精神偶像的阿诺，也在大量阅读的基础上开始逐渐地走向精神与思想的成熟，开始用自己个人化的思考方式来理解认识这个世界。论述至此，我忽然想起前文中曾经提出过的那个吴亮究竟是谁的问题。实际上，这个问题不应该拥有某种单一的确切答案。一方面，我们仍然坚持认为，视角人物阿诺身上更多地带有作家自身的影子，但在另一方面，我们却也很难说文本中的其他一些人物，比如马立克身上，就绝对没有吴亮的影子存在。因此，以一种开放性的方式来理解认识这一问题，恐怕才是更具真理性的某种结论。

马立克之外，其他一些人物比如马馘伦、阿诺、浦卓运、邦斯舅舅等，也都分别以读书笔记、书信来往的方式记录表现着他们各自作为潜在思想者的思想运行轨迹。归根到底，是他们这些人的存在，构成了一幅形象生动的“文革”时期上海的思想地图。因为本文篇幅已经过长，这里就不再一一展开分析了。无论如何，创造性地运用类似于诗歌的那样一种“非线性情绪逻辑”的艺术方式，活色生香地精确描绘出“文革”期间上海的生活与思想这样两幅地图，正可以被看作吴亮长篇小说《朝霞》最根本的思想艺术成就之所在。但在结束我们全部的分析论述之前，一个必须提及的问题是，吴亮为什么要把他的这部长篇小说命名为“朝霞”？按照我的理解，吴亮的这种命名或许有两个方面的考虑。其一，只要是对于“文革”时期的上海历史略有所知的朋友，就都知道《朝霞》是“文革”后期在上海出现的一份杂志，具体来说，《朝霞》杂志共由上海文艺丛刊、《朝霞》丛刊和《朝霞》月刊这三部分组成。作为一位酷爱读书的文艺青年，《朝霞》杂志肯定在吴亮的个人记忆中留下了深刻的印象。这样看来，小说的命名肯定与那个当年名叫《朝霞》的那份杂志脱不开干系。自然，当吴亮把这个杂志名移用来作为自己一部旨在透视表现“文革”时期上海生活的长篇小说的名称的时候，这个“朝霞”显然已经带有了突出的象征色彩。一言以蔽之，吴亮恐怕是要在个人化的层面上，用“朝霞”这个特定的名称来作为“文革”那个时代的精准象征。其二，朝霞，毫无疑问也是一种自然界的现象。用百度的说法就是，早上太阳从东方升起，如果大气中水汽过多，则阳光中一些波长较短的青光、蓝光、紫光被大气散射掉，只有红光、橙光、黄光才能够穿透大气，而天空也因此会被染上红橙色，这样自然也就形成了所谓朝霞。在象征的层面上，身为自然现象的朝霞，显然可以被看作希望的一种隐喻性表达。倘若联系吴亮在《朝霞》中所真切描绘出的“文革”期间上海的生活与思想两幅地图，那么，“朝霞”也就可以被理解为昭示着“文革”黑暗时代过去之后一种新的希望的最终生成。

注释：

① 王春林《乡村世界的凋敝与传统文化的挽歌——评贾平凹长篇小说〈秦腔〉》，《海南师范学院学报》（社会科学版）2005年第5期。

② 程德培《一个黎明时分的拾荒者》，《收获》2016年长篇专号春夏卷。

③ 王先霈、王又平主编《文学理论批评术语汇释》，高等教育出版社2006年5月版，第798页。

④ 阿城《闲话闲说——中国世俗与中国小说》，江苏凤凰文艺出版社2016年3月版，第78页。

第六章
范迁《锦瑟》：大历史转折时期知识分子的命运与精神世界

近些年来，以上海这一特定区域为表现对象的一种小说创作思潮的生成，乃是文学界一大引人注目的现象。只要对小说领域内上海作家的上海书写有所关注，即可以知道，除了金宇澄那部横空出世，真正称得上是甫一问世便获奖无数的《繁花》之外，包括曾经的先锋小说家夏商的被誉为浦东地区“清明上河图”的《东岸纪事》、文学批评家吴亮的《朝霞》，前《萌芽》编辑傅星的《怪鸟》，连同禹风的《静安那一年》在内，这些以上海为主要书写对象的长篇小说接二连三的出现，实际上已经构成了文学界一股特别强劲的“上海旋风”。毫无疑问，如此一种创作现象的生成，已经在很大程度上改变了上海文学界业已持续了相当长一段时期的王安忆一家独大的基本格局，其意义无论如何都不容小觑和低估。

我们都知道，在约定俗成的所谓中国现代文学阶段，作为北京之外的另一个文化中心，上海的文学创作在很长一段时间内曾经呈现出一片特别繁荣的景象，几乎撑起了中国现代文学的半壁江山。然而，1949年之后，虽然在很多时候上海仍然也被称作一个文化中心，但最起码从文学创作的角度来看，我们却完全可以说上海作为中国文学半壁江山的地位已然风光不再。如果说“十七年”与“文革”期间如此一种草木凋零情形的生成尚且情有可原的话，那么，到了“文革”后在某种意义上可以称得上是万物复苏的新时期文学阶段，上海在很长一段时间内却似乎仍然是王安忆一人独大的情形，就无论如何与上海重要的政治、经济与文化地位明显不相称了。

唯其如此，我们所描述的这一2010年之后开始逐渐形成的文学界“上海旋风”的文学史意义和价值便无论如何都不容低估。虽然我们并不能由此而简单断言上海已然恢复了它曾经在中国文学领域的重要地位，但最起码，这一“上海旋风”的形成，却标志着上海正在为重新成为“文学之都”进行着积极的努力。尤其不容忽视的一点是，这一“上海旋风”文学现象代表性作家的社会身份值得引起我们的特别关注。

除了那位长期坚持小说创作的先锋小说家夏商，吴亮是资深的批评家，《朝霞》是他涉足小说创作的第一部作品，金宇澄和傅星均属文学刊物的资深编辑，他们两位此前虽然都曾经不同程度地涉略过小说创作，但很显然，《繁花》和《怪鸟》乃是他们暌违小说创作多年之后重操旧业的结果。但不管是吴亮，还是金宇澄与傅星他们两位，倘若从年龄构成的角度来说，在他们写出这些影响殊为广泛的小说作品的时候，他们的年龄都已在六十岁之上。用中国人一种习惯性的说法，他们都已经进入了老年人的行列之中。依照一种流行的观念，中国作家最富有创造力的时期，乃是他的青壮年时期，很少有中国作家能够把他的创造力一直保持到进入老年阶段之后。但近些年来文学界“上海旋风”这一现象的生成，却在某种程度上强有力地打破了这种小说创作上的年龄魔咒。对于这种文学现象，我们或许可以借用杜甫“庾信文章老更成”的诗句来加以评价。

在这一文学现象级的“上海旋风”中，海外作家范迁以其长篇小说《锦瑟》（载《收获》2017年长篇专号秋卷）的加盟而特别引人注目。说实在话，在读到《锦瑟》之前，我对于作家范迁的情况一无所知。只有借助于百度百科的帮助，我才对范迁的情况略有所知。出生于上海的范迁，早在1981年的时候就已经去国远赴异国他乡了。早在《锦瑟》问世之前，他其实就已经有包括《桃子》《古玩街》等在内的很多部长篇小说以及中短篇小说行世。已经创作有如此之多的小说作品，但我却一无所知，这种现象的生成，一方面固然说明我个人阅读视野的狭窄，但在另一个方面，恐怕却也多少说明着范迁此前小说作品思想艺术成就的相对有限。不管怎么说，虽然我自己因为没有阅读过范迁此前的小说，所以没有发言权，但反过来从社会影响的层面来说，范迁小说缺乏相应的影响力，却也是无可否认的一种客观事实。唯其如此，对《锦瑟》的阅读才让我倍感惊艳。一种直觉的判断就是，无论范迁之前是否写出过优秀的小说作品，最起码，凭借着如此一部厚重犀利深刻的长篇小说，范迁完全可以确定他在中国当代小说史上某种不容忽视的重要地位。

只要是熟悉中国文学史的朋友就都知道，“锦瑟”乃是与唐代一位杰出的大诗人李商隐紧密联系在一起的一个语词。粗略想来，范迁之所以把他的这部长篇小说命名为“锦瑟”，大约有这样几重意味蕴含于其中。首先，正所谓“欲与天公试比高”，虽然各自的文体判然有别，一为诗歌，一为小说，但范迁有勇气让自己的作品与早已脍炙人口的经典同名，在向李商隐表示充分敬意的同时，却也隐隐约约地表现出了向文学经典挑战的意味。

其次，范迁之所以要以“锦瑟”来命名自己的这部长篇小说，乃因为其中的男主人公“他”以及另一位地位重要的女主人公珏儿，都是李商隐的热爱者。我们注意到，在小说第一章“一个千疮百孔的夏季”中的第六节，“他”曾经和珏儿一起讨论交流过关于李商隐的问题。在意外目睹到“他”所书写下的书法条幅之后，珏儿开始了和“他”的交流：在众人的七嘴八舌中，他瞥见珏儿朝他看来，“眼中亦有赞许神色，一笑问他：‘哎，你喜欢李义山？’”“他点头。”“珏儿说：‘我也喜欢，可惜李文山只活了四十多岁。’”“他问道：‘你最喜欢他哪一首？’”“珏儿略一思索，说：‘大概是那首《锦瑟》吧。’”“他心里一动，《锦瑟》也是他最钟爱的唐诗，料不到珏儿也喜欢。”紧接着，在围观众人的要求之下，“他”龙飞凤舞地一连写了三张李商隐《锦瑟》的书法条幅。然后，又是一段与李商隐有关的评述文字："李商隐诗句的特点本来就是压抑又华丽，用行草写来就是由静及动，动极归静。第一张是一气呵成，虽有几个字稍微突兀，但不妨整体气势。后面两张就有点一而再鼓，再三而竭之感。"除了此处关于李商隐的集中讨论交流，在小说的叙事过程中，叙述者也常常会恰如其分地穿插运用李商隐《锦瑟》中的相关诗句。比如，就在第三章的第三十六节，叙述到"他"和珏儿一起去埋葬汤姆骨灰的时候，就曾经出现过诸如此类的叙事话语："锦瑟无端五十弦，一弦一柱思华年。他的人生会有什么值得思念的华章？不错，他受过教育，他在政府的部门中工作，有一份过得去的薪水。还有，他娶了心仪的女人，他比对面两个乡下人好到不知哪里去了！"但就在如此一种人生感慨发出不久，另一种看似相反的感慨也就又随之生成了：锦瑟无端五十弦，一弦一柱思华年。喔，不是每个人生都是有华年的。生命永远都是未知数，诡谲而诱惑，细微而巨大。

第三，其实也是最重要的一点，就是作家范迁非常巧妙地借助于对李商隐"锦瑟"这一语词的征用，暗示给了读者一种有效地进入并理解自己这部长篇小说的理想路径。《锦瑟》作为李商隐的代表作，以其最难索解的主题多义性而特别引人注目。既有人认为是写给令狐楚家一个名叫"锦瑟"的侍女的爱情诗，也有人说是睹物思人，写给亡妻王氏的悼亡诗，也有人认为是一首咏物诗，还有人指其为一首影射表现自己一生郁郁不得志的政治际遇之作，等等，可以说是不一而足。事实上，正如同西谚云“一千个读者就有一千个哈姆莱特”，或者我们的古人也说“诗无达诂”一样，一篇优秀的文学作品，其主题内涵的多义性，乃是题中应有之义。从这一点出发，我们其实也就完全没有必要一定要给出某种关于李商隐《锦瑟》的定解。又或者，从一种优秀作品多义性的角度来说，《锦瑟》的多义性本身，反过来其实也充分证明这一经典诗作拥有恒久的艺术生命力。一方面，理想的长篇小说这一文体本身，就要求着主题内涵的多义性，另一方面，来自李商隐诗作的小说标题“锦瑟”，也强烈地暗示着这部作品多义性。以上两个方面合二为一的一种结果，自然也就是范迁这部同名长篇小说主题多义性特征的必然具备。

具体来说，正如同李商隐的《锦瑟》一般既会被认为是爱情诗，也会被认为是悼亡诗，更会被指认为是政治诗一样，面对着范迁的《锦瑟》，我们实际上也可以从爱情、悼亡以及政治这三个不同的维度来进行理解分析。首先，是“爱情”，男主人公“他”，与珏儿、恽姐之间的情感纠葛，无论如何都称得上是缠绵悱恻。其次，是“悼亡”，到文本结尾处，小说中先后登场的几位主要人物，比如“他”、珏儿、汤姆，甚至包括诸君山与毛姨这样带有跑龙套色彩的人物形象，也都逐一不幸弃世命赴黄泉了。从这个角度来说，范迁的《锦瑟》，当然也就可以被理解为一部带有突出悼亡色彩的长篇小说。第三，或许也与作家写作时所置身于其中的具体社会历史文化语境存在着极大的差异有关，我们发现，与李商隐或者更多地将自己的写作重心落脚到“爱情”或“悼亡”的层面有所不同，到了范迁这里，作家的书写重心却明显不过地落脚到了身为现代知识分子的男主人公“他”与社会政治之间既疏离对抗却又不能不依附于其上的那样一种简直就是“剪不断理还乱”的复杂纠葛关系的书写与表现上。请注意，笔者撰写此文的意图，并不是要否认其他主题内涵的客观存在，只不过是试图在比较的层面上更加突出其政治性主题的重要性而已。正是从这种理解出发，在经过了一番并非不必要的踌躇之后，我才最终把此篇文章的标题确定为“大历史转折时期知识分子的命运与精神世界”。事实上，也正从这种意义层面上，在先后两次深度阅读范迁《锦瑟》的过程中，我才会不由自主地把它与苏联时期曾经获得过诺贝尔文学奖的帕斯捷尔纳克的长篇小说名作《日瓦戈医生》联系起来。我注意到，范迁的《锦瑟》在《收获》杂志发表后，坊间曾经有不少文学批评从业者把它与金宇澄的《繁花》联系起来做一种比较谈论，但在我看来，除了这两部长篇小说的故事发生地均为上海这一特定的大都市之外，二者其实并不存在多少可比性。在我看来，若非一种故意的躲闪与回避，另一种可能就是这些文学批评从业者的艺术审美能力出现了问题。忠实于我自己的阅读感受，能够帮助我们更好地理解《锦瑟》的比较文本，显然更应该是帕斯捷尔纳克的《日瓦戈医生》。如果说《日瓦戈医生》凝视表现着日瓦戈医生这样的知识分子与苏维埃革命或者说所谓十月革命前后苏联凌乱政局之间的复杂性关联，那么，范迁的《锦瑟》所真切谛视着的，便是男主人公“他”这样的现代知识分子与1949年前后那样一个大历史转折时期中国社会政治之间的种种纠葛。

依照文本中提供给我们的时间性因素交代，整部《锦瑟》故事的起始时间，应该是国民党政权濒临崩溃的1948年。那一年，史称“三大战役”之一的淮海战役在苏北的徐州一带打响，我们的男主人公“他”这一年的年龄只有二十岁，正在上海就读非常著名的圣约翰大学。到了小说结尾处，“得年四十九岁”的“他”因心力衰竭而不幸辞世的时候，时间是“文革”刚刚结束后的1977年。事实上，小说的主体故事叙述，早在十多年前“文革”尚未正式爆发时就已经终结了。只不过因为“他”的自然生理年龄一直苟延残喘到了1977年，小说的故事时间才被延续到了1977年。唯其如此，叙述者才会充满感慨地讲述：“十年如一梦，述无可述，述之犹伤。”“十年间，人命贱如草芥，多少人眼睛一闭，走上不归路。硬撑着活过来的人，也是伤筋动骨，性命半条了。”质言之，除了躺在病床上一味等死，这十年间的“他”实在并无别的任何事迹可叙。也因此，叙述者仅仅用一节的篇幅就把这十年的时间以迅疾的加速度交代完结了。很显然，倘若将故事的终结时间理解为1977年，那么，小说的故事时间就是从1948年起始的三十年时间，倘若把这个时间提前十年，那么，故事时间自然也就缩短到了二十年。由以上关于时间性因素的分析可见，范迁《锦瑟》的主体故事时间也就是以1949年的朝代改易与政权更迭为核心的前后二三十年的时间。本文标题中的“大历史转折时期”，也正是如此一个具体的时间段落。

但在展开对于《锦瑟》的深入分析之前，另一个需要提出予以特别关注的问题，却是关于男主人公的命名问题。整部《锦瑟》，出场人物并不算多，前前后后加起来也不过只有十多位。其中，特别引人注目的一个现象就是，其他一切人物都有着具体的命名，唯独不仅身居核心地位，而且也同时承担着重要的结构性功能的男主人公，叙述者却并没有给出具体的命名，自始至终都被称为“他”。即使到了不得不说出“他”的名字的时候，叙述者也仍然还是在以“××”代替具体的命名。比如，第二章第二十二节中写到关于“他”的调令：“接上级命令，兹调配××去上海市政府工作，请于本月十五日之前到淮阴地区专员署办理行政调配手续。于本月二十日之前，到上海市人民政府干部处报到，不得有误。”很显然，并不是作家范迁不具备给人物命名的能力，而是他打一开始就没有想着给这一人物命名。

从这个角度来说，范迁的拒绝给男主人公“他”命名，其实是作家一种非常重要的叙事策略。其中，某种象征性意蕴的存在，乃是显而易见的一件事情。由范迁的这种命名策略，我们不由自主联想到的，便是鲁迅当年关于阿Q的特别命名方式。直观来看，字母Q很容易就可以让我们联想到一个后脑勺上留着一根小辫子的清朝时中国人的形象。鲁迅写作《阿Q正传》的时候，是1920年代初期，距离清朝的彻底覆亡不过只有十年时间。联系鲁迅国民性批判的启蒙思想立场，作家带有鲜明直观性特点的关于阿Q的命名方式，其中一种象征性色彩的存在，无论如何都不容轻易忽视。借助于阿Q这样一个极具抽象性的人物命名方式，鲁迅把他极其成功地刻画塑造为国民劣根性的突出代表。与鲁迅的命名方式相类似，到了《锦瑟》中，范迁之所以煞费苦心地不给出男主人公一个具体的命名，其意恐怕也是要充分地凸显出这一人物形象所具备的抽象性意义和价值。

究其根本，范迁所采取的如此一种有意模糊人物具体姓名的命名方式，其实际的用意可能有二。其一，范迁之所以要刻意地凸显男主人公的抽象性特征，正是为了使“他”成为置身于大历史转折时期身不由己的中国现代知识分子一种普泛的代表性人物。其二，正所谓“百无一用是书生”，身为知识分子的男主人公“他”的具体姓名的缺失，明显象征表现着在一个政治强势的大历史转折时期知识分子主体性的被剥夺。正因为如此，在论述分析的过程中，我们才只能把这位男主人公称为“他”。

虽然“他”是为人所羡慕的上海著名学府圣约翰大学一位学业有成的高才生，但现实的生存处境却非常艰难。只因为他竟然是扬州唯一一位考上了上海教会大学堂——圣约翰大学政经系的学生，英文教学，全国有名，教授都是学界翘楚，学生也是前程无限，所以才赢得了经营盐局的堂伯父的欢心，并慨然承诺自己将独力承担“他”四年的学费。尽管有每月十六圆的银票支撑，但因为物价一直在缓慢上涨，他的日常生活用度其实是非常紧张的。但正所谓屋漏偏遇连阴雨，由于当时国民党政府所主导的打老虎运动，堂伯父业已经营多年的盐局生意竟然因所谓“囤积居奇”的名义而被查封，“他”顿时就陷入了一种粮尽弹绝的地步。“雨声急一阵缓一阵，淅沥敲窗，玻璃上水光闪动。他簌簌发抖，时近立夏，房间里还是寒意弥漫。他抬头茫然四顾，偌大世界，何处有他一条活路？”诚所谓一切景语皆情语也，这里范迁对上海初夏时节凄风苦雨的场景描写，其实是为了更好地衬托表现“他”在后援中断之后的绝望心境。一时之间，“他”甚至狼狈到了居然要被迫接受下女阿香接济的地步。这个时候，幸亏“他”以自己的才华和容貌得到了出身于高官达贵家庭的女同学艾茉莉的格外青睐，方才得以暂时缓解了生存的窘境。与艾茉莉的亲近和接触，给“他”带来了两种料想不到的后果。

一种后果是，通过艾茉莉的介绍，“他”不仅认识了同样出身豪富家庭的汤姆也即汤毋忘，还堂而皇之地成了汤姆家的“座上宾”。不仅一度入住汤姆家的上海豪宅，而且更进一步地入住位于东山乡下的汤家老宅。本来，艾茉莉之所以这么关照垂青于“他”，乃是因为特别喜欢“他”，并希望“他”能有朝一日成为自己的如意郎君。没想到，阴差阳错的是，“他”不仅不喜欢艾茉莉，还在这个过程中，居然一见钟情、不管不顾地爱上了汤姆新婚没几年的娇妻珏儿。暗恋珏儿倒也还罢了，尤其令汤家无法接受的是，“他”竟然在东山乡下小住期间，格外胆大妄为地拥抱亲吻了美丽温柔的珏儿。在第一次拥抱亲吻了珏儿之后，叙述者曾经对“他”的内在精神世界做出过这样的一种深度分析：“作为一个青年男子，他在肉体上需要女人，更在精神上需要有一个爱恋的对象。在生命的前二十年中，他从来没找到过一个可以寄放爱情的女人。自卑又狷介的性情使他在结交异性过程中阻碍重重，易于亢奋，又易于消沉。他的俊朗长相并未如想象那般带来助益，反而使他期望过高，大多数女人不入他眼，以致他怀疑在人生荒原上到底有没有爱情这样的花朵。”然而，与珏儿不期然间的意外邂逅，却使他生出了简直就是不可遏制的爱情的感觉：“可是爱情是无可理喻的，来临和消逝都不在我们人类的掌控之中，它是一种偶然，更是一种缘分。它在你人生的路上等候着，不动声色，毫无迹象，但有一天跟你突然劈面相遇，一张大网撒开，兜头而来。不管你是柔情似水还是铁面冷心，全逃不过，只好臣伏在它脚下。”如此一种激情勃发所导致的必然结果，就是“他”因为与珏儿的进一步亲密接触而致使“东窗事发”，最后灰溜溜地被汤家逐出了东山的乡下老宅。

然而，不容忽视的一点是，就在和珏儿相识并逐渐坠入爱河的过程中，“他”竟然与房东夏家的女佣阿香发生了充满罪恶感的肉体关系。一方面，“他”非常清楚，自己与阿香之间不仅有着巨大的阶层鸿沟，而且自己不管从哪个角度说都不可能喜欢上这个阿香；但在另一方面，“他”却又特别贪恋阿香洋溢着青春气息的肉体，迫切地想要占有这具青春的躯体。对此，叙述者曾经从下意识的角度展开过分析：“他下意识里知道答案：阿香在他眼里并非一个完整的女人，只是两团肉和一段腰肢。一个看来唾手可得的肉体，一个成熟了的，接近凋谢边缘的肉体，像树上结的果子，就是他不去摘采也会陨落。一个地位低贱的女用人，一个屈从惯了的灵魂，任何人都可以予取予求，而不用付出太大的代价。而且，阿香应该明白他们之间巨大的差距，有了事情也会知难而退，不会纠缠不休的。”然而，揆诸事实，叙述者的精神分析并未完全穷尽“他”如此一种行为背后的下意识动机。最起码，还有另外两种潜在的行为动机不容忽略。其一，经济后援被中断后处于极度生存困境中的“他”，其实一直被一种莫名的焦虑情绪所困扰。用叙述者的话语来说，就是：“他是有心事，只是他自己也理不清这心事究竟是什么，只是一股无名的焦躁在身体里盘旋，冲撞，想找出口而不得。”我们都知道，茅盾曾经因为在长篇小说《子夜》中设置了资本家吴荪甫股市严重受挫之后强奸女佣王妈这一细节而备受研究界的诟病。如果说吴荪甫的行为的确有其不合人物性格逻辑之处，那么，范迁为了充分凸显“他”的精神焦虑而特别设定出的这一细节，其内在的合理性自然无可置疑。“身底下的女人无面目，无身份，柔软驯服如同一片被征服的土地，等待王者莅临。”只要我们再留心一下范迁所特别设定的这样一个阿香被“他”占有时的细节，作家那样一种意欲凸显男主人公精神焦虑的写作意图，自然也就溢于言表了。其二，我们注意到，就在“他”与阿香之间唯一一次性交行为完成之后，阿香曾经向“他”提出过一个问题：“弟弟，你刚才一直叫的‘珏儿’是啥人？”虽然“他”并没有回答这个问题，但我们却可以明显看出，在很大程度上，阿香其实是“他”心上人珏儿的一种替代品。在1948年的时候，“他”只是一位穷困潦倒到寄人篱下程度的落魄书生，而珏儿，却是一位早已身有所属的富贵家庭的少奶奶，他们之间的距离之遥远，绝不能以道里计。一方面，“他”内心狂热地爱上了珏儿，另一方面，“他”又绝对够不着珏儿，万般无奈之下，阿香之成为珏儿的替代品，也就是一种顺乎逻辑的结果了。

另一种，当然也是更严重的一种后果，就是“他”的被迫卷入社会政治运动。作为一位一心一意地专注于学业的沪上名校高才生，对于其实无所不在的政治，“他”一向不感兴趣，所持有的是一种敬而远之的态度：“他是对政治视为畏途的，中国的局面，自从他懂事以来，一直是强权的更替，北洋政府，军阀，国民政府，然后日本人，汪氏南京政府，再是国民政府。暴力，腐败，傲慢，高压。没有一个政府给他留下好感。他深知中国是个庞大的黑暗洞窟，内藏无数的千年污垢，没有一个政府能清理干净，所谓的执政宣传，俱是表面文章。他听说过共产党，晓得是激进派，背后是有俄国人撑腰的，却没有多少深入了解，想来是不会有多大区别的。至于偶然传来的交战消息，他也未放在心上，不过是一些遥远的战争而已，中国有史以来从未断过，跟他没关系。”然而，醉心于凯恩斯经济学的“他”对社会政治没有表现出丝毫的兴趣，但在一个大历史转折时期，社会政治却根本就不会放过“他”。与艾茉莉的接触，一方面使“他”不仅莫名其妙地参加了一次学生的游行活动，而且还让“他”成了敢于和警察对抗的“学生英雄”，另一方面，则使“他”得以结识了不仅思想左倾激进，而且本身就是中共地下党成员的大学生诸君山。这里，一个无论如何都不容忽略的细节就是，在大家都恭维“他”在游行时的英雄行为时，“他”自己的心理反应：“他心里太晓得了，自己绝不是什么英雄，也没有英雄的勇气和胆量。他怕警棍，怕包打听，也怕提篮桥。游行是被拉了去的，上了报纸只是阴差阳错罢了。”与在社会政治的潮流中做弄潮儿相比较，他更属意在繁华世界里做一个旁观者，做个过客。但关键的问题在于，在一个急剧动荡的大历史转折时期，要想做一个置身事外隔岸观火的旁观者，其实是不可能的事。正如同“他”的参加游行是无意中“被拉了”去，“他”的上报纸也只是“阴差阳错”造化弄人一样，本来志不在社会政治的“他”的被迫参加社会政治运动，在意味着知识分子主体性丧失的同时，却也意味着“他”在人生过程中的那样一种总是会被历史大潮裹挟而去的被动姿态。

事实上，也正是因为通过艾茉莉而结识了激进的革命者诸君山，所以，等到“他”在东山乡下意欲与珏儿偷情事败而无处容身以至于走投无路的时候，诸君山的专门来访，便给“他”提供了一个改变自身尴尬生存处境的契机。对于如此一种人生选择，“他”自己其实满心地不情愿：“他回家路上，心思几番活动，本能地感到不安。政治这物事，永远是昨是今非，混沌不清的。贸贸然地搅和进去有极大的危险性。他一贯抱着‘君子不党’的守则，对各种政治派别都敬而远之。突然，并无一丝思想准备，就跟了一个泛泛之交一起去‘匪区’，前景不明还不说，万一坏了事，是要以‘通匪’论罪的。”本来对政治毫无兴趣的一个知识分子，却偏偏走投无路，偏偏要介入社会政治的大旋涡之中。如此一种人生选择对于“他”，的确就如同“TO BE OR NOT TO BE?”这一问题对于哈姆莱特一样重要。也因此，“他”才会为此而不断地犹豫徘徊：“他太晓得自己了，决计不是个对政治有抱负的人。报上的时事新闻，日常的观察，都告诉他政治的肮脏与黑暗。一个书生不掂清自己的斤两，贸然卷入政治旋涡中去，只会是飞蛾扑火。”此后所发生的一系列事实，就充分证明着“他”自己此种预感的正确性。但不管怎么说，在1949年前夕，置身于极度严重的生存困境中的知识分子“他”，除了接受诸君山的建议去苏北参加革命之外，其实并没有其他的道路可以选择。唯其因为这次人生选择对“他”的未来产生了决定性的影响，所以，范迁才会借助于叙述者之口大发人生感慨：许多年后，他常会想道，如果没有诸君山的来扬州探访，他的人生会如何度过？也许他托人求情，最终谋到一个县城中学的教职？做个孩子头，一辈子吃粉笔灰。或者做个什么小作坊的低等职员，为了工资袋里可怜的几张钞票，跟每个人赔笑脸，窝窝囊囊过一辈子？以他孤傲不合群的个性，更有可能的是什么事也做不成，东碰西撞，每况愈下地落入底层，最终贫病交加，了此残生。但是，这个世界上是没有“如果”的，在茫茫人世之上，不可知的“天意”主宰着一切。天意蕴含在事情运转的内核之中，天意呈现在蛛网般错综迷乱之中，天意不会顾到人的意愿或向往，天意把人驱赶入某个时世运行之中，或茂盛，或干枯，或顺畅，或窒塞。毫无疑问，在这里，只有借助于马尔克斯《百年孤独》中事后回忆的那样一种典型的句式，范迁才能够把漫长的时间变迁过程中作为个体的人那样一种无奈与被动淋漓尽致地表现出来。

在一篇文章中，我曾经特别强调所谓命运感的生发与传达对于一部长篇小说的重要性："在我们看来，衡量评价一部文学作品尤其是大中型文学作品优劣与否的一种重要标准，就是要充分地考量作家在这部作品中是否成功有效地传达出了某种浑厚深沉的命运感。说实在话，笔者近年来每年都要阅读大量的长篇小说，然而，这些作品中能够具有某种命运感，能够让读者自觉地联想起命运这一语词来的，却是相当罕见的。更不要说对于一种浑厚深沉的命运感的艺术性表达了，那样的作品简直就真的是凤毛麟角了。只要粗略地回顾一下古今中外的文学史，我们即不难发现，那些真正杰出的大中型文学作品中，其实都有一种格外浑厚深沉的命运感的成功表达。莎士比亚的四大悲剧自不必说，曹雪芹的《红楼梦》也无须多言，其他的诸如托尔斯泰、陀思妥耶夫斯基的鸿篇巨制，诸如鲁迅的小说，诸如曹禺的《雷雨》《日出》《北京人》《原野》，其中的命运感都是表现得十分突出的。即使是在已有三十年历史的所谓新时期文学中，诸如王蒙的《活动变人形》、张炜的《古船》、陈忠实的《白鹿原》、贾平凹的《秦腔》、刘醒龙的《圣天门口》等长篇小说中，也同样有着对于命运感的突出表现。这样看来，举凡优秀的文学作品，大约都会有一种浑厚深沉的命运感的体现与表达。其中，不仅仅有作家自己对于人类命运问题的索解与思考，更为关键的问题是，通过作家自身的思考还能够激发起广大读者对于命运问题进行深入思考的强烈兴趣来。”关键在于，倘若舍却了时间的足够长度，那么，所谓命运感的表达自然也就无从谈起。很多时候，正是在看似波澜不惊的漫长时间长河中，个人的命运以一种不动声色的方式发生着堪称惊心动魄的变化。从这个意义上，我们也不妨说，所谓的命运，其实也正是时间。离开了“逝者如斯夫”的时间，命运感的生发与传达绝无可能。

需要特别强调的一点是，在范迁的《锦瑟》中，叙述者跳身而出，对于这样一种可谓是神秘莫测带有突出吊诡色彩的命运感的议论性文字，可以说并不少见。比如，就在“他”1949年后再次回到上海，即将以征收房产的干部身份出现在汤姆和珏儿夫妇之前的时候，叙述者写道：“如今，他再一次地回到上海，本以为经过了这么多年，经过大起伏大波折，一切美好和痛楚的记忆都已远去，他可以从容地面对了。直到此刻，他才晓得关于这幢房子，和住在房子里的人，在心中留下了多么深的痕迹。记忆没有消失，只是被封闭了起来。他知道潮水般涌出的记忆有巨大的冲击力量，因此他一直没去启动那扇闸门。”细细品味这段叙事话语，其中一种“三十年河东，三十年河西”的吊诡命运变迁的意味，是显而易见的一件事情。再比如，在“他”与恽姐开始逐渐接近的时候，“他心里想，这世界上人都是身不由己的。命运安排了一条路，你也只能走下去。前面有啥转折，变化，也是不可知的”。细究这段文字，其中一种造化弄人的意味，可以说表现得非常突出。

说到《锦瑟》对于命运感的传达与表现，无论如何都不容忽略的一个重要细节，就是当年“他”在东山乡下小住的时候，在紫金庵里偶遇一老道时的测字算命。在当时，面对着“他”报出的一个“珏”字，老道给出的说法是：“玉属其主，其主为王，其王无首，其象危厄，其厄难解。”紧接着，老道又说：“恕我直言，客官求缘如是问一女子的话，必是诸多烦难，情伤不已。”到最后，老道又给出了一段充满神秘色彩的偈语来：“青灯黄卷紫金庵，牛鼻道人说玉缘。/太虚幻境常寂寞，色空之地多迷情。/三生石上前世定，蓦然回首曾相识。/红尘几世勘不破，半为孽债半为心。/改换门庭求达意，身心两端不由己。/芳魂已逝月方圆，蓝田种玉收成难。/火到炽时燃己身，情到深处也折损。/世人哪识其中谛，飞蛾投火犹痴迷。”只要将老道的这些说法、偈语与《锦瑟》中“他”、珏儿、汤姆等人的人生轨迹联系在一起加以考察，我们就不难发现，其中其实有着很多对人物命运走向的一种暗示性表达。比如，老道的第一种说法，很显然是在预言汤姆未来的悲剧命运。前两句，毫无疑问是在“珏”字上做文章。后边的三句，就是在前边两句的基础上所进一步的发挥了。尤其“其王无首”一句，表面上是说“王”字上什么也没有，实际上却是在暗示汤姆一种逃无可逃的非正常死亡命运。同样的道理，如果说中间“情伤不已”的那段话，所预言表达的，乃是“他”和珏儿之间那段非常令人伤感的情缘纠葛的话，那么，最后的一段偈语所暗示表达的，很显然更多是以“他”为核心的若干主要人物未来的情感与命运走向。尤其不容忽视的是，在这段偈语中，也还明显包含着一种“情海无边，回头是岸”的训诫意味。只可惜“当局者迷”，当时的他们一味地沉迷于对人生与情感的种种憧憬与想象中，根本就不懂得偈语中的禅意和劝诫意味。事实上，也正因为一直沉迷于其中而不得顿悟，所以，“他”和珏儿们方才在此后的二三十年间上演了一幕幕可谓是惨不忍睹的人生悲剧。细细琢磨，范迁关于老道测字算命这一故事情节的特别设定，最起码有两个方面的艺术功能应该引起我们的高度注意。其一，在强化《锦瑟》这部长篇小说命运感表达的同时，作家很显然借此而传达着一种形而上的对于人生的哲学思考。其二，从叙述学理论的角度来看，正如同曹雪芹《红楼梦》中类似于太虚幻境、石头神话以及神瑛侍者与绛珠仙草的传说这样一些故事情节的设定一样，范迁关于老道测字算命情节的设定，实际上承担着某种突出的预叙功能。这就是，在未来的人生故事尚未实际发生之前，作家借助于测字算命的老道，把这些重要的故事情节提前暗示性地表达出来。从中国本土文学传统的传承与转换的角度来说，早在1981年就已经去国的范迁，其实是在以如此一种特别的方式在向曹雪芹，向中国本土文学传统致敬。

不管怎么说，在1949年前夕，已经身处人生绝境的知识分子“他”被迫远走苏北，在诸君山的指引介绍下，成为共产党所领导的革命队伍中的一员。依照常理推断，在如此一个关键的历史转折时期，“他”能够选择参加革命队伍，不管不顾地站在了即将成为历史的胜利者一边，应该说“他”所做出的是一种“识时务”的“正确”选择。同样依照常理，既然“他”在选边站的时候，出于本能地选择了未来的胜利者一方，那么，“他”未来的命运就理应像小说中的另一位革命者祝文南一样飞黄腾达才对。但实际的情形却是，“他”在参加革命队伍之后所走上的，依然是一条与祝文南恰好相反的充满了坎坷与曲折的人生道路。具体来说，关于“他”走上革命道路之后的人生历程，范迁又以1949年为界进行了两个不同时段的分别叙述。我们先来看1949年之前的这一个时段。这一个时段，在《锦瑟》中主要对应于第二章“忘川之水”中。在这一部分，借助于初步参加革命队伍之后的知识分子“他”的观察视角，作家范迁主要聚焦于土改和一段情感生活而对革命做出了一种足称深入透辟的批判性反思。

从“他”亲身经历的一段感情经历来看。在由于围棋方面的特殊才能被上调到总部工作之后，“他”意外地邂逅了共产党内一位高级干部的少妻恽姐。关于这位恽姐，“后来听人说起，这女子是‘国立中央大学’一个出挑人物，到了解放区后，嫁给一个老同志。两人年龄悬殊，结婚之后生了小孩，却仍在外面扮戏演讲扭秧歌，风头极盛。丈夫工作忙碌，对年少妻子又极是宠爱，任她自由行事。偶尔也会有些风言风语，只碍了老头子的身份名声，大家也不多作声张”。毫无疑问，恽姐与这位高级干部乃是典型的政治联姻，其中，真正意义上的爱情的缺位，是显而易见的一种客观事实。既然两人如此不般配，那生性风流，对情感有着极强烈要求的恽姐最终的红杏出墙，就是一种必然的结果。从这个角度来说，“他”是一位虽然曾经在阿香身上品尝过性的滋味却已经远离女性很久了的旷夫，恽姐是一位在身为高级干部的丈夫身上根本就无法获得各种满足的怨女。一个是旷夫，一个是怨女，他们俩一撞击便干柴烈火般地燃烧在一起，就是自然而然的事情。事实上，范迁的书写主旨，显然不在他们俩的情感撞击上。相比较来说，作家借助于“他”和恽姐的这一段情感经历，真正意欲写出的，乃是置身于革命的现实处境与文化氛围里，类似于恽姐这样的女性毫无人身与情感自由可言的悲惨境遇。也正是在和“他”干柴烈火之后不久，“他”就从梁政委那里得知了恽姐闹离婚的惊人消息。梁政委说：“先告诉你一个情况，我军区文工团副团长恽韵同志向组织打了报告，要离婚。”这里，一个必须看到的事实就是，正如同《安娜·卡列尼娜》中，安娜的那个高官丈夫，容得安娜的偷情，却容不得她的离婚要求一样，《锦瑟》中的这位高级干部以及他所隶属于其中的政治组织，可以对恽姐偶然的红杏出墙行为睁一只眼闭一只眼，却容不得她从自由理念出发的离婚要求。对此，梁政委曾经给出过可谓是一针见血的说明：“我们也知道，问题不全在你这方面，恽韵同志的小资产阶级思想还是很严重的，给人抓了不少小辫子。我们为了维持首长的威信，也对她批评教育过多次，但是要离婚，整个瞎胡闹！还要不要组织性和原则性呢！”实际上，也正因为看透了这一点，所以，当恽姐向“他”强调一种婚姻自由理念的时候，“他”才会如此郑重地提醒恽姐。此诚所谓内外有别者是也。

实际的情形是，面对着来自组织的严厉批判与阻止，“他”和恽姐做出了不同的人生选择。或许与“他”曾经目睹过祝文南下令枪决他亲爹的那幕残酷场景有关，“他”最终选择的是退缩，是服从组织和原则：“作为一个受过现代教育的知识分子，他向往着家庭、温情、自由恋爱。但现实太强大了，他不可能与之抗拒。不但他，连整个国家都在这现实面前分崩离析，前几天有消息传来，上海已经被三面包围，铁桶一般。高官富贾纷纷出逃，到香港的船票被炒成天价。”与“他”的顺从形成鲜明对照的是，恽姐因为选择了不妥协的对抗而最终落入了发疯这样一种非常不堪的人生境地之中。具体来说，“他”是从战友小崔那里最早知道恽姐发疯情况的：“小崔说就是半个月前的事：恽姐先是有一阵子整夜不睡，神情恍惚，夜里一个人爬起到河边走，又唱又跳，说些谁都听不懂的话语。开始她男人还叫人看住她，被她发觉就什么难听的话都骂出口。渐渐地白天也不对了，有一次在排舞时，突然在大庭广众面前脱去衣服，还好及时被人按住。叫医生来看，说是什么精神分裂症，也就是疯子。”那么，罹患精神分裂症之后的恽姐，到底是怎样的一种境况呢？在接到去往上海工作的调令即将离开苏北之前，“他”不顾小崔的坚决反对执意去看望了精神分裂之后的恽姐。尽管事先已经做好了足够的精神准备，但出现在眼前的恽姐却还是让“他”大吃一惊：“他找到地方，看到稻草里直起一个人来，披头散发衣不蔽体，看上去已经不成人形。这不是恽姐又是谁？他虽然早有心理准备，恽姐的情况不好，但没想到会如此恶劣，当即震惊得目瞪口呆，一句话说不出来……”从这个角度来说，这位被逼迫到疯癫地步的恽姐，完全可以被纳入“阁楼上的疯女人”系列当中去。在夏洛蒂·勃朗特的经典名著《简·爱》中，当家庭女教师简·爱就要和罗切斯特跨越身份以及地位的种种障碍，就要结合在一起的时候，是那位疯女人的出现打破了简·爱的爱情梦想。这位女人就是罗切斯特的前妻，是一位被关在阁楼上的疯女人。依照作家的叙述，是她毁掉了庄园，弄瞎了罗切斯特，自己也葬身于火海之中。反过来说，也正是她的存在，最后才彻底成全了简·爱和罗切斯特。关键在于，只要更进一步地追问下去，我们便会发现，事实上，罗切斯特的前妻之所以会成为阁楼上的疯女人，乃是被自己的丈夫罗切斯特，以及隐藏于其后的整个男权文化机制迫害所致的一种必然结果。某种意义上说，恽姐也同样是一位“阁楼上的疯女人”，只不过迫使她成为疯女人的根本原因，已经不再仅仅是所谓的男权文化机制，更是革命队伍中带有明显专断和独裁性质的所谓组织性与原则性。就此而言，范迁通过对恽姐悲剧命运的真切书写，其批判性的锋芒突出不过地指向了中国现代革命，对中国现代革命做出了深刻的反思。

在深入分析祝文南弑父与恽姐罹患精神分裂症这两个重要故事情节的同时，我们也不能忽略第二章“忘川之水”中叙述者一些堪称精辟的事关革命的议论性段落的存在。相比较来说，长篇小说是最讲究思想能力的一种文体。是否有深刻的思想洞见，乃是考量一部长篇小说优秀与否的一个重要标准。既然如此，在一部长篇小说中，适度地穿插一些能够直接见出作家理性能力的议论性段落，自然也就成了这一文体的必备特点之一。很大程度上，范迁的《锦瑟》，正是这样一部相对理想的现代长篇小说。具体到我们正在分析的“忘川之水”这个部分，只有把叙述者精彩的议论性段落和土改与情感故事这两个焦点故事有机地结合起来，我们才能更准确到位地理解把握范迁对于中国现代革命那样一种极具深度的批判性反思。

然后，我们再来看1949年之后的这一时段。如果说在前一个时段，范迁的叙事焦点主要落脚到了祝文南与恽姐这两位人物形象身上，那么，到了被命名为“永劫回归”的这一个时段，作家的叙事焦点就再一次回归到了男主人公“他”的身上。与“他”当年灰溜溜地被迫离开上海相比，1949年后重新回到上海的“他”，已然成为历史的胜利者，多少带有一点“衣锦还乡”的味道：“他被上海军管会任命为民政科的副科长，行政级别定为十八级，月工资是八十一元。”既然是以历史胜利者的姿态归来，倘若“他”能够如同战友小崔那样以一种“识时务者”的心态顺应社会政治的大潮，而不是“不识时务”地逆历史潮流而动，那么，“他”也就很可能如同小崔一样“春风得意马蹄疾”地最终升迁为某部门的行政长官。遗憾之处在于，参加革命以来，“他”虽然已经目睹了不少如同祝文南和恽姐这样反差巨大的不同际遇，而且也非常清楚自己到底怎么做才能讨好新政权，但身为知识分子的“他”内心深处却总是会有一条人性的底线不可逾越。

这一点，突出不过地表现在“他”与故人珏儿、汤姆他们的关系中。实际上，早在进入上海之前的苏北时期，极度敏感的“他”就曾经设想过革命胜利后上海现代城市文明的后果：“驻足在这片苍凉广袤的土地上，再回过头来看上海，真像是一幕精致但缥缈的海市蜃楼，而且很快就要消散。”对照一下后来所发生的社会现实，我们便无论如何不能不佩服“他”预感的精准性，除了火烧阿房宫没有变成事实，其他的一切在“他”的有生之年都一一兑现了。而且，多少带有一点巧合意味的是，重新回到上海之后的“他”，竟然被委派去征收一批房产，用委派给“他”任务的张局长的话来说，就是：“要征收一批房产，特别是逃到台湾去的反动派官员的、吸人民血汗的大资本家的房产，都要摸底。”

事实上，也正是在完成征收房产的过程中，“他”才与故人珏儿、汤姆他们重逢的。其实，在面对自己当年曾经短暂寄居于其间的那幢米色房子的时候，“他”就不仅曾经设想过，而且也真心希望珏儿和汤姆他们早已远走高飞了。没想到，敲开门之后，所见到的，除了老女人毛姨，便是珏儿和汤姆夫妇了。尤其是与内心始终没有忘怀的珏儿的重逢，被范迁处理到了简直就是举重若轻的地步：“随着脚步声下楼来，他心里扑通地跳，直到珏儿进了客厅，跟他打招呼，他竟然张口结舌说不出话来。好容易镇定下来，抬头望去，珏儿穿了件宝蓝色的丝绵夹袄，暗棕色缎裤，还是那样恬淡静雅。珏儿客气但友好地向他问候，好像他们从未有过芥蒂……在她身上，时光留痕真是微乎其微。

他心里突然抽痛了一下。”只有在这一次重逢后，“他”才发现，其实珏儿一直就深埋在自己的内心深处，从来都没有离开过。然而，“他”根本就没有预料到，正是故人珏儿和汤姆夫妇在“他”生命中的再度出现，给“他”带来了一连串的厄运。尽管说“他”一直心念旧情，利用手中的权力竭尽所能地保护着汤姆家的房产，但因为汤姆和珏儿他们无意间得罪了当年曾经给他们家开过很多年车的老朱，所以老朱多次不管不顾地举报汤姆和珏儿这样的资本家依然占据着大房子，依然过着奢靡的生活，到这个时候，仅仅依靠“他”的力量实在已经无法保住汤姆家的房产了。不仅如此，因为汤姆当年在不知情的情况下替友人藏了一支枪，而且这个把柄还被无赖汉老朱紧紧抓住不放，尽管有“他”出面竭尽所能地利用和战友小崔的关系疏通说情，但由于此事性质的非同一般，在“镇压反革命”的运动中，汤姆不仅最终逃无可逃地被判处了二十年有期徒刑，而且连家属的面都不允许见一下就被发配到了遥远的青海去服刑。

对于“他”和珏儿来说，还有更大的毁灭隐伏在他们人生的前路上。对了，正如你已经预料到的，一直养尊处优的纨绔子弟汤姆根本就不可能熬过长达二十年之久的刑期。去青海服刑没几年，汤姆就撒手人寰离开了这个苦难的世界。一方面，汤姆已然亡故；另一方面，“他”对于珏儿依然旧情不忘，一种顺理成章的结果，就是他们俩历尽坎坷之后的结合。虽然说他们俩这个时候的结合，其实更多地带有在困境中彼此扶持的相濡以沫的意味。然而，在那个把一个人的社会政治身份看得比什么都重要的年代，“他”这样的国家干部与珏儿这样的资本家遗孀的结合，必然要付出极其惨重的代价。事实上，一知道“他”和珏儿要结合的消息，“他”过去的战友小崔就已经表现出了明确的反对态度：“啥？就是老公私藏手枪被捉起来的那个女人？啥？老公已经死在了青海。你要跟她结婚？我看你是热昏了吧！你究竟中了什么邪？前途还要不要？告诉你一件事，所有的人都有个档案，家庭、亲属、成分、社会关系，无一遗漏。她是反革命家属，你跟她结了婚，等于给自己沾上污点。今后入党提升都会受到影响。我看你还是要慎重考虑，不要昏了头。”到最后，“他”果然为自己的这一桩婚姻付出了惨重的代价：“民政局的处分下来了，是由副科长降为科员，工资减掉半级。在科里宣布时，同事都用了异样的眼光看他。他在其中感到侮辱的意味，冲动之下，真想辞职算了。最后还是隐忍下来。”

“他”之所以能逃过一劫，还是与珏儿有关：“救了他的是东山的一夜之欢。”因为回来后珏儿即显示出怀孕的迹象，所以“他”便把全部精力都投入到照顾珏儿的事情上，根本就无暇他顾。但正所谓“江山易改，本性难移”，对于“他”这类总是更多地顾及人性底线的知识分子来说，在那个年代，不可能每一次都能侥幸逃过劫难。这不，只是因为“他”生性耿直与孤傲，不服当年部下小韩对自己的无端指责，因为“他”面对来自张局长的批评意见不仅一时没有接受，而且还当面顶撞，“他”终于没有逃过第二批右派的名单：“第二批右派分子帽子的名单，他名字赫然列于其中。局里还宣布，右派分子的行政级别一律降级。他被降为二十四级，行政级别中最低一级。薪水也相应降为四十九元”。很大程度上，也只有到“他”被划成右派被打入政治另册，坠入人生最低谷之后，“他”才彻底认识到历史劫难的无法逃避，以及人生命运的吊诡与无常。就这样，当年的那位其实一度自视甚高的圣约翰大学的高才生“他”，一步一步地走向了自己所期望的辉煌人生的反面："当年在圣约翰大学读政治经济学，亚当·斯密、马尔萨斯、凯恩斯、弗里德曼、卢卡斯理论都琅琅上口，自忖大才堪用，人生即将飞扬。哪里想到十几年之后，落到了拎了只人造革包抢购草纸？人生落差竟如此之大。当然政权易手，社会的变迁是主要的原因，但是他作为一个知识分子，就没有做过推波助澜的事情嘛？风起于青萍之末，摧城掠地。社会变成这个样子，看起来每个人都没有责任，但实质上每个人都有不可推卸的责任。”即如“他”自己，倘若当年有足够的勇气承担起对恽姐的责任来，或许恽姐的命运就不会那么悲惨的。说实在话，在一部旨在凸显知识分子在一个大历史转折时期苦难命运的长篇小说，范迁能够让男主人公“他”生成如此一种清醒的自省意识，其实特别难能可贵。

从表面上看，“他”的自然年龄或者说生理年龄一直延续到了1977年，延续到了四十九岁的时候，但实际上，“他”的精神年龄，或者说“他”的精气神，早在爱妻珏儿过早地离开了这个苦难的人世，或者说更早一些，早在“他”逃无可逃地被划成右派的时候，就已经宣告终结了。从这个意义上来说，此后的“他”，不过是一具苟延残喘的行尸走肉而已。对于早已丧失了知识分子主体性的“他”其实同样早已完成了的悲剧人生，恐怕还是叙述者一段理性的议论性话语称得上是盖棺论定之言：“如今坐在病床边回顾他的人生历程，他不得不相信人是有命数的。冥冥中有一根线牵了你。所谓的自由意志是虚幻的，国家，民族，群体，个人，都逃不出大数。这个世界远比我们的认识要复杂得多，不管你是受过什么高等教育，你还是没法看清生命的全貌，还是没法掌握自己的命运。”也因此，相对于男主人公“他”、珏儿、汤姆等一众人物的悲惨人生来说，到了小说结尾处，范迁以一直身居海外的艾茉莉在1977年通过海关回国探亲这一情节来为整部长篇小说作结，就很显然充满着强烈的艺术反讽意味。

但不管怎么说，我想，到最后，我们恐怕也还是只能引用范迁在《锦瑟》中曾经引用过的穆旦的诗句，来凭吊如同“他”这样的知识分子的亡魂，来为我们的这篇批评文章作结：“但如今／突然面对着坟墓／我冷眼向过去稍稍回顾／只见它曲折灌溉的悲喜／都消失在一片亘古的荒漠／这才知道我的全部努力／不过完成了普通的生活。”

第七章
夏商《东岸纪事》：上海“日常叙事”中的“宏大叙事”

夏商的长篇小说《东岸纪事》（上海文艺出版社2013年1月版）最早发表在《收获》2012年长篇专号春夏卷上。紧接着，又由上海文艺出版社在2013年初推出单行本。实际上，早在作品起初在《收获》上刊载的时候，我就格外认真地读过这部厚重的长篇小说，不仅对它产生了强烈的兴趣，而且还萌生过为它写一篇批评文章的念头。但后来却不知道什么原因，大约总还是事务杂乱的缘故吧，这种想法最终很遗憾地没有能够付诸实践变成现实。然而，尽管没有专门为《东岸纪事》撰写过批评文章，但在我的内心深处，夏商的这部小说却始终难以忽略地占有着一种特殊的地位。这一点，恐怕只有在距离发表时间已然五年之久的现在，方才可以做出较为精准的定位与评判。回首2012年，应该注意到，同样在《收获》杂志的长篇专号上，还曾经发表过另外一部后来在文学界获得过盛誉的金宇澄长篇小说《繁花》。都是上海作家，都是以上海为主要表现对象的长篇小说，而且在语言层面上也都有着对于上海方言有所节制前提下的有效征用，但这两部长篇小说不同的命运遭际却的确令人感慨万端。如此一种感慨，倒不是说金宇澄的《繁花》不应该享有如此之高的盛誉，因为我本人也毫无疑问是《繁花》的激赏者，这一点，自有我的批评文章为证。而是，多多少少有点替《东岸纪事》“鸣冤抱屈”的意味。在我看来，总体思想艺术水准相差无几的两部差不多同时问世的长篇小说，发表后现实遭际之间的差别竟然会有如此之大，的确要令人顿生造化弄人之不公的强烈感觉。尤其是时隔五年，一方面，重新认真阅读了夏商的《东岸纪事》，另一方面，又目睹了这几年来上海作家的上海书写之后，我愈加坚定了自己的这种艺术直觉与价值判断。

当初，在一篇关于金宇澄《繁花》的文章中，我曾经写下过这样一段批评文字：“既然言及上海叙事，有一种情形的存在绝对不容轻视。那就是，除了所谓‘日常叙事’，上海叙事其实也存有着‘宏大叙事’一脉。从一种中国现代城市诗学谱系建构发展的角度来说，《繁花》之最值得关注处，就在于金宇澄以其二十多年之久的隐伏修炼，为中国现代城市诗学的建构做出了自己的一份可贵努力。”时隔数年之后重新来看，一方面，我依然坚持自己判断的合理性，但在另一方面，一种无法否认的事实却是，仅仅局限于王安忆与金宇澄的意义上来谈论上海叙事，其实还是狭隘了许多。倘若说金宇澄已然以他的《繁花》在为中国现代城市诗学的建构做出切实贡献的话，那么，联系这几年来上海的长篇小说写作现实，一种更为精准的判断就是，这五六部长篇小说集结为一个整体之后，在以整体的形象强有力地推进着当下时代城市化进程中的中国现代城市诗学建构。

也因此，假如我们的确承认这几年来文学界骤然间刮起了一股以描摹表现上海生活为根本追求的“上海旋风”，那么，这种长篇小说竞写浪潮的开创者，恐怕正是2012年在《收获》长篇专号联袂登场的金宇澄的《繁花》与夏商的《东岸纪事》，虽然说《东岸纪事》在问世后一直遭到冷遇，并没有能够获得相应的高度评价。好在对于文学作品价值的理解与评判，并不完全决定于发表或者出版当时的读者反映与社会反响如何，而是需要经过漫长的时间淘洗与历史检验。正所谓大浪淘沙，风流总被雨打风吹去，只有那些经过长时间残酷历史检验的文学作品，方才能够真正称得上文学史上的优秀作品。从永恒的文学史角度来说，无论是金宇澄那部已然赢得了广泛盛誉的《繁花》，抑或还是夏商这部多少有点被冷遇的《东岸纪事》，其真正的思想艺术价值都有待于未来时间与历史的残酷检验。就此而言，金宇澄不必因为《繁花》的屡获佳誉而骄傲自得，夏商也不必因为《东岸纪事》的一时被冷遇而垂头丧气。然而，只要转换一个角度，我们就不难发现，《东岸纪事》的遭受冷遇，其实在某种程度上也是好事。最起码在我，时隔五年之后，通过再一次认真阅读《东岸纪事》，充分地确认了此作的思想艺术价值。说实在话，在当下这样一个快餐文化盛行的时代，一部长篇小说，在时过境迁五年之后，不仅依然能够唤起笔者再次阅读的热情，并且还能够以其非同寻常的思想艺术品质赢得笔者的高度评价，这本身就称得上是一个难能可贵的文学奇迹。某种意义上，我们完全可以把这两部差不多同时出现的长篇小说看作是开启文学界“上海旋风”的一对“双子星”或者说是“双璧”。

我们注意到，在单行本《东岸纪事》的封底，曾经的先锋作家夏商不无自谦地写下了“我以为写的是浦东的清明上河图，其实是一摞人生的流水账”这样一句话。其中，带有明确自谦意味的“一摞流水账”的说法，某种程度上其实已经格外精准地道出了《东岸纪事》所具有的“日常叙事”本质。关于“日常叙事”的特质，曾经有论者做出过精辟的论证。倘若我们以论者如此一种关于“日常叙事”的基本理解来衡量《东岸纪事》，那么，夏商的这部长篇小说就毫无疑问可以被看作一种“日常叙事”特质非常突出的作品。尤其值得注意的是，看似“流水账”式的“日常叙事”，落实到夏商的写作过程中，竟然带有非常突出的理性自觉意味。这一点，自有夏商自己在后记中的说法为有力的佐证：“写这本书的一个收获是，我对世事细节的迷恋得以充分暴露。须知，小说家犹如说书先生，我是多么喜欢絮叨，喜欢多余的废话，喜欢庞杂的意味深长。小说的魅力正来自那些看似无关紧要的东拉西扯，整个叙事如同密织的溪涧，最后归于瀑布的纵身一跃。”你无论如何都难以想象，作为一位迷恋西方先锋小说日久的小说家，夏商竟然于不知不觉间完成了如此一种小说观念与技法的蜕变。众所周知，所谓

“絮叨”，所谓“多余的废话”，所谓“庞杂”云云，其实都是与先锋小说了无干系的更具本土化色彩的叙事技法。中国小说经典《红楼梦》与《金瓶梅》，乃可以被看作“日常叙事”的代表性作品。在西方先锋小说中浸淫日久的夏商，能够在看似不经意间不动声色地完成如此一种艺术转换，简直正如同体操运动员在器械上完成了高难度动作一样，令人叹服不已。唯其因为如此，夏商才硬是凭借着超乎寻常的艺术才华，把这样一部被他自己谦称为“流水账”的长篇小说，最终经营成了浦东地区1980年代一幅活色生香的“清明上河图”。

认真地阅读一下夏商的后记，可以在很大程度上帮助我们理解他这部《东岸纪事》的写作：“小时候，母亲务农，父亲当沿海海员，常年在外。我住沪西武宁路祖母家，九岁回到浦东川沙县那个叫周家弄的自然村上学，母校叫六北小学，然后在浦东中学念到初二上半学期辍学，南浦大桥动迁，被征地进工厂，户口农转非，其间开始学写小说，再从工厂辞职，自谋稻粱，直到三十三岁定居浦西。”“其间的二十多年，看着浦东从乡村蜕变为城市，农田被掩盖，乡音被掩盖，风土人情被掩盖，随着浦江东岸的簇新崛起，遥远的青少年记忆反倒越来越清晰，为故乡写传的念头也越来越强烈。”为了更好地完成这部故乡的传记，夏商“于是开始采风，搜集资料，2005年春节正式动笔，特地买了尼康相机，跑遍六里乡，去寻找上世纪遗留下来的陈旧角落，当时尚存不少破房老树，待六年后完成初稿，再去故地，照片上的风景已消失殆尽”。细细品味夏商后记中的这些文字，大约有以下几点值得特别注意。其一，假如说夏商曾经的先锋小说写作更多地带有凌空蹈虚或者说玄思冥想的性质，那么，他的这部以自我生存经验为强力支撑的《东岸纪事》就可以说带有突出的“纪实”性质。在一篇文章中，我曾经专门探讨过以想象虚构为本质性特征的小说创作中“纪实与虚构”的关系问题。在其中，我所特别强调的就是：“而这，事实上就已经涉及了我们关于小说写作中‘纪实与虚构’关系的第一重理解，那就是故事情节可以虚构，但故事所赖以存在的社会与时代却容不得一点虚构。无论如何，你都不能够让那些明代的人物一个个西装革履，坐宝马汽车走柏油马路的吧。从这个角度来看，王安忆之所以要在《天香》中做足‘器物美学’方面的功夫，其根本意图正是为了保证自己能够真实地把晚明时代的社会境况描摹呈示出来。”①如果说王安忆在“器物美学”方面所做出的全部努力，乃是为了确保自己真实地把晚明时代的社会境况描摹呈现出来，那么，夏商之所以要在浦东四处采风，四处搜集各种资料，也正是为了保证自己能够在“时代与社会”的层面上尽最大可能做到一种真切的“纪实”。大约也正因为如此，所以，夏商才会在后记中特别强调：“《东岸纪事》试图写成浦东的清明上河图，所有地名都是真实的，穿插其间的重大历史事件也是真实的，当然，故事与人物是虚构的，完稿的篇幅比预期的大一些，也许是因为我对这片土地有太多的话要讲。”毋庸讳言，当夏商特别强调“故事与人物是虚构的”的时候，他其实同时也就在强调着时代与社会等方面“纪实”性特质的存在。其二，一部四十万字的长篇小说，夏商的写作竟然耗费了整整六年的时间。在当下这样一个人心浮躁的时代，夏商能够沉下心去，用六年的时间悉心经营打造一部长篇小说，其实是一件非常不容易的事情。尤其值得注意的一点是，为了使得这部长篇小说成为1980年代浦东地区真正意义上的“风俗志”，成为一种“清明上河图”式的艺术存在，在酝酿写作过程中，夏商可以说做足了类似于人类学家的田野调查功夫。“纸上得来终觉浅，绝知此事要躬行”，夏商以他带有明显行为艺术特征的《东岸纪事》写作过程，再一次强有力地证明了古人这句名言的合理性。其三，尽管我们无法确切地指认《东岸纪事》中的哪一位人物更多地契合现实生活中的夏商，但从作家在后记中的说法可知，这部倾尽了夏商六年全部心力的长篇小说的写作，与作家个人的真切生存经验之间，存在着无法剥离的紧密关联。只有把《东岸纪事》与后记联系起来，我们方才能够发现，却原来，作品中所真切描写记述着的1980年代浦东地区以“动迁”为核心的社会变迁过程，夏商其实正是一位始终在场的亲身经历者。也因此，后记中“九岁回到浦东川沙县那个叫周家弄的自然村上学，母校叫六北小学，然后在浦东中学念到初二上半学期辍学，南浦大桥动迁，被征地进工厂，户口农转非，其间开始学写小说，再从工厂辞职，自谋稻粱，直到三十三岁定居浦西”的相关记述，看似只是简简单单的三言两语，但其中实际上却浸透着夏商的许多人生血泪。从这个角度来说，夏商的写故乡，其实也就是在写自己，是对自我人生历程中一段真切记忆的及时性打捞与回望。尽管夏商已经创作了很多小说作品，尽管其他作品肯定也或多或少与他的生存经验有关，但最充分地调动并投入了自我生存经验的一部，却毫无疑问只能是这部《东岸纪事》。《东岸纪事》之所以能够成为迄今为止夏商高端思想艺术成就的代表性作品，其根本原因恐怕正在于此。

放眼十九世纪末二十世纪初以来中国社会的发展历程，最重要的一个核心事物就是所谓的现代化。“在一般的理解中，所谓现代化，一个非常重要的内容就是城市化。而城市化，按照百度的解释，则是指，随着一个国家或地区社会生产力的发展、科学技术的进步以及产业结构的调整，其社会由以农业为主的传统乡村型社会向以工业（第二产业）和服务业（第三产业）等非农产业为主的现代城市型社会逐渐转变的一个历史过程。就中国来说，其城市化进程可谓一波三折。”“‘文革’结束后，曾经一度紧紧关闭的国门再度向世界敞开，中国开始进入到了一个史称‘思想解放’‘改革开放’的历史时期。到了这一历史时期，国家的工作重心第一次真正地落到了经济的层面，开始步入了一个务实的发展时期。到了这个时期，虽然也还偶有周折，但就总体状态而言，曾经停滞很长一段时间的城市化进程被再度提到议事日程之上，获得了较之于此前相对理想的一个社会发展空间。尤其是进入1990年代乃至于新世纪以来，伴随着所谓市场经济的到来，中国彻底进入一个经济时代，步入了经济飞速迅猛发展的快车道。经济的飞速迅猛发展，所带来的自然也就是城市化的步伐的日渐加快。某种意义上，我们完全可以说，城市化的疾速发展本身，乃可以被看作经济时代真正形成的一个突出表征所在。晚近一个时期以来，标志着中国城市化进程突飞猛进的一个重要事件，就是由中国社会科学院社会学研究所在2011年12月19日正式发布的2012年社会蓝皮书《2012年中国社会形势分析与预测》中称，2011年是中国城市化发展史上具有里程碑意义的一年，城镇人口占总人口的比重将首次超过50%。这一数据的发布，就意味着中国的城市人口事实上已经超过了农村人口。”②如果说现代化亦即城市化的确可以被看作现代中国核心的事物之一，那么，以文学艺术的形式将这一城市化进程凝结表现出来，就毫无疑问是中国作家一个不可推卸的重要责任。就此而言，夏商这部真切扫描记录1980年代浦东地区由传统乡村向现代城市转型过程的长篇小说，自然就可以被看作这一方面极具代表性的一部作品。从现代中国城市诗学建构的角度来看，如同《东岸纪事》这样形象生动地真切记述浦东城市化进程的长篇小说，也是不可或缺的一个重要维度。一个非常简单的道理，倘若有人在很多年后意欲了解把握1980年代中国城市化进程的具体状况，那么，正如同恩格斯曾经特别强调巴尔扎克的《人间喜剧》“给我们提供了一部法国社会特别是巴黎上流社会的卓越的现实主义历史”一样，夏商《东岸纪事》所必然承担的，恐怕也差不多是如此一种重要的功能。

行文至此，一个无法回避的问题就是，为什么整部《东岸纪事》的叙事时间从1970年代一直延续到了1980年代末期，但我在具体行文的过程中却仍然反复强调夏商的这部长篇小说乃可以被视为1980年代浦东地区的一幅“清明上河图”。对此，我给出的回答是，一方面，形象生动地描摹展示浦东地区进入1980年代以来日益迅疾的城市化进程，毫无疑问是夏商写作这部长篇小说最主要的动机所在。而且，更进一步说，除了如同夏商这样的感同身受有切身体验者，其他作家类似书写的可信度恐怕多少也还是值得怀疑的。但在另一方面，正是在真切书写记录浦东城市化进程的过程中，夏商无论如何都不可能不涉及父辈的生活状况（从年龄的角度来看，夏商与活跃于小说文本中的崴崴、乔乔他们很显然属于同龄的一代人。这一代人的上一代，其具体所指，也就是刀美香与柳道海他们这一些人）。一旦涉及刀美香与柳道海他们这一代人的生存状况，1970年代就无论如何都不可能被回避。换言之，倘若舍弃了1970年代的那个“史前史”阶段，那么，1980年代浦东的城市化进程，自然也就难以写得明白。这样一来，虽然说夏商的书写重心无可置疑地落脚到了1980年代的浦东，但从人物命运的完整性来说，作家的叙事时间还是上溯到了1970年代，对诸如刀美香和柳道海这样一代人1970年代的知青生活进行了相对细致深入的描写与展示。之所以会是如此，一个关键的原因在于，与真切地记录1980年代浦东地区由乡村而城市的城市化进程相比较，对于人性世界的挖掘与呈现，对于人物命运的勘探与透视，乃是小说这种艺术形式所应承担的更重要的思想艺术使命。

说到人物形象，我们就应该注意到，与当下时代的许多长篇小说有所不同，夏商这部《东岸纪事》的字数虽然只有四十万字，但粗略计来，先后出场的人物却竟然有六十余位之多。别的且不说，单是这一点，就已经充分地凸显出了作家夏商试图以如此一部长篇小说的写作向中国古典小说传统致敬的艺术意图。只要略加回顾，即不难发现，包括《红楼梦》《水浒传》《三国演义》《西游记》等在内的一众中国古典小说名著，登场人物动辄便是数十位，甚至于很轻易就可以超过百位。相比较来说，进入现代文学阶段之后，长篇小说中人物形象数量的骤减，乃是特别引人注目的一种文学现象。在这里，尽管我们很难简单地把人物数量的多与寡作为衡量长篇小说优秀与否的硬性标准，但相对来说，能够在一个篇幅字数相对有限的长篇小说中，一下子便设置处理多达六十余位的人物形象，也的确在很大程度上显示出了作家夏商艺术功力的相对深厚。作品在发表后之所以被普遍誉为一幅浦东地区1980年代的“清明上河图”，根本原因显然在此。尤其不能忽略的一点是，虽然《东岸纪事》中人物形象众多，虽然作家也并未在这些人物形象身上平均使用力量，但一种无法被否认的文本事实却是，即使是那些并未占据主要地位的“跑龙套”式的过场人物，也都被夏商点染，表现生动鲜活，跃然纸上。比如，那位乔乔大学时的女同学任碧云。任碧云与乔乔都是班上的才女：“她们都喜欢写写弄弄，也尝试投稿，两人都在《青年报》红花副刊发过散文，任碧云发过一次，乔乔发过两次，任碧云胆子大，给《文汇报》笔会副刊投稿，竟登出来了……”1980年代，既是一个精神至上的年代，也是文学的黄金时代。在那个文学被神圣化的时代，在校大学生能够有文学作品在报刊发表，是非常不容易的一件事情。任碧云和乔乔那过人的写作才华，于此即可见一斑。正因为才华出众，所以她们俩才理所当然地成了进修生邵枫发起组织的“嚼蛆诗社”的成员。既然办了诗社，就要办一份社刊。要办社刊，就得找地方去印刷。亏得乔乔在浦东中学的校办印刷厂有一个名叫小潘爷叔的熟人，这本带有明显亵渎神圣意味的社刊，方才得以印刷装订成书。然而，在那个寒冬初始融化的“改革开放”初期，由于没有履行过任何的登记与申请手续，“嚼蛆诗社”的成立以及《嚼蛆》刊物的非正式出版，很快就引起了相关保卫部门的注意。为了保护浦东中学校办印刷厂的小潘爷叔，先行被询问的邵枫便与乔乔和任碧云私下订立了“攻守同盟”:“你们把责任都推我身上，成立诗社口说无凭。浦东中学印刷厂除了曹宽河，就我们仨知道，你们咬死说我托人在成都印的，他们不会跑那么远去核实，说到底我们不是反党反革命团伙，最坏就是把我遣返原籍，你们只是诗歌爱好者，不会有问题。”没想到，等到警察找到任碧云的时候，“没等多问，任碧云就竹筒倒了豆子”。而且，“事后她没去找邵枫，当然更没向乔乔通风报信”。她的这种表现，与她此前那样一种不仅积极加入诗社的活动，而且百般讨好心仪男生邵枫的表现，自然形成了判若两人的巨大反差。尤其令人倒胃口的一点是，东窗事发之后，任碧云居然当着邵枫的面撕《嚼蛆》:“在乔乔心中，任碧云是敢于为爱情赴汤蹈火的傻姑娘。乔乔不得不承认，自己的认识出了偏差。这个插曲把任碧云打出了原形，她爱自己远甚于爱邵枫，对诗歌也是叶公好龙。”就这样，只是通过《嚼蛆》的印刷与被收缴这一事件，夏商便入木三分地挖掘表现出了任碧云“皮袍下面藏着的‘小’”，将其貌似酷爱文学实则相当自私的人性实质淋漓尽致地凸显在了广大读者面前。尤其是当我们把任碧云的出卖行为，与中国当代社会至今仍然盛行的所谓“告密文化”联系在一起的时候，夏商如此一种艺术书写中所蕴含的深刻警世意味自然也就一目了然了。

再比如，派出所警察王庚林那位精神遭受惊吓的女儿王月颖。“王月颖虽天资一般，却是好主妇的材料。”家常活计，几乎样样都拿得出手。但就是这样一位天生胆小，一直喜欢搂着洋娃娃睡觉的乖巧女孩子，在先后两次遭遇意外事件打击后，竟然陷入了精神分裂的状态。第一次打击，来自母亲薛秀芬因为食物中毒事件的意外身亡。“开完追悼会回来，王月颖不吃不喝，关在房间里，哭会儿睡会儿，再哭会儿再睡会儿。”到了晚上，年仅十三岁的王月颖便抱着洋娃娃爬上了父亲的床上：“像一根冰棍冷飕飕的。王庚林吸了口寒气，女儿在抖，像是受了寒，也像是病了。”到后来，经过王庚林的一番努力，王月颖虽然不再爬到他的床上睡觉，却因为父亲和林家婉之间的暧昧关系而明显与父亲生分起来。第二次打击，来自王月颖自己的恋爱受阻。或许与母亲意外身亡后王月颖特别缺乏安全感有关，身为技校学生的她，竟然不管不顾地喜欢上了自己的老师吴云朝。“那个人叫吴云朝，是政治课老师。家住董家渡，老婆是烟杂店营业员，两人没小孩，关系不好，闹离婚多年，始终没离成。”由于两个人年龄相差很大，他们的这种感情便遭到了王庚林的坚决反对。然而，尚未等到王庚林出手阻止，吴云朝就已经后院起火。他老婆在得知消息后，跑到技校大吵大闹。那个时候，虽然“文革”已经结束，但正所谓乍暖还寒，社会对王月颖和吴云朝这样逾越出正常范围的情感关系，依然持一种简直就是集体无意识的反对态度。最后，“经厂部和校方磋商，处理决定很快公布，吴云朝开除公职，王月颖勒令退学”。这样的一种决定，可就把王月颖和吴云朝二人彻底逼上了绝路：“公告的第二天，吴云朝死了。他和王月颖相约殉情，在针织车间很容易找到布条，自行车棚的一大块阴影里，他把头颈套进绳子里。”两人相约一起殉情，吴云朝死了，王月颖却依然活着，却原来，满心喜欢着王月颖的吴云朝本就没想着让她去死：“她能活下来，是因为绳结是活口，人一挂上去就松开了。两根绳子的结都是吴云朝打的，是他不想让王月颖死，还是一时疏忽没打好，成了人们茶余饭后的谜题。”然而，吴云朝根本想象不到，他自己一死了结了自己，侥幸存活下来的王月颖，却陷入了一种特别悲催的地步。在以泪洗面很多天之后，脆弱的神经彻底崩溃后的少女王月颖，在自己卧室的墙上订满了“吊死鬼”洋娃娃：“墙上敲满了钉子，洋娃娃密密麻麻挂满四壁。每个洋娃娃耷着舌头，是新缝上去的红布条。”关于王月颖，夏商给出的最后一段描写是：“王月颖从墙根那儿走过来，舌头也像红布条那样耷着，看着面前两个人，世界好像从她无边无际的眼神中消失了。”就这样，虽然只是一个过场的“跑龙套”人物，但夏商却以其凝练传神的笔触写出了她的精神分析学深度，读来自然令人感喟叹息不已。

《东岸纪事》中，虽然夏商对于很多“跑龙套”式的过场人物都有着精彩的勾勒刻画，但相比较来说，小说中最值得注意的，恐怕还是如同乔乔、刀美香、崴崴、柳道海等一些核心人物形象。一方面，我们固然可以将夏商的这部长篇小说理解为清明上河图式的作品，但另一方面，这样一幅带有“风俗志”色彩的清明上河图，却也仍然需要有恰如其分的一种艺术结构方式。对于夏商在《东岸纪事》中所采用的多少带有一些个人原创意味的结构方式，我想，我们在某种程度上姑且可以将之命名为“人物勾连法”。比如，小说一开头，就从一具出现在河里的无名女尸写起。由无名女尸而牵扯出了崴崴，崴崴突然被警察传唤。然而，就在大家都纷纷猜测崴崴的被传唤与无名女尸有关的时候，两个钟头不到，崴崴却带着一个和自己长相酷肖的年轻人回了家。更进一步地，由崴崴紧接着又牵扯出了乔乔：“乔乔在六里电影院斜对面开熟食店，自己的地盘冒出个熟食西施，崴崴当然要见识一下。才瞥了一眼，他就对跟班黑皮说：‘这个女人对我胃口的。’”从这个时候开始，乔乔的故事就差不多成了贯穿整部长篇小说上卷也即前三章的主要故事线索。然而，就在乔乔故事长卷渐次展开的过程中，作家夏商同样在使用“人物勾连法”经营铺展着自己的清明上河图。写到乔乔，叙述者所首先牵扯出的便是最早企图勾搭乔乔的小开：“有幸第一个吃到‘大馒头’的是小开。他是浦东中学隔壁六里蔬菜市场的推销员。”讲述完小开的相关故事后，线索再次回到乔乔与崴崴这里，然后，由于有警察王庚林的出现，作家的笔触就转向了王庚林，开始穿插叙述王庚林和他的女儿王月颖的故事。待到王月颖的故事终结后，结构线索便再次回到乔乔这里，开始讲述与小螺蛳相关的那些故事。就这样，一方面，是如同乔乔、刀美香、崴崴、柳道海等核心人物故事一种循序渐进的铺叙与展开，另一方面，却又是其他很多人物故事旁逸斜出式的自如穿插，二者彼此细密穿插交织的一种结果，便是这一幅形象生动的浦东地区清明上河图的成功打造与绘制。又或者，我们完全可以把乔乔、刀美香、崴崴以及柳道海们横贯整个文本的故事看作是经，把他们之外的其他人物旁逸斜出的故事理解为纬，二者经纬交织，最终被夏商精心结撰为《东岸纪事》这样一部细致密实而又不乏厚重感的长篇小说文本。

相对而言，夏商笔下的几位核心人物形象，又以乔乔与刀美香这两位女性最具人性深度与美学内涵。首先，是那位从一位理想主义的青春少女渐次蜕变为生命力坚韧的市井商界女性的乔乔。小说开头处初始登场的乔乔，虽然不怎么理想，却依然是上海师范学院中文系的学生，是一位颇具理想主义情怀的时代少女。她之所以不仅热衷于文学创作，而且积极投入进修生邵枫组织的“嚼蛆诗社”的活动之中，所充分证明的，正是她理想主义情怀的具备。尤其是在“嚼蛆诗社”被查处打压的过程中，乔乔与那位叶公好龙的任碧云形成了鲜明的对照与区别。她们俩之间简直就是天壤之别的行为选择，再一次强有力地说明着乔乔是一位坚定的理想主义者。但就是这样一位理想主义者，却或者是因为她容貌过于出众，早在1980年代初期的少女时期，就迭遭各种人生磨难的打击。其中，最让乔乔所无法承受的一种打击，来自那位形象与行为均特别猥琐的小螺蛳：“让乔乔恨之入骨的小螺蛳是没混出道的小流氓，属于散兵游勇，没势力，也没自己的跟班，平时猫在团结饮食店里……双方妥协的结果是，邱娘当收银员，负责发筹，小螺蛳做原料采购。饮食店早上卖大饼油条豆腐浆，白天卖馄饨和各式浇头的面条。”然而，由于小螺蛳生性猥琐又特别好色，他在母亲邱娘的协助下，竟然把这家团结饮食店经营成了常人难以想象的一个猎艳场所。因为事先已经在馄饨中下了迷醉药，毫无防备心理的乔乔竟然在一次吃馄饨的过程中被小螺蛳给迷奸了：“一张脏兮兮的床上，乔乔的脑袋被硬床板磕着了。她还没完全被麻痹，好几次支起半个身子，却被小螺蛳压倒，衣服离开了她，肌肤裸露的面积越来越大。”然而，乔乔的抗拒性努力，终归还是抗不住药力的作用。到最后，陷入昏迷状态之中的乔乔的处女之身，终归还是无可奈何地被猥琐而好色的小螺蛳给玷污了。

这一次意外事件的发生，对理想主义青年乔乔造成了巨大的身心打击。请注意事发之后，夏商关于乔乔在浴室洗澡情景的真切描写：“乔乔站在莲蓬头下，眼泪汇入布满面门的水流。她蹲下来，浑浊的尿液在白色地砖上流淌，少量暗红的血污缓慢旋转，手触到阴阜，更下一点，是她的伤口，既是天然的，又是外力的。她探入一点，用手指捻了一下。头仰起来，很快水把胃顶到了喉咙，艰难地吞下最后一口，感到膀胱鼓胀开来。”“她排出了新鲜的小便，头依然仰着，嘴巴如同张开的陶罐，咕咚咚，更多的水从嘴角漏出去。”“她小腹难受极了，不得不把腰挺起来，让胃回到原来位置。她打了个饱嗝，酸水反刍，体内积攒的水成为膀胱的负担，令小便变得困难。滴滴答答，尿液接近了清澈。”就这样，一直到“脚上的皮肤泡得起皱，她还在那儿喝个不停”。请原谅我抄录如此长的一段叙事文字，不如此我们便无法强烈地感受到小螺蛳的迷奸究竟对理想主义的清纯少女乔乔的身心世界造成了多么严重的伤害，乃至于这一次被伤害竟然成了乔乔人生命运一个特别重要的转折点。从这次之后，携带着永远也难以被抚平的精神创伤，乔乔就渐次地远离了理想主义，最终彻底地蜕变为一个看重实利的商界人士。需要特别注意的一点是，她的这种精神蜕变历程，倒也在很大程度上暗合于中国社会客观的演进历程。又或者，借助于乔乔的人生命运变迁折射表现1980年代浦东地区不可逆的城市化进程，正是作家夏商潜意识中的小说写作意图之一。事实上，也只有在注意到小螺蛳的迷奸给乔乔的身心造成了多么巨大的伤害后，我们才能理解此后乔乔全部的人生与心路历程。无论是她的最终弃邵枫而去，还是她的被迫委身于浦东黑社会老大崴崴，抑或还是她与马为东之间那一场短暂的露水婚姻，甚至包括她和父母尤其是母亲梅亚苹的数度交好与交恶，都可以在迷奸事件这里觅得理想的答案。一桩意外发生的迷奸事件，到底能够给一位女性的身心世界乃是未来命运产生怎样一种至关重要的影响，乔乔便是一个极好的心理学与文学案例。从艺术传达的角度来看，正是借助于迷奸事件发生后乔乔的过度清洗这一细节的细致描摹与展示，夏商犀利尖锐地揭示出了乔乔这一核心人物的精神分析深度。

无独有偶，多少带有一点巧合意味的是，比乔乔年长一代的崴崴母亲刀美香人生命运的根本转折，也与她的被意外强奸有关："刀美香有一段不为人知的秘史，15岁时生下了一对双胞胎。双胞胎生父叫阿水，是个矮男人。"时为"文革"开始的那一年，也即1966年，初二女生刀美香由于对边疆地区极其罕见的一辆小拖拉机的迷恋，糊里糊涂地就被拖拉机驾驶员尚依水诱骗强奸了："接触了几次，把她哄上了小拖拉机。小姑娘第一次坐这铁家伙，上了车笑逐颜开。在街上转了一圈，尚依水驱车到了山里，找个荒僻的山脚把小姑娘抱住，刀美香就这样稀里糊涂被破了身子。"被破了身倒也还罢了，与此紧密相关的另外两个关键问题，一是就这么一次，年仅十五岁的刀美香竟然就怀了身孕，最后还生下了一对双胞胎。二是到后来四处搜寻尚依水的时候才发现，他竟然是一个非常可怕的麻风病患者："问下来才知道，尚依水完蛋了，被关进了勐龙镇的麻风寨。"患了麻风病，就等于被判了无期徒刑。同样是被强奸，刀美香的事后反映之所以与乔乔不同，一个是她当时尚且非常年幼，只有十五岁，再一个，也可能与她身为傣族前土司的女儿，贞洁观念与汉族恐怕还是多少有些差异。既然怀孕了，那就得生下来，哪怕是被迫以三姐的名义。没想到，到头来，生下来的竟然是一对双胞胎，老大叫腊沙，老二叫勐崴，也就是后来曾经在浦东地区称霸一方的黑社会老大崴崴。

后来，由于在以知青为主体的云南生产建设兵团下属某连做护士的时候，结识了来自上海浦东的知青柳道海，刀美香这位傣族少女才开始了她与上海浦东长达一生的恩怨纠葛。与柳道海相爱后，由于不慎，刀美香曾经先后两次意外怀孕。第一次以土法堕胎成功，第二次又如法炮制，没想到却完全失效。万般无奈之下，只好到正规医院去做手术，未料恰好赶上了产后大出血。经过一番紧急抢救，人命虽然保住了，但医生却判定刀美香此后不再可能生小孩了。由于自觉应该对刀美香的失去生育能力负责任，柳道海尽管面临着来自家庭的坚决反对，但也只能是“哑巴吃黄连”地承诺，自己无论如何都会与刀美香结婚。但就在此后不久，柳道海却在一个偶然的机会，得知了麻风病患者尚依水的存在。虽然刀美香百般遮掩，但柳道海却本能地意识到这尚依水与刀美香关系的非同寻常：“他想知道矮男人是谁，可刀美香不愿说。不愿说，意味着有难言之隐。而难言之隐，当然难以启齿。”然而，纸里终归还是包不住火，数年之后，面对着柳道海的不依不饶，已经和他在民政局领过结婚证的刀美香，还是被迫向他坦承了自己过去的一番不堪遭遇：“于是柳道海知道了矮男人叫尚依水，这是很多年来，刀美香第一次提起这个名字。她从十五岁那年的失身，说到双胞胎出生，说到兄弟俩过继给三姐，说到把那个阴魂不散的麻风病人杀死的那个晚上。”但就是这一次底牌的彻底亮出，对他们双方的情感世界都构成了极大的伤害，以至于，到最后，刀美香这位来自大西南边陲的傣族女性，尽管人在上海浦东立住了脚，但他们的夫妻关系实际上却已经处于名存实亡的状态：“刀美香这次来沪，无论对她还是对柳道海而言，双方的关系已经不一样了。那次在勐海领完结婚证后的拌嘴，把两人心里的隐秘完全撕开。她虽然重返上海，和柳道海也只是搭伙过日子，两人都心灰意懒。”心灰意懒到什么程度呢？从刀美香第二次抵沪开始，柳道海和她之间竟然再也没有发生过一次夫妻关系，没有再做过一次爱。就这样，刀美香尽管千方百计地由一个外省人变成了上海浦东人，但实际上她却为此而付出了极其惨重的代价。而所有的这一切，恐怕都得追溯到当年尚依水对刀美香的强奸这一事件上。唯其如此，一直到很多年后面对着上海浦东地区即将大规模展开的动迁工作，回想起自己的命运，刀美香的内心世界才会生出无限感慨：“多年以后，当刀美香坐在崴崴的饭店里，让琴琴给自己端上一杯茶，用嘴吹去浮在表面的沫子，抿一口，朝窗外望去的时候，浦东的夜色就像一只安静的石狮，好像沉睡了一千年。刀美香突然觉得自己的人生是一次次虚惊，每次马失前蹄，都从悬崖处被拉了回来。如果不是李英把她带回农场补上户口，如果不是二哥阻止她辞职保留了编制。她根本没资格和祝希青调换工作，也不可能把户口迁到上海，今天更不可能和动迁分房有什么关系。她有惊无险地走过来了，成了正儿八经的浦东人，这让她常有置身梦幻的错觉。”

某种意义上，借助于中年刀美香如此一种饱经沧桑的人生感叹，夏商传达出的，其实是一种难以捉摸的命运感。而命运感的传达与否，正是我们评价一部长篇小说思想艺术是否达到成熟程度的重要标准之一。

行将结束我们的全部论述之前，不管怎么说都不能不提及的一个细节，就是小说结尾处，崴崴为了探寻母亲刀美香的下落，不惜重金坚持要求张跷脚将一口已经被掩埋了的老井重新挖开。崴崴的本意是要探寻母亲刀美香的踪迹，没想到，到最后，从老井里打捞出来的，竟然是一只已然是锈迹斑斑的长条铁盒。任是谁也难以想到，铁盒被打开后，出现的居然是一幅刺绣地图："这是一幅刺绣地图，和现代地图不同，上面虽署有长人、高昌等地名，却绣着河道、城镇、市集、树林和人物。整个画面的基色是秋黄，河是浅灰，镇是深靛，市集米色，树林暗蓝，人物则红男绿女，与其说是地图，不如说是标注着地名的山水画。"紧接着，大家又发现："右上角竖着这样一行题签：川沙抚民厅舆地图。"浦东老城就是川沙，所以有人便说这是一幅老浦东的地图。一部旨在记录表现1980年代浦东地区城市化进程的长篇小说，竟然会以一幅老地图的忽然被发现作结，其中一种突出象征意味的存在，就是无法被否认的客观事实。究其根本，一部四十万字的长篇小说，有了若干具有深度的人物形象的成功塑造，有了"人物勾连法"这样一种结构方式的创造性运用，有了对于1980年代浦东地区城市化进程的真切记录，夏商耗尽了六年心血的《东岸纪事》自然也就称得上是当下文坛一部不多见的优秀长篇小说。就此而言，断言它是一幅“浦东的清明上河图”，当然也就是一个具有相当可信度的思想艺术结论。

注释：

① 王春林《小说写作中的纪实与虚构——从王安忆长篇小说〈天香〉说开去》,《山西大学学报》(哲学社会科学版)2017年第3期。

② 王春林《城市化进程中的精神症候》，裴亚红主编《民治·新城市文学》第八卷理论集，花城出版社2017年8月版，第157页。

第八章
唐颖《上东城晚宴》:“上海人在纽约”的情欲战争

前不久，我和《收获》杂志的主编程永新先生曾经在微信的朋友圈里有过一次短暂的交流。程永新建议我一定要找时间关注一下唐颖的长篇小说《上东城晚宴》(载《收获》2016年第5期)。在发出一条关于《上东城晚宴》的微信之后，程永新留言说:“王春林教授应该关注一下，北方不能也不应该忽略唐颖。”当时，我正专心致志于同样刊发于《收获》杂志的徐则臣长篇小说《王城如海》一篇评论的撰写过程。所以，我的回复便是:“嗯嗯，我肯定会关注此作的。这几天正在写徐则臣《王城如海》的评。”也因此，在完成了关于徐则臣《王城如海》的评论写作之后，我很快就把自己的注意力转移到了唐颖长篇小说《上东城晚宴》的阅读上。诚如程永新所言，唐颖的确是一位具有突出南方写作气质的作家。在我的理解中，所谓南方气质，就意味着作家更多关注充满烟火气的日常生活，其艺术笔触相对显得轻盈细腻，带有某种突出的空灵色彩。这一点，与北方作家更多关注思考家国问题的那种宏大叙事品格，与北方作家艺术笔触普遍的厚重粗粝，很显然形成了鲜明的对照。这一点，在唐颖的诸多小说作品中表现得非常明显。唐颖既往的小说作品，一贯以对现代上海女性情感生活与精神世界的透视表现为其显著特色。这一部《上东城晚宴》的女主人公里约，同样是一位情感需求专注而炽烈的现代上海女性。只不过，主要故事的发生地，已经不复是一向被誉为东方巴黎的上海，而是声名更为显赫的国际化大都市美国纽约。如此一种情节设计，很容易就能够让我们联想到很多年前曾经有过一部名噪一时的通俗小说《北京人在纽约》。简单地套用一下，唐颖的小说就应该是“上海人在纽约”。然而，同样是讲述中国人在纽约的故事，但唐颖小说的思想艺术旨趣却与曹桂林当年的作品大不相同。倘若说曹桂林意在描写呈现一个北京家庭在纽约打拼、奋斗以及苦命挣扎的生存状况，那么，唐颖的视野就很显然要狭窄许多，她所集中关注表现的，仅仅是发生在一对中年男女之间的情欲战争而已。问题在于，虽然只是两位异性之间的情欲战争，但细细想一想，自有人类以来，正如同长达十年的特洛伊大战的起因乃是海伦与帕里斯王子之间的情欲纠葛一样，围绕男女间情与欲的争斗与冲突，不仅从来都没有停止过，而且很多时候还对于人类历史产生着决定性的重要影响。某种程度上，人类社会的一切争斗与冲突，究其本质，其实不过是男女情欲战争的各种变形与延伸。就此而言，唐颖笔下的男女情欲故事，就不仅具有突出的普世性，可谓是一个世界性的难题，而且也有着永恒的意义和价值。

小说之所以被命名为“上东城晚宴”，乃因为故事的起点，是在纽约上东城举办的一场晚宴：“里约被朋友带去朋友的朋友家，朋友的朋友家在曼哈顿上东城，那天是圣诞节，他们被邀参加上东城的晚宴。”晚宴不重要，重要的是，这是一场在纽约曼哈顿上东城举办的晚宴。却原来，这上东城乃是纽约最豪华昂贵的一个高尚住宅区：“随着车子上行，超级大都市豪华景观宛若昂扬的进行曲朝你轰鸣而来，林立的摩天楼在灯光里充满超现实的梦幻力量，令人陡生憧憬几近崇拜，沿着第五大道，从下城的商业中心经过曼哈顿中城炫目奢华的大牌旗舰店，便到了陡然宁静的上城，傍着东河的曼哈顿上城东区，人们称为上东城，是纽约最昂贵的住宅区。”其实，早在三年前，里约第一次到纽约的时候，身边的朋友就已经告诉她：“这里是富人居住区，高居不下的房价，划出了森严壁垒的阶级阵线。”也因此，对于如同里约这样在纽约短期客居的外乡人来说，能够有机会参加上东城某个成功人士的圣诞晚宴，的确“不啻为一次令人惊艳的深度游”。唯其因为如此，所以对于身为电影编剧的里约来说，才会对这次晚宴充满想象和期待。但里约根本不可能想象到，她竟然会在这次晚宴派对上邂逅自己生命中最重要的一位男性，也即晚宴的男主人于连。更进一步地，在里约和于连之间的一场差不多长达半年之久的情欲战争，也将就此拉开帷幕。但请注意，男主人的本名是阿澎，这“于连”二字，其实是里约对他的一种特别命名。原因在于，男主人是一个类似于于连式的人物："通过一个又一个女人攀登成功顶峰"。一方面，缘于同行们对于男主人于连式人生路径的谈论，另一方面更缘于自己对于男主人的初次强烈印象："他剃平头，有股草莽的硬朗，一双炯炯不无威慑力的黑眸，他仿佛感受到了她的注视，他的视线猛地射向她，或者说朝她的方向射来，她一惊，不由移开目光，心却在悸动"，里约便径自把他称作了"于连"："这位主人，也就是朋友的朋友，或者说于连，是的，她后来一直这么称呼他，他并不生气，甚至把这称呼当作褒奖，这正好印证他对自己的界定，一个不受道德约束的自由人……"此后的一系列事实，果然充分证明，这位被里约命名为于连的纽约成功人士，的确是一位"不受道德约束的自由人"。

刚刚度过三十六岁生日的里约，之所以会第二次出现在纽约，实际上缘于两个原因。一个原因是，"两年前，她的婚姻结束了"。再一个原因是："去年，她的好友天兰去世，死在修复心脏瓣膜缺损的手术台上。"与天兰的早逝紧密相连的一点，是她在上手术台之前留给密友里约的遗言："'去纽约找高远吧！你们……都是一个人……过日子，为什么不能在一起呢？'天兰的眸子湿了，'他是个消极的人，你要主动一点，拜托了！'"高远本是天兰的初恋情人，依靠当年的女友后来的妻子的帮助到美国留学，出国不久两人就结为连理。然而，等到高远专门回国探望即将进行心脏手术的天兰的时候，他却已经和妻子离异，再次成为一个人。天兰之所以留下希望两人结合的遗言，根本原因正在于此。也因此，里约是携带着某种强烈的危机感飞赴纽约的："天兰的去世，使她深感人生无常，她要为死去的好友活得精彩，不再辜负活着的每一天，虽说重返纽约是天兰的嘱托，但内心未尝不是被一种更为模糊的动力驱使，或者说，这座非凡的充满魔力的大城一直在她潜意识里召唤着。"由此可见，除了显见的那两个原因，携带着危机感再次奔赴纽约的里约，其实内心一直存有在纽约这座大城发生某种情感与生命奇遇的期待。正因为如此，里约才会"对自己说，她来纽约不能只为高远，情路永远是未知数，只能随遇而安了"。她与于连的萍水相逢以及此后一场深度情欲战争的发生，正可被理解为这种情感与生命奇遇的确切证明。细细品味发生在里约和于连之间的这场情欲战争，有以下几点不容忽视。

首先，是对于身体欲望的严肃正视表现。对于邂逅的里约，在工作室第二次见面的时候，于连就已经迫不及待地发动了身体的攻势："他在她身边坐下，手从后面围住她，就这样把她围进他的怀里。她本能地挣脱开去，他更紧地抱住她，嘴唇贴上来，他的唇冰凉，这凉的唇让她的唇温软了，就这一瞬，他吻住她，她两手试图推开他，他只用一只手就把她的两只手抓住并把它们塞进自己怀里，另一只手用力抵住她的腰，她的手被他身体里的热能融化失去抵抗，它们下意识地去环住炽热的肉身，他们的身体贴紧了，越贴越紧，在她的记忆里，好像从未有过两具身体贴得那么紧，紧到窒息。"面对于连迫不及待的强劲攻势，里约竭尽全力地予以抵抗："不要强迫我，我会恨你！"

于连尽管没有再度用强，但他的回应却特别自信："你不会恨我，你会想我，跟我做爱的女人都离不开我。"关键的问题在于，虽然在工作室的时候，里约凭借自己的理性成功地克制了来自身体的情欲冲动，但是，等她告别于连一个人回到自己的住所之后，方才强烈地意识到了身体的存在："里约到了床上才发现自己的身体仍然很热，好吧，面对自己吧！她想做爱，想和于连做，和于连相拥那一刻，她知道他是她的身体一直在追寻的男人，假如，他不是那么让她向往，她就做了，她也是在此刻意识到，她没有顺从他，是因为她不想输给他。自从那天晚上走进他家门，自从面对他，他和他的成功，他和他的金发妻子，他们的褐沙石公寓，她就不平静了，尤其是，当她撞上他锋利的眼神，心里便明白自己遇上了强劲的对手，只是，意外的是，他们的交锋来得过早。"导致里约与前夫离婚的一个重要原因，就是孩子的流产。里约怀孕的时候，丈夫刚刚拿到美国签证。尽管里约十分渴望能够生下这个孩子，"但丈夫提醒她，结婚时他们讨论过这个问题，说过婚后五年才考虑生孩子的问题"。围绕这个问题，两个人发生了尖锐激烈的争吵，争吵的结果是："她一怒之下去做了人流，然后通知丈夫回来做离婚协议。"自从人流手术之后，里约逐渐地变成了一位性冷淡者，竟然慢慢地戒了与丈夫之间的性爱。一对夫妻，连正常的性爱都无法维持，他们的最终分手也就势在必然了。没承想，已经冷却很久的身体，却在再次抵达纽约，在面对于连的时候被强势激活了："她必须承认在见到于连的一刻，她开始相信奇遇就在这座大城，冷却的性欲将被重新燃起，却未料来得如此突兀和难以掌控，她既兴奋又烦恼。”就这样，在纽约这座城市，经由一场上东城晚宴，里约与于连这一对男女之间的情欲战争于瞬间爆发。不能不强调的一点是，既然是情欲战争，自然也就少不了身体的在场与参与。

必须承认，虽然自“文革”结束后一场席卷全国的思想解放运动的发生迄今已经有差不多四十年的时间，但或许与我们这个国度过于道德化的氛围紧密相关，一直到现在为止，能够以一种去道德化和去神秘化的平常心正视表达身体存在的文学作品，实际上还是少而又少的。但事实上，文学与身体之间的内在关联却是一种无法被忽略的客观存在。“我们的身体与我们同在，虽然我们总是难以确切说明如何同在。按照各种各样的概念和隐喻，可以说我们是在我们的身体里，或者是我们拥有一个身体，再者就是我们与身体一致或者疏离于身体。作为爱恨情仇各种情感的对象，身体既是我们自己，也可以说是他者。对于精神分析学来说，它是主要的自恋对象。而对于虔诚的禁欲主义者来说，它是阻碍精神圆满的危险的敌人。在多数情况下，身体在诸如此类各个极端之间处于一个摇摆不定的位置，它既是快乐的主体和对象，又是无法控制的痛苦的化身，对理性的反抗，以及终有一死的载体。”“在富有想象力的文学作品中，身体总是幻想的对象，它同时是指意活动——作为心灵和意志对于世界所发挥的作用，这种活动采取一个外在于物质性的立场——独特的他者，在某种意义上又是这种指意活动的媒介（比如这只正在书写的活生生的手），甚或是它进行刻录的地方。关于文学中的身体的问题特别让人感兴趣，这是由于文学和身体两者之间明显的距离和紧张，一种与两者互相依赖的感觉并存的、‘自然’和‘文化’之间无法消减的紧张。长久以来，让身体进入写作是文学最为关注的问题。反之，让写作指向身体则意味着试图将物质的身体变成指意的身体。”①在这里，彼得·布鲁克斯对于人的存在与身体以及与文学这三者之间的内在紧密联系进行了足称深刻的分析阐释。既然文学与身体存在如此紧密的关系，那么，对于唐颖《上东城晚宴》这样一部意欲深入探究表现男女两性间情欲战争的长篇小说来说，身体就更是须臾不可离的，有着极为广阔的用武之地。实际上，对里约和于连之间性行为的描写和表现，在《上东城晚宴》中的确占有着非常突出的位置。你无论如何都无法想象，对于一部意欲探究挖掘男女情欲战争的长篇小说来说，倘若舍弃了这一部分究竟意味着什么。细究文本，我们即不难发现，彼得·布鲁克斯所谓“身体在诸如此类各个极端之间处于一个摇摆不定的位置，它既是快乐的主体和对象，又是无法控制的痛苦的化身”的理念在唐颖的小说中有着格外充分的表现。正可谓爱恨情仇，皆集于里约与于连的身体之上。事实上，关于身体与性，刚刚开始交往的里约和于连曾经有过深度交流。当于连强调里约的“嘴唇和身体是柔软的，比你说出的话柔软太多，所以我们之间不能说而是做，言语之间只有误会，身体是最真实的”，并进一步追问里约是否对自己的性爱行为感到后悔时，里约的回答却是顾左右而言他的“后悔什么？”对于里约闪闪躲躲言辞背后的不敢正视自己的身体欲望，深谙中国文化奥秘的于连，一针见血地予以揭穿：“口是心非，不敢正视自己的欲望，这不是你的错，是中国文化的错。”实情也的确如此，中国文化向来无视于人的身体欲望的存在，以至于即使如同里约这样深受西方文化影响的现代知识女性，在面对自己真实的身体欲望的时候，都犹抱琵琶半遮面似的吞吞吐吐欲言又止。由此可见，同样置身于这种文化语境中的作家唐颖，能够正视身体欲望的客观存在，能够在她的《上东城晚宴》中以一种大胆率性的笔触描写男女主人公之间的性爱行为，诚属难能可贵。

其次，是对这场情欲战争中对峙双方尤其是里约曲折内心世界的精准发现与呈示。人都说“螺蛳壳里弄道场”，将笔力专注于里约和于连男女情事描写的《上东城晚宴》，的确堪称这句俗语的生动写照。当然，如此一种艺术描写的前提，乃是对峙双方的不对等。美国本就是当今世界经济发展水平最高的头号强国，1980年代来自中国的艺术家于连能够凭借自身的各种努力跻身纽约的上流社会，在纽约曼哈顿的高尚社区上东城拥有豪宅，其实是非常不容易的一件事情。唐颖在《上东城晚宴》中之所以要以不小的篇幅描写表现诸如高远、阿力、卢先生、廖晴、小李哥、老沈等一众艺术家在纽约的生存困境，一个重要的艺术意图，恐怕就是要映衬凸显于连令人羡慕的事业成功。唐朝时“长安居大不易”，要想在当今的纽约上东城觅得一席立足之地，对于这些旅美的艺术家来说，其实更为“大不易”。这一点，我们从高远的搬家与易职上即可有真切的感受。高远当初远赴异国他乡，当然幻想着艺术上的成功与出人头地。没想到，到头来的结果却是事与愿违。首先是卖掉了曼哈顿的住房："卖了曼哈顿却租住皇后区，她之前就听说同样的面积，皇后区房价比曼哈顿低几倍。暂时不买房？想来他很需要现金，生活对于高远不是上走而是下倾。"而且，也很显然是生计困顿的缘故，小提琴演奏家高远最终被迫放弃自己的艺术追求，而成了一位纯粹依靠技艺谋生的糕饼制作师。与高远的潦倒落魄形成鲜明对照的，毫无疑问是于连的成功。按照小说中的描写，于连一件艺术品的市场拍卖价居然就达到了百万美元之巨。两相比较，其间的差距之悬殊，简直不可以道里计。因此，对于事业成功婚姻稳定的于连来说，虽然不能说对里约就毫无爱意，但更多地希望把彼此的关系维持在身体性爱的层面上，希望保持某种若即若离的情人关系，可以说是其内心世界的真实写照。关键问题在于，于连的想法与里约的想法处于严重的错位状态之中。对于事业与婚姻均难言成功，而且身上还携带着闺蜜好友不幸去世的哀伤痛苦的里约来说，她之所以再度出现在纽约，一方面固然与天兰的遗言有关，但更为内在的一种潜在动机，恐怕却是试图在纽约这座大城寻找情感与事业的更多可能性。这种可能性在遭遇于连，尤其是和于连发生了极其和谐的性爱关系之后，自然会与这位强大的成功者联系在一起。正因为如此，她才会不由自主地生出想要和于连长期生活在一起的幻觉："白雪使布鲁克林这一街区失去它颓败却又狂放的风格，它突然变成某一个安宁的无名小镇，里约挽着于连的胳臂半走半滑在无人街上，她瞬间性的狂想是，在这座无名镇子，和身边这个人隐名埋姓度过半生。”一方面，里约内心十分清楚于连根本就不可能为自己舍弃稳定的婚姻，但在另一方面，在情感旋涡里越陷越深的她，却偏偏还是要不由自主地生出“和身边这个人隐名埋姓度过半生”的狂想。这种狂想的生成，就说明里约已经不再仅仅满足于和于连之间的“身体爱”，已经开始希望能够进入他的家庭，能够更长久地和于连生活在一起了。就这样，一个只希望将彼此的情感控制在“身体爱”的范围之内，另一个却希望能够以“隐名埋姓”的方式度过余生，二者之间尖锐冲突的生成就是必然的。

实际上，也正是在里约和于连尖锐冲突的展示过程中，里约内心世界中的那种焦灼不安，那种哀怨忧伤，那种曲径通幽，那种剪不断理还乱，在同为女性的唐颖笔下得到了可谓是淋漓尽致的展示与表现。里约和于连的关系进展特别神速，仅仅在认识五天之后，他们就上了床："和这样的人认识五天就像认识五个月，各种情绪，从低到高，五味杂陈，于连的确是个人物，和这样的人物往来，需要耗费心力，常常筋疲力尽，很有可能力不从心。害怕在平庸中浪费生命的里约，开始担心自己是否会遍体鳞伤。”此后的事实充满证明，经历了这场不期而遇的情欲战争之后，里约果然遍体鳞伤。其实，对于他们之间的交往，一开始，里约就抱有足够的警惕心理。第一次上床后，里约就强烈地感觉到心里有个声音在提醒自己："你昏了，真是昏了，你会让自己输得体无完肤。”或许与这种警惕心理的存在紧密相关，一开始的里约自以为有着足够的理智，能够严格地把他们的关系控制在“身体爱”的范围内：“她已经很久没有做爱，他比她想象的更强悍，这强悍是和精神上的强烈征服欲有关，她得承认，他是她一生中从未遇见过的男人，也许，冥冥中正是她一直等待的唯一的他？在她深夜的想象里，于连的身份和背景模糊暗淡，他是裸男，她希望和他有一场简单的止于身体的爱。”然而，伴随着里约对于于连情感的日渐缠绕，伴随着他们之间情欲战争的渐次升级，里约发现，她根本不可能做到真正的心如止水：“今天遇到的任何人都可以让她联想到于连，她内心深处已经开始对他的探寻和判断，她做不到止于身体爱的关系。”自己做不到“身体爱”倒也罢了，关键还在于，里约很快就意识到，他们之间关系的实际操控者从来都不是自己，而只是那个占有欲特别强烈的于连：“如果于连谨慎，她也会谨慎，他要是不讲理，她也会不讲理，她很容易受他影响，或者说是跟着他的态度变化，这段关系无论她怎么把控，主宰方肯定是于连。这是毋庸置疑的，于连怎么可能被一个女人主宰？他是通过女人去主宰世界的人。可是里约并不是一个可以给他带来成功捷径的女人，她不过是他人生里一次短暂假期。”正可谓一物降一物，饶有趣味的一种鲜明对比是，在其他男性面前，不管是前夫，还是高远，里约一向扮演着主体性强大的主宰者形象，然而，一旦面对于连的时候，一贯盛气凌人的里约便先自矮了三分，反过来变成了一位主体性严重丧失的被主宰者：“她不仅认同，几乎要去讴歌高远那个不竞争的人生观，她正眼看自己将被一个浑身都是竞争锋刃的人割得体无完肤，她看到体无完肤的下场就在不远处，可是已经没法逃脱，她逃脱不了被割的命运。”一方面是主体性的丧失，另一方面是彼此缠绕中某种情愫的潜滋暗长，失去理智的里约竟然渐次失控到了差不多歇斯底里的地步：“当初和于连的邂逅，让她有遇到劲敌的预感，在关系的初期，她也曾试图让自己谨慎克制，不感情用事，虽然这明明是一段情感关系，可是，在经历了一段比以往更甜蜜的交往后，她已在不知不觉中卸下心理防卫，把这段她原先看作是‘危险的关系’变成了真正的恋爱关系，至少她单方面把他当作自己的恋人，她不能容忍他对她的疏忽，无论是什么理由。”唯其因为里约不知不觉中已经深深地爱上了于连，所以她才会情不自禁地逾越于连一贯的游戏规则，才会不自觉地以恋人的标准来要求于连。但对于于连来说，情况却正好相反，里约越是缠绕得他紧，他便越是要远远地逃开。究其根本，里约日益严重的歇斯底里行为，正与于连的逃离紧密相关：“之前，她被于连气到不少次，但没有真正大怒，没有愤怒得完全失控，她就像她在邮件中骂到的，她其实恨自己超过恨他，为了自己做了自伤自尊的事，而她曾经多么想要在他面前保住自己的尊严。”对于里约的此种精神状况，我们完全可以套用张爱玲那句“低到尘埃里”的名言来加以描述。由自己的精神失态，里约准确地判断出，自己实际上已经深深地陷入了某种情感的泥淖中难以自拔：“可怕的是，她看到自己陷进去了，陷在他制造的陷阱中。她突然发现，没有他的人生变得没有意义。”于是，里约才会不无惊恐地意识到：“我爱上他了吗？我爱上不该爱的人了吗？”事实上，也正是在明确意识到自己和于连此后的一切纠缠都属于典型不过的饮鸩止渴行为，根本不可能企及预期目标的情形下，里约看似主动地单方面终止了这一场其实以自己的惨败而告终的情欲战争。所谓“看似主动地单方面”，其实意在强调，虽然从表面上看起来是里约斩断了她和于连之间的这段情缘，但实际上，这段情缘自始至终的操控者一直是于连。是于连的冷酷无情，最终决定着他们的这场情欲战争只能以里约的无奈惨败而告终。我们不妨假设一下，假若他们最后一次约会时于连的态度不是那么傲慢无礼，假若于连能够以邮件的形式再次向里约伸出情感的橄榄枝，那么，里约根本就没有足够强大的意志予以对抗，她依然会如同一开始一样乖乖就范。

分析至此，就必须提及小说一个带有明显象征意味的细节场景设定。那就是，里约曾经因为观看赫尔佐格最新的纪录片《世界尽头的奇遇》而忍不住泪水涟涟：“她变得多愁善感，一部背景在南极的纪录片竟把她感动得泪水涟涟，或者说，是被片中的一个片段触动了心。画面上当成群结队的企鹅们朝着右面开阔水域地进军时，有一只企鹅离开了群体，朝着另一个方向，它既不向冰原边缘地觅食，也不返回栖息地，却是朝着群山冲过去，而山在七十公里外。”然后，这位德国导演问道：“是因为企鹅无法忍受栖息地而发疯，远离大海去它不该去的地方吗？”对此，“水生态学家回答说，即使抓住它带它回栖息地，它也会即刻掉头朝群山而去。他认为，一只像这样迷失方向或是发疯的企鹅，人类的原则是不能干扰或阻止企鹅，只能静静地站着让它前行。在这里，它朝着这片广袤大陆的深处而去，它还有五千公里要走，终将难逃一死”。因了这只企鹅的不管不顾，一种悲剧性结局的最终生成，就是必然的："镜头里茫茫无边的冰川朝着远处的冰山伸展，一只企鹅摇摇摆摆却义无反顾、宿命般地朝着山的方向越走越远，它看起来这么孤独，音乐又这般悲怆，里约泪水直流。”应该注意到，同样的细节场景在《上东城晚宴》中先后出现了两次。第二次出现的时候，已经是到了尾声部分。与于连分手后，里约独自一人重返上海，并从此成为一位严重的失眠症患者，只能够依靠不断增量的安眠药解决失眠问题。某一个晚上，在一下子吃掉八颗安眠药以至于意识开始模糊的情况下，关于那只企鹅的场景再次浮现在她的脑海里："成群结队的企鹅们朝着开阔水域地行进时，有一只企鹅离开了群体，朝着另一个方向，茫茫无边的冰川朝着远处的冰山伸展，这只企鹅孤独地摇摇摆摆地朝着山的方向去，她想阻止企鹅独行，却没有力气去阻止，她听见自己在说，你连自己都阻止不了，又怎么阻止一只企鹅?”毫无疑问，小说中先后两次出现的关于这只义无反顾的企鹅的细节场景，有着不容忽视的象征意义。在纽约与于连发生了一场情欲战争并深陷于情感旋涡中难以自拔的电影编剧里约，实际上也正是那只脱离开群体独自向着遥远的冰山而去的企鹅。里约之所以会为这个场景泪水涟涟，并在意识模糊的状态下重现这个场景，根本原因显然在于二者之间某种镜像同构关系的存在。直截了当地说，在那只孤独的企鹅身上，里约直观地看到了自己。

第三，更重要的一点在于，唐颖或许在无意识间洞悉并表现了里约和于连情欲战争中金钱与物质一种不动声色的决定性作用。从表面上看，里约和于连形成了鲜明的对照，他们俩，一个是现实的，一个是浪漫的。因为现实，于连方才步步为营地发展成为纽约曼哈顿上东城的成功人士。因为浪漫，里约才要不管不顾地跑到遥远的异国他乡来寻找情感的未来可能。关键的问题在于，里约果真有那么浪漫吗？她和于连之间难道仅仅只是一种来自身体的彼此吸引吗？我想，答案恐怕只能是否定的。事实上，我之所以会关注这一问题，与小说中的三个细节紧密相关。其一，在他们俩第一次上床后，里约一种明显的感觉是："她一直认为自己是个没有性高潮的女人，但他可以让她有高潮的幻觉，因为，她的快感不完全是肉体的。"也正因此，里约方才生出一问："她后来有时问自己，假如他是个loser（失意者），同样的身体同样的器官同样的激情，还会有性高潮的幻觉吗？"严格说来，并不是性高潮会不会产生的问题，而是换成loser，里约到底会不会和他上床的问题。其二，在他们之间因为里约参加跨年派对而发生冲突又和好之后，于连主动陪里约逛街。逛街时，两人曾经讨论到礼物的问题。当于连提及自己有可能给里约买一件Tiffany首饰的时候，里约很有些不以为然："是的，里约要的不是礼物，而是比礼物更重的东西，那东西不是于连可以给的，心里却还存着希望似的。"也正是在这次对话的过程中，于连主动提及要送自己的画给里约："于连便没头没脑来上一句，'Tiffany的钻石哪有我的画值钱呢？'"当里约追问"你有说过要送我画吗"的时候，于连的回答是"不正在说吗？"其三，在大年夜的那场派对晚宴上，里约和于连众目睽睽之下钻到二楼卫生间里发生了性关系。关键不在于发生在卫生间里的性关系，而在于里约答应于连畸形性要求的一个前提。对于于连的畸形要求，里约一开始持拒绝的态度，没想到于连却祭出了一个特别的活宝："她进门后刚要说话，他把门关上，把她推到门上吻住她，她咬住嘴唇不让他吻，他便在她耳边用气声说：'生什么气呢？我有东西给你！'"给什么东西呢？"他重又打开门，让它虚掩着，桌上有一张水墨抽象画，上面已经题了她的名字，'我说过送你画，比Tiffany的钻石值钱不是吗？'她心里一阵澎湃，'你今天带走不方便，我有一批画运到上海，到那里裱了以后再快递到你上海家，不会弄坏！'"不能不承认，来自于连的这一礼物发生了根本作用。此前的里约还在扭扭捏捏，此后的里约便不管不顾地就范了："她的头脑却是一片空白，他拉开虚掩的门，朝走廊看了一眼，把她拉到隔壁卫生间锁上门，她嘴里嘀咕着，怎么可以怎么可以，却已经和他拥在一起。"就这样，"他坐在抽水马桶盖上，让她坐在他身上，这姿势的刺激还不如说是在这特殊时刻偷欢的刺激，恐惧令她魂飞魄散，同时却感受到前所未有的亢奋"。很显然，第三个细节和第二个细节之间，存在着某种承接关系。关键的问题是，于连为什么要一再提及要送自己的画给里约？我们都知道，作为一位成名的艺术家，于连的画有着极高的市场价值，他的一件艺术品的拍卖价就有可能达到百万美元之巨。也因此，于连的主动送画给里约，才会从根本上扭转里约的态度。刻薄或者极端一点说，最起码，卫生间里的那个里约，并不是在和于连做爱，她实际上是在和那张很可能价值百万美元的画作做爱。一方面，我们当然无法否认里约与于连之间的这场情欲战争的确有身体因素存在，但在另一方面，被遮蔽在身体因素之后且更具决定性的，其实是于连作为一位成功人士的社会身份，以及与他紧密联系在一起的雄厚物质经济基础。从这个角度来看，里约此前关于于连假如是一个loser的设问，就肯定不是空穴来风。事实上，致使里约第二次出现在纽约的重要因素之一的高远，本就是一位loser。与于连相比较，除了没有能够取得事业的飞黄腾达以及拥有上东城的豪宅，可以说其他方面的条件相差无几。这样一来，里约之所以舍高远而取于连的根本原因，其实也就不言自明昭然若揭了。从表面上来看，里约的确是一位具有实足浪漫情怀的文青，竟然和萍水相逢的于连一时不管不顾地打得火热，但只要我们联系以上三个耐人寻味的细节，就不难发现潜藏在浪漫情怀背后的金钱与物质力量不动声色的隐然存在。归根到底发生作用的，还是金钱和物质的力量。在这个意义上说，貌似超脱现代的里约，依然难脱物质女人的窠臼。

实际上，由里约身上物质性因素的存在，我们很容易就可以联想到张爱玲的《倾城之恋》以及鲁迅的《离婚》。张爱玲是中国现代文学史上以表现男女两性间的情欲战争而见长的个中高手。其代表作之一的《倾城之恋》，所集中表现的便是一场发生在白流苏和范柳原之间的情欲战争。白流苏是一位离婚后住在母家的中年女性，因为自己带回来的钱被用光而渐渐地遭到家人的冷眼嫌弃。徐太太登门来给流苏的妹妹宝络介绍一个姓范的华侨子弟："那范柳原的父亲是一个著名的华侨，有不少的产业分布在锡兰马来亚等处。"这范柳原，因为家世复杂，一直到三十三岁了，都依然是单身一人："他年纪轻的时候受了些刺激，渐渐的就往放浪的一路上走，嫖赌吃着，样样都来，独独无意于家庭幸福。"没想到，阴差阳错的是，因为流苏陪同宝络一起前往和范柳原相亲，范柳原没有看上宝络，反而一眼看上了和他一起在舞场翩翩起舞的白流苏。但这白流苏却是一位有着自知之明的冷静女性。一方面，她知道"一个女人，再好些，得不着异性的爱，也就得不着同性的尊重。女人们就是这点贱"。另一方面，"范柳原真心喜欢她么？那倒也不见得。他对她说的那些话，她一句也不相信。她看得出他是对女人说惯了谎的。她不能不当心——她是个六亲无靠的人。她只有她自己了"。事实上，白流苏非常清楚自己的艰难处境，知道自己根本就没有退路，唯有背水一战，拼命地把范柳原这根救命稻草紧紧地抓在手心，方才有可能彻底改变自己的命运。正因为如此，白流苏才不顾一切地跟着徐太太一家远赴香港，并在香港开始了与范柳原各种弯弯绕的情感周旋。我们所谓白流苏与范柳原之间的情欲战争，主要就是指他们在香港的这一段情感经历。白流苏的第一次到香港，根本意图就是求得婚姻的位置。为此，她处处小心谨慎，想方设法避免与范柳原发生肉体关系。道理非常简单，一旦发生肉体关系，“她势成骑虎，回不得家乡，见不得爷娘，除了做他的情妇之外没有第二条路。然而她如果迁就了他，不但前功尽弃，以后更是万劫不复了”。但即使如此，等到她第二次到香港的时候，尽管满肚子的不情愿，却还是无可奈何地被迫屈就于范柳原，终于逃无可逃地成了范柳原的情妇：“独自留在香港，孤单些就孤单些。问题却在他回来的时候，局势是否有了改变。那全在他了。一个礼拜的爱，吊得住他的心么？”归根到底，“没有婚姻的保障而要长期抓住一个男人，是一件艰难的痛苦的事，几乎是不可能的”。应该承认，依照范柳原那花花公子与纨绔子弟的心性，假若真的与白流苏一别经年，那他们之间的情感结局恐怕的确不会乐观。幸亏，就在范柳原登船准备前往英国的时候，战争爆发，日军开始轰炸浅水湾，把范柳原阻断在了香港。这场战争的突然爆发，最终成全了白流苏和范柳原这对乱世夫妻。被迫滞留香港的范柳原，不久后就向外界宣布，白流苏已经正式成了自己的太太：“他不过是一个自私的男子，她不过是一个自私的女人。在这兵荒马乱的时代，个人主义者是无处容身的，可是总有地方容得下一对平凡的夫妻。”面对着如此这般峰回路转的意外结果，白流苏内心充满了感慨：“香港的陷落成全了她。但是在这不可理喻的世界里，谁知道什么是因，什么是果？谁知道呢，也许就因为要成全她，一个大都市倾覆了。”小说之所以被命名为“倾城之恋”，根本原因显然在此。由以上分析，即不难发现，在他们之间的这场情欲战争中，白流苏之所以总是百般退让，一再委屈自己，正是自己缺乏经济独立权的缘故。究其实质，倘若不是太平洋战争的突然爆发，那么，白流苏与范柳原的情感结局，很可能就会如同《上东城晚宴》中的里约和于连一样，以被依附者女性的惨败而告终。从这个角度来说，白流苏其实也是一位物质女人，不妨被看作是里约的精神同构者。

白流苏之外，里约的另一位精神同构者，是鲁迅《离婚》中的那位爱姑。爱姑是一位性格颇有几分泼辣的乡村女性，当她的丈夫“小畜生”依仗优越的“夫权”姘上小寡妇，就“要赶我出去”，要和她离婚的时候，爱姑表现出了那个时代的女性一种难能可贵的抗争勇气。尽管惹得“丈夫不对，公婆不喜欢”，而且“老畜生”也帮着儿子压制爱姑，但爱姑却一点都不示弱，不仅搬来了剽悍的父兄——父亲庄木三和六个兄弟，跑去拆了施家的灶，而且还毅然表示：“要给他们一个颜色看，就是打官司也不要紧。”即使施家搬出了曾经和知县老爷换过帖的七大人来居中调停，爱姑也不以为然：“七大人怎样？难道和知县大老爷换帖，就不说人话了么？他不能像慰老爷似的不通，只说是‘走散好走散好’。我倒要对他说说我这几年的艰难，且看七大人说谁不错！”然而，等到真正见到七大人的时候，面对着他的威严气势，一贯泼辣的爱姑自己，气焰先自矮了三分。到最后，七大人一边玩弄屁塞，一边喊了一声莫名其妙的“来兮——”，爱姑就感到了一种莫名的惶恐：“爱姑知道意外的事情就要到来，那事情是万料不到，也防不了的。她这时才又知道七大人实在威严，先前都是自己的误解，所以太放肆，太粗卤了。她非常后悔，不由的自己说：‘我本来是专听七大人吩咐……’”至此，这一场长达三年的自我权益抗争，也就以爱姑的被迫就范而告终了。我之所以认定爱姑与里约一样有着精神上一脉相承的东西，就是因为在面对七大人的时候，七大人只是一句毫无来由的“来兮——”，就迫使爱姑彻底缴械放弃了抵抗。虽然她们各自所遭逢的具体事件差别很大，但从一种精神的被迫屈就来说，爱姑面对七大人时的无奈就范，与里约在身体性爱方面对于连这位成功人士的接受，二者精神世界的那种同构性显然无法被忽视。也因此，虽然鲁迅《离婚》的主旨并非对男女两性情欲战争的表现，但我们却依然可以把爱姑与里约理解为某种精神层面上的同类项。

就这样一路回溯而上，我们不无震惊地发现，从鲁迅当年的乡下，再到张爱玲1940年代的香港，一直到唐颖笔下早已现代或者后现代的纽约，拜现代科技所赐，外部的社会存在环境，的确已经发生了堪称天翻地覆的沧桑巨变，但与此同时，人性的世界却并未能与时俱进地发生同步的演化。别的且不说，单从个人的服饰上看，里约的表现就已经足够现代足够时尚。一方面或许与唐颖自己的女性身份有关，另一方面很显然是服从于男女情欲战争表达主旨的需要，《上东城晚宴》中曾经有过很多次关于里约服饰的精细描写与展示。“里约不算艳丽但够得上标致，无论五官还是身材，然而同龄人中标致女生已经不在少数，她不知道，令她脱颖而出的并非仅靠苦心经营的时装和妆容，而是洋溢在她周身的活力，是眸子里那一缕探询和迷惘，她对外部世界有着持续的好奇却无法肯定自己内在生命的意义，这一切构成了里约独特的气质，虽然她本人对自己的魅人之处并不甚清楚。”唯其因为不甚清楚，所以，女为悦己者容，几乎每一次和于连见面之前，里约都要煞费苦心地在服饰上大做一回文章。“她穿上NAUTICA的灰色加厚羊毛衫，是那天为了买派对衣服而顺便购得，圣诞前夕，纽约买不完的折扣好牌子，只恨手里的美金不够用。”“毛衣外面的衣服早就想好了，曾经放在行李箱占据了不少空间的羊绒大衣……一件灰绿颜色，产自英国质量上乘的羊绒长褛。”“灰绿羊绒大衣配米色围巾令她肤色更显细腻光滑，下身是深黑卡其瘦腿裤和翻毛雪地靴，在深冬季节仍然散发时尚活力。”单从时尚的服饰来看，里约较之于白流苏、爱姑们诚然已经现代时尚多多，但令人遗憾处在于，如此讲究的服饰所包裹着的那颗灵魂，却依然如同白流苏和爱姑们一样有着权威崇拜与经济依附的精神本能，其物质性并没有发生根本的改变。很多时候，里约外在服饰的现代时尚，与内在独立精神的严重匮乏，构成了足称尖锐的艺术反讽。能够敏锐地洞察这一点，并把这一点形象生动地表现出来，正是《上东城晚宴》的一大亮点所在。

行将结束本文之际，一个不容回避的问题是，唐颖为什么一定要把里约和于连之间的这场情欲战争的背景设定在纽约这样一座国际化大都市？要想回答这个问题，就必须注意小说中的两处细节。其一，里约第二次纽约之旅的间隙，曾经短时间地回到过上海。正是在上海，里约产生过这样一种感受："她很想告诉他，他来，或不来上海，对于她并不重要，她现在渴望的是长久的关系，上海是个让她回到现实人生的场景。"其二，就在那次重返纽约后，里约产生过另一种感受："于是她就窝心了。她并不知道自己换了一个城市，自信度却降低一格，从他嘴里听到对于他们之间关系的肯定的那些moment（片刻），她都试图去抓住。"把这两个别具意味的细节联系在一起，我们即不难断定，某种程度上说，上海这座城市是属于里约的，而纽约那座城市却是属于于连的。于连在纽约的如鱼得水随心所欲，里约在纽约的战战兢兢如履薄冰，很大程度上与这两座城市的不同属性密切相关。里约主体性的丧失，与她所置身于其间的纽约这座并不属于自己的城市，事实上存在着内在深层的某种同构关系。又或者，从更为广阔的一种视野来看，我们也不妨把里约和于连干脆就理解为中国和美国或者中国和西方。这样来看，唐颖的这部旨在描写呈现男女两性间情欲战争的《上东城晚宴》，自然也就拥有了更为深广的思想意蕴与社会内涵。

注释：

① ［美］彼得·布鲁克斯《身体活：现代叙述中的欲望对象》，朱生坚译，新星出版社2005年5月版，第1页。

第九章
唐颖《家肴》：上海日常叙事中的历史诘问

在一篇关于范迁长篇小说《锦瑟》的文章中，我曾经写道，文学界已经形成一股特别强劲的“文学旋风”。毫无疑问，要想深入探讨唐颖长篇小说《家肴》（载《收获》2018年第3期）的思想艺术价值，就必须将它放置于如此一种小说尤其是长篇小说写作领域的“上海旋风”的坐标系中来加以衡量。然而，同样是对于上海的书写，唐颖的情况又与前面的作家有所不同。以上提及的诸位作家中，吴亮属资深的批评家，其文学批评曾经在1980年代的中国文坛产生极大的影响。《朝霞》是其涉足小说创作的第一部作品。金宇澄与傅星两位，均属于文学界久负盛名的资深编辑，虽然在很多年前曾经从事过小说创作，但《繁花》和《怪鸟》却都是他们睽违小说创作多年之后重操旧业的结果。海外作家范迁，尽管貌似一直没有中断过小说创作，但他以自己的出生地上海为主要书写对象的长篇小说，却似乎只有《锦瑟》这一部。与范迁情况差堪比拟的，是那位曾经以先锋小说创作而广有影响的夏商。相当长的一段时间以来，尽管夏商的小说创作一直没有中断，但他专门书写上海这座城市的作品，似乎也的确只是那部聚焦浦东地区的《东岸纪事》。也因此，如果说吴亮、金宇澄、傅星、范迁以及夏商在其迄今为止的写作生涯中都只有一部影响显赫的小说作品与上海紧密相关的话，那么，唐颖就是一位如同王安忆一样，长期把自己的写作视野聚焦于上海，并且在上海书写方面取得了杰出写作实绩的优秀作家。这部《家肴》之前，诸如《初夜》《阿飞街女生》《美国来的妻子》等，均属于她上海书写方面有影响的作品。

但我们之所以特别强调《家肴》的重要性，关键原因在于，唐颖的这一部长篇小说，与她同类题材的小说作品相比较，思想艺术品质已然有了不容忽视的明显提升。在保持唐颖上海书写一贯的日常叙事品格的同时，《家肴》这部长篇小说思想艺术上最根本的一大亮点，却是在日常叙事的过程中以柔中带刚或者说绵里藏刀的方式不无犀利地切入既往历史的深处，对相关人物所遭遇的不公平命运提出强有力的诘问。但在展开以上两方面的具体分析之前，我们却首先需要对唐颖所特别设定的叙事视角有所了解。一方面，《家肴》所采用的，固然是类似于上帝那样一种第三人称的全知叙事方式，但在另一方面，其中关于容美这样一个叙事视角的设定，却绝对称得上智慧。具体来说，整部《家肴》的叙事是从一场葬礼开始的："他们是在元凤的葬礼上获知元鸿已经去世，一年前他的大殓，亲戚们都缺席。当时元凤元英两家都没有得到消息，元鸿的家人没有通知他们。

这个消息是在元凤葬礼开始之前的殡仪厅门口传开的。殡仪厅里前一场葬礼还未结束，别人家哭声起起落落，高亢时竟像歌唱。厅门外却有派对气氛，亲眷们互相招呼寒暄聊起天，一半以上是陌生人，从容美的视角看过去。她听见元英声音清亮，在帮刚成鳏夫的元凤丈夫招呼倪家这边的亲眷。”某种意义上，《家肴》可以被看作是一部家族小说，因为整部小说所集中讲述的，正是包括这里已经提到过的元鸿、元英、容美以及元凤他们在内的倪家两代人的故事。具体来说，元字辈是第一代，而容美他们属于第二代。小说一开头所交代的虽然是元凤的葬礼，但作家的根本意图却是要由此及彼地借此而进一步引出元鸿的故事。与此同时，开头这一段落更为重要的一个作用，就是要以一种暗示的方式告诉读者，这位容美姑娘，是作家进一步展开小说故事一位特别关键的视角人物。作为一位潜在的视角人物，小说的主体故事全都是借助于她的悉心观察方才得以传达出来的。

除了开头这个段落作为重要的依据，我们之所以认定容美是《家肴》中的视角人物，还与文本中所有偶数章节起头处作家所专门罗列出的菜谱紧密相关。具而言之，在每一个偶数章节的起头处，作家都会特别详细地介绍某一道菜品的制作方法以及食用效果。以第一部为例，第二节介绍的是走油肉，第四节介绍的是蒸鱼，第六节介绍的是烤麸，第八节介绍的，则是炒盐肉。如此这般前前后后加起来，一共是十四道菜品。除了个别菜品出自其他家庭成员，其余绝大多数菜品的制作者，都是元英。毫无疑问，唐颖之所以要把自己的这部长篇小说命名为“家肴”，最主要的原因肯定在此。一个不容忽视的问题是，所有这些介绍菜品的文字，均出自元英的小女儿容美之手。围绕这一点，容美曾经与知成表哥之间有过这样的对话交流。容美说：“我从写字开始就记食谱，都是七八十年代的老菜式，那时候食物凭票证买，是在对食物的热忱和焦虑中长大，当年的一些味道，现在是尝不到了。”紧接着，叙述者交代道：“知成表哥笑了。她没有告诉他，食谱携带了当年的场景气氛，帮助她留住了一些往事。”同样的话题，也发生在容美与她曾经的大学老师秦蓝滨之间。容美说：“都是家里人或者亲戚聊到的做菜方式，我把我感兴趣的菜记在日记本上，这笔记从我十岁那年开始记。”当秦蓝滨不无好奇地表示想要阅读一下她的食谱笔记的时候，容美却又特别强调：“最好不要当作食谱，可能你会失望，这些菜是上海人都会做，可能中间某个细节有点意思，我一定是当时觉得有意思，之后忘不了，才会记下来！”一个不容回避的问题是，明明是食谱，容美为什么强调不要当作食谱来读呢？正所谓意在言外，从某种角度来说，潜藏于这些被容美以格外认真的态度记下来的食谱背后的，其实是容美他们所无法抹杀掉的真切历史记忆。比如，就在第一部第二节关于走油肉的那一段详细记录中，我们就读到了这样的一些话语：“容智说，别看妈老在背后骂舅舅，给他做走油肉却不顾一切的。妈把一个月的配给油都倒进锅里，说氽走油肉油必须浸没肉块。容智急了，说后面我们拿什么做菜？妈笑了，说容智倒是蛮会为自家人着急的。她说放心吧，炸肉的油不会少，还会多，但肉却缩了，所以，肉块要大。”虽然只是短短的几句话，但这个做走油肉细节中所包含的，却最起码有如下三方面的意味。其一，那是一个食物极端贫瘠的时代。唯其因为食物特别短缺贫瘠，所以，容智才会强烈反对母亲元英做走油肉时竟然把一个月的配给油都倒进了锅里。其二，不无微妙地写出了元英对待哥哥元鸿姿态上的某种分裂性特质。她明明在内心里特别牵挂这位同胞哥哥，但在口头上却因为元鸿的被判刑而不依不饶地咒骂他。其三，在那样一个食品供应特别紧张的时代，元英却能利用极其有限的条件做出如同走油肉这样令人垂涎三尺的美味佳肴来，从一个侧面写出了元英在操持家务尤其是厨务方面的超强能力。当然，与这些菜谱的记录最为紧密相关的一点是，这些菜谱的记录者乃是元英的小女儿容美。质言之，这些菜谱的记录本身，就再一次强有力地佐证了容美作为视角人物这样一种客观文本事实的存在。

然而，在确认容美是一位视角人物的同时，一个不容回避的重要问题自然也就随之而浮出了水面。那就是，《家肴》中至少有十几位出场人物，唐颖为什么偏偏要把容美设定为视角人物？这里，一个不容忽视的主要原因，恐怕就在于容美是一位正处于关键成长过程中的不无懵懂色彩的青年女性。作为倪家第二代中年龄最幼小的一位，容美实际上对这个家族内部很多重要的事情都处于懵懂无知的状态。其中，尤其重要的两点，一个是舅舅元鸿究竟是怎么样的一个人，他为什么会坐那么多年的牢："坐在圆桌旁的容美，不断转过脸去看元鸿，她不习惯也很好奇生活里突然出现一个陌生的亲戚，且是从监牢里出来。"另一个，则是自己在家庭里为什么总是不能够和姐姐容智平起平坐。正因为如此，容美才会怒气冲冲地讲出这样一番话来："莫名其妙的是你们！刚才还说，跟我没有关系，我在这个家，就是外人！你们只关心容智，偏心成这个样子，你们自己是看不到的。小时候我们两个人吵架，总是骂我，我比她小那么多，却要我承担责任，我那时就怀疑，我不是你们生的……"事实上，为容美所一直疑惑的这两个问题，也正同样困扰着每一位《家肴》的读者。读者所迫切希望尽早获知的，也正是这两个问题的答案。也因此，从小说结构的角度来说，我们就完全可以把这两个问题看作是作家唐颖煞费苦心制造出来的艺术悬念。很大程度上，正是作为艺术悬念的这两个问题的存在，不动声色地推动着《家肴》主体故事情节的运行。如果更极端一些，我们也不妨干脆就把唐颖《家肴》的写作理解为对这两个根本问题的一种形象化解决过程。

就这样，借助于容美这样一位带有明显成长色彩的人物形象的观察视角，唐颖首先以其女性特有的细腻笔法为广大读者描摹展示出了一幅以美食的烹制与食用为中心的真正可谓是色香味俱佳的上海日常生活图景。其中，尤其值得称道的一点是，作家往往可以在充满烟火气的日常生活场景的描摹过程中，将这些特别讲究礼数的上海普通市民阶层委婉曲折的内心世界不无生动地做精准的捕捉与呈示。比如，元福的突然来访。元福本是元英叔父的养子，和他们并无真正的血缘关系，但生性热络的元福却特别热衷于在倪家各门亲眷之间来回走动，以传递各种各样的消息为乐事。细细想来，他的所作所为，多少带有一点包打听的性质。热衷于亲眷之间的走动也还罢了，比较讨人嫌的一点是，元福往往会在元英家准备开饭前突然来访："容先生在解手洗手完成吃饭前的例行程序，他从浴间出来，看见元福并不意外，招呼他在餐桌旁坐下，好像元福每天都来这里吃饭似的。对于元福每次上门总是在饭前一刻，容先生已经见怪不怪，虽然他心里并不舒服。"元福每每在饭前来访，很显然带有蹭饭的性质。他的这种蹭饭行为，当然会让身为一家之主的容先生感到厌恶。但再不舒服，却也总归还是亲戚上门，待客的礼数无论如何都少不得。不管怎么说，容先生都还是要克制内心的不舒服，招呼元福用餐的。一方面是难以自抑的不满，另一方面却又要做出违心的欢迎之举，单是招呼元福用餐这一个细节，容先生内心里的弯弯绕就已经跃然纸上了。再比如，元英前往养老院探望宝珠时与芸姐姐之间的一番推让。首先是芸姐姐："芸姐姐把一杯泡在纸杯里的茶递给元英，即便在养老院这么局促的空间，芸姐姐仍然在努力保持她的待客礼仪。"然后是元英："元英对一杯茶都要推却一番，两人客来客气地应酬。容美就有些不耐烦，明明刚才路上还在说嘴干了，要给她买矿泉水被拒绝，说不想喝凉水。她从芸姐姐手里接过茶，闷声不响塞到元英手里，倒是把芸姐姐逗笑了。"一方面是尽管养老院空间狭窄，芸姐姐却仍然要不失热情地待客，另一方面是明明早就口渴的元英面对一杯茶时的推三阻四，在充分凸显亲戚间老礼数的同时，不仅是芸姐姐和元英，就连容美那样一种猴急的性格特征也得到了强有力的彰显。

说到以家肴的烹制与食用为中心的日常叙事，无论如何都绕不过去的，就是小说中关于倪家的亲戚们过年时互相走访拜年请客的那一部分描写。面对着菜谱高度雷同的业已完全程式化了的拜年请客情形，倍感不解的容智曾经提出过强烈的怀疑："'缺哪'了半天，餐后桌上的菜仍留存大半，有些甚至没有动过筷，说是请客，被请的客人不过是象征性地搛一两筷子菜而已，他们并没有真正的在吃。所以容智总是向元英质疑，既然每家人做的菜都差不多，何必请来请去。元英便要叹气，说，春节拜年是习俗，拜年留饭也是亲戚间约定俗成，她也不喜欢这一套，但人生就是这样，得做许多不喜欢的事。"毫无疑问，到这个时候，倪家的这些亲戚吃来吃去的，已经不再是食品，而是文化了。我们都知道，日常生活非常重要的内容，就是所谓的"柴米油盐酱醋茶"。这七个字，说来说去其实也都是在围绕着吃饭这一核心事物在说事。既然吃饭问题是日常生活的核心所在，那么，唐颖这部主要围绕吃饭问题展开的《家肴》被判定为典型不过的日常叙事作品，也就自是情理中事。更何况，唐颖那些关于饮食的描写文字里，其实也还包含着对于世道人心与人情世故的堪称深入的蠡测与呈示。

尽管如此，但唐颖的《家肴》却又绝不能仅仅被看作是一部以日常叙事为特色的世情小说，作品最根本的思想艺术价值，主要体现为日常叙事过程中作家对历史所提出的严峻诘问。具体来说，作家的如此一种历史诘问，集中体现在元鸿与容智这两位主要人物身上。但在进一步展开这两位人物形象的社会与人性内涵的深度分析之前，我们首先有必要在艺术形式的层面上考察一下他们的结构功能。假若我们把元鸿与容智理解为《家肴》中最重要的两个主人公形象，那么，自然也就可以顺理成章地把他们两位各自的人生故事看作是《家肴》中两条时有交叉的结构线索。整部《家肴》共由三部分组成，如果说第一部主要在讲述元鸿的故事的话，那么，第二部中被讲述的中心人物，就毫无疑问是容智，而第三部，则可以被看作是两条结构线索的合二为一，是某种事关元鸿与容智悲剧性人生结局的合传。先让我们来看元鸿。说实在话，元鸿这一人物形象，曾经让我联想到严歌苓长篇小说《陆犯焉识》中的主人公陆焉识。他们之间，除了一个是知识分子一个是资本家这样一种身份差别，其命运遭际最大的共同点，就是在1950年代初期的政治运动中都被打入政治另册，成为人所不齿的"反革命"，被判刑后发配到外地的监狱。然而，大致相似的题材，严歌苓与唐颖的艺术处理却有着不小的区别。尽管说严歌苓的相关处理从艺术上也说得过去，但只有在认真地读过《家肴》之后，两相对比，我们才会发现，其实唐颖的相关处理因其切合现实生活的逻辑而更加具有艺术层面上的说服力。何以如此？一个不容忽视的关键原因，恐怕还在于唐颖对上海日常生活的熟悉与了解程度。唯其因为作家相当成功地写出了上海日常生活的质感，所以她才在很大程度上使《家肴》在避免某种夸张的戏剧性的同时，具有了更加深沉内敛的艺术魅力。

元鸿，本来是1940年代后期上海滩那个经济王国里一位寻常可见的资本家。依照妹妹元英事后的说法，他之所以会成为与国民党有瓜葛的资本家，与他在自己供职的洋行里为小舅子出头说话紧密相关："元鸿帮小舅子说话，说中国人才不会做这种事，和老板争起来，老板一怒之下革他的职，他一怒之下便炒了老板鱿鱼。元鸿就是因为离开洋行自己做生意，才给自己埋下了祸根。""为了这个不争气的小舅子，元鸿才会离开洋行，才会去做生意，才会去和国民党的警备司令部发生关系，已经是解放前夕了呀，他去和国民党搞在一起，一年后共产党管天下了……"设身处地地想一想，在中国这样一块官本位思想长期盛行的土地上，要想做生意而不与当政者发生关联，绝对是不可能的事情。从这个角度来看，做生意的元鸿，与国民党的警备司令部发生某种关联，就是难以避免的一种结果。一方面，与国民党政权多多少少存在一些瓜葛，另一方面是身为资本家的原罪，这样，到了1950年代初期肃清反革命的时候，元鸿自然也就在劫难逃了。对于这一点，他的小老婆阿馨有着强烈的预感："她心别别跳，联想到宝珠和元英的坐立不宁，难道元鸿……她知道他曾经在外国人公司做了很多年，后来自己做生意，来往人物复杂，包括国民党警备部队什么人，手枪就是从那里弄来。但是他曾经说过，我黑道白道都打过交道，捐过钞票给地下党，后路早就留好了。"细细想来，元鸿这一人物形象，除了比较好色与花心，几乎谈不上有什么人性的缺憾。究其根本，他的悲剧之处在于，尽管他早已有所预感，并且也的确有所准备（如他所说，他曾经给地下党捐过钞票），但在那个时代，他的资本家身份，再加上与国民党政权的丝缕瓜葛，就注定了他锒铛入狱的最终结果。单就这一点来说，唐颖的《家肴》或许也可以看作是对周而复《上海的早晨》所涉资本家命运的别一种书写。之所以强调是对资本家命运的别一种书写，就是因为与周而复笔下那些仅仅只是被迫公私合营的资本家相比较，元鸿到最后不仅获刑长达十五年，而且刑满后也不允许离开服刑地，一直到他退休后才获准从服刑地返回到了上海。具体来说，元鸿的无辜被捕，是在他最小的女儿满月后一个礼拜的时候。就在他被捕后不久，他所一手创办的那个厂子也很快被公私合营了。对于这一场由历史导演的荒诞剧，某种意义上，恐怕还是小说中那位名叫元福的人物理解得更为透彻："他一向最服元鸿，尽管元鸿坐过牢，他还是服他，他说过，那不是元鸿的错，元鸿是生错了社会而已。"

唐颖的值得称道处在于，在处理元鸿人生悲剧的时候，她把元鸿的服刑过程推至远景，而只是集中描写展示由于他的被捕服刑给家人们带来的严重负面影响。首先是他的二房太太宝珠。宝珠虽然过惯了富家太太养尊处优的生活，但在元鸿锒铛入狱后却不仅坚持着没有改嫁，而且不惜变卖家产，宁肯四处欠账借钱，也要想方设法保持某种生活的品质。这一方面，最具代表性的一个行为，就是她的坚持做头发："她被亲戚们在背后指指点点，首先她不该每星期去理发店，并且是去名理发店洗头吹发。”依我所见，借助于表面上看起来只是日常生活中洗头发的一个普通细节，唐颖写出的其实是宝珠对于某种内在高贵精神的一种不妥协的坚执。又或者，我们干脆可以说，她实际上是在以如此一种方式向不合理的命运提出无声的抗议。与此同时，尽管宝珠们的日常生活因元鸿的入狱而变得非常艰难，但她们却仍然坚持要节衣省物，坚持要尽可能去帮助狱中的元鸿。比如，宝珠和芸姐姐的那一次雨中送物：“天开始下雨，路泥泞，背上的东西越来越重，她们摔了又摔。宝珠和芸姐姐坐在泥地里抱在一起哭，说实在太重了，走不动了，不如把东西扔了，却又不舍得扔。”虽然说这些东西未必能全部为元鸿所有，但那些悍然把这些东西据为己有的人，却总该各方面对元鸿客气一些。

如果说宝珠的命运已然足够悲惨，那么，相比较而言，元鸿那位其实尚无正式名分的小老婆阿馨的命运，就会更加令人唏嘘感叹不已。阿馨不经意间的怀孕，正在元鸿因山雨欲来而四处躲避自顾不暇的时候。因为女儿满月后仅仅一个礼拜的时间，元鸿便被捕入狱，那个时候其实对世事仍处于懵懂无知状态的阿馨，所面临的一个关键性选择，就是究竟应该何去何从。那个关键时刻，在元英的诱导之下，阿馨虽然几经犹豫，但最终却还是选择把刚出生的女儿送人后自己改嫁。在当时，元英曾经反复要她一定想清楚，“可元英越要她想清楚，她越慌乱越想不清楚，就好像要赶最后一班火车，是逃命火车”。想来想去，还是“没有什么可想的，带着和反革命男人养的孩子，自己连谋生的本事都没有，最后还不是苦了孩子？”一个无法回避的问题是，虽然当时以为这样的决定是在为女儿着想，但一直到过了很多年与元鸿意外重逢之后，阿馨才真正猛然惊醒，实际上是一种潜藏着的自私心理在作祟：“她后来非常恨年轻时候的自己，说为孩子想，其实是为自己想。在恐惧的同时，满脑子南市残墙断垣的破窝棚，她很怕回到过去的穷困中。她当时虽然不太清楚反革命家属会有何种遭遇，她担心的是生存问题。”这里，唐颖所深刻揭示出的一点，就是贫困对一个人生命与情感的严重挤压与扭曲。尽管说阿馨内心依然对元鸿充满依恋，但出于对曾经的贫困生活的畏惧，她最终还是选择了无可奈何的逃离。也正是在这个层面上，宝珠与阿馨形成了极其鲜明的一种对照。在元鸿无辜入狱后，宝珠之所以会坚定地留下来守着，乃因为她在某种程度上根本就不知道即将面对的贫困是何种滋味。两相比较，直让人感叹贫困所拥有的巨大力量，感叹造化弄人的残酷无情。但如果从阿馨的一生行迹来看，她某种深入骨髓的精神情结的生成，也同样肇始于这一辞夫别子外嫁事件。要想搞明白这一点，就必须联系阿馨与元鸿很多年之后在1980年代的意外重逢这一点。与元鸿的意外重逢，最终导致了两个方面的结果。其一，促使阿馨重新发现了一个身为欲望主体的自己：“她从七宝回去后一个人去家附近的小饭店坐了很久，所受的震撼需要平复。五十多岁的人在农民房子偷情，和一个释放的劳改犯，肉体上还留着痛感，这痛刺激起她的兴奋，干涸多年的身体又湿润了。欲望是可以让人变得不知羞耻，她竟有转回七宝和他继续做的冲动。”虽然阿馨早已嫁给自己曾经的数学老师很多年，但因为丈夫阳痿，她实际上等于守了很多年活寡，身体也因此而干涸了很多年。就此而言，正是与元鸿的意外重逢，再一次打开了她的身体，使她干涸已久的身体重新成了一种欲望主体。质言之，如此一种对身体的重新发现，恐怕只有到了欲望喧哗的1980年代方才成为可能。很大程度上，正是因为有了作为欲望主体的身体的重新被发现与被打开，也才有了阿馨晚年与元鸿之间的那些欲望与情感纠葛。其二，相比较来说，更重要的一点，却是女儿的被迫送人给阿馨造成的永远都无法平复的那样一种情感与精神创伤。依照唐颖在小说中的描写，阿馨到最后是因为特别严重的忧郁症上吊自杀的。一个不容回避的关键问题显然是，既然她晚年不仅与元鸿意外重逢，而且也还有过一段共同生活的经历，那么，阿馨到底有什么解不开的心结致使她最终因忧郁症而上吊自杀呢？对此，身兼叙事视角功能的容美，曾经产生过相应的怀疑与猜想：“我想，阿馨如果得了忧郁症也不是大出血引起，她有心病，这心病有段时间了，现在不过是爆发出来……”“元鸿和阿馨的事，曾让容美有疑问：元英说阿馨缠上她了，阿馨又为什么要缠她？她应该明白，她和元鸿重新往来令元英厌恶，她应该躲避元英，而不是去找她！她和元英之间有什么事未了？还有她突然的狂躁，真的是为了元鸿有其他女人吗？阿馨的心病难道要元英来解决？”从容美的这些疑问出发，我们即不难想象得到，阿馨忧郁症的罹患，绝不仅仅只是因为与元鸿的情感纠葛。与这种情感纠葛相比较，更为重要的，其实是她内心深处对早年因故送给别人家的女儿的牵挂。她之所以要不依不饶地纠缠小姑子元英，正是因为当年孩子的被送人，不仅为元英所一力主张，而且也更是通过她所提供的路径方才变成现实的。一方面，阿馨自己固然要为自己一生的不幸命运负责，但在另一方面，我们不管怎么样都得承认，阿馨悲剧的最初起点，正是元鸿当年的无辜入狱。

元鸿之外，《家肴》中另外一个重要的人物形象，就是倪家第二代的容智。具体来说，容智的重要性又体现在两个方面。一方面，是她那紧紧与政治纠结在一起的不幸命运，另一方面，则是她那带有明显传奇色彩的身世之谜。先让我们来看她那与政治紧紧纠结在一起的不幸命运。依照一般常理，由于她的成长阶段主要是上世纪六七十年代，等到她成人后，已经是改革开放的1980年代的缘故，容智的命运并不可能与时代政治发生什么紧密的内在关联。但正所谓人算不如天算，没想到，到最后，在劫难逃的容智却还是因为爱情婚姻的问题而碰上了政治这个巨大的礁石。由于内心一直恋慕着知成表哥，容智的爱情婚姻曾经长期处于搁浅的状态之中。到后来，在不管不顾地私自跑了一趟云南见过知成表哥之后，对自己的身世内情有所了解的容智，终于下定决心报名援疆，决定去新疆电视台工作两年。就在容智远赴新疆工作一年有余的这个暑假，她突然打电话给妹妹容美，说自己很快就要回到上海探亲。在告知这一消息的同时，她一方面告诉容美自己已经有了男朋友，另一方面却要求容美暂时向爸爸妈妈保密。更进一步地，在容智已经回到上海之后，她再次给容美打电话提出要求：“我要打结婚证，不过，暂时不想让爸爸妈妈知道，你帮我把户口本弄出来，我们见面时给我。”容智的要求尽管让容美内心感到疙疙瘩瘩地不舒服，但早已习惯于服从的容美最终还是答应了姐姐的要求。但容美根本不可能预料到，就是容智的如此一种一念之差，到最后竟然把自己送进了拘留所，被判处劳动教养一年。

事实上，说白了，也不过是容智与自己的德国男友在宾馆里住了一晚而已：“容美不再有机会把这本户口本交给容智，她将很快获知：在和容美通电话的当晚，容智被警察拘留。那天晚上，她和德国男友同宿南京路上那家老饭店，遇警察查房，容智拿不出结婚证书，被怀疑非法卖淫带去拘留所。”尽管容美很快就带着户口本找到拘留所去说明情况，但她得到的却是拘留所毫不容情的回绝：“容美得到的答复是，拿不出结婚证，和老外在酒店同居就是非法卖淫嫌疑，户口本上没有任何证明表示容智没有卖淫。”明明是恋爱关系，仅仅因为同宿的对象为外籍人士，便被不管不顾地强行认定为非法卖淫行为并予以严惩。

除此之外，容智另一个值得注意处，就是她那多少带有几分诡异与宿命色彩的身世之谜。实际上，只要稍加留心，我们就不难发现，在小说的叙事过程中，不断推进着故事情节积极有效地前行的，不仅不是容智的身世之谜，反而是她妹妹容美的身世之谜：“总之，无论在哪里，受人注意的是容智，容美就像她的影子。家中老一辈的亲戚们，甚至叫不出容美的名字，他们对着容智叫容智，对着容美也叫容智。”很大程度上，假如说姐姐容智是一只骄傲的白天鹅，那么，妹妹容美就毫无疑问是一只毫不起眼的丑小鸭。姐妹之间如此一种待遇不平衡的状态，再加上容智曾经绘声绘色地讲给妹妹听的那样一个自己怎么样从垃圾桶里发现容美的故事，都使得容美在内心深处怀疑自己到底是不是父母的亲生孩子：“对于父母更加庇护容智，她是计较的，遇到她觉得不公平的事，便忍不住怀疑自己是从垃圾桶里捡来的孩子。有时夜半醒来，容美想象自己亲生父母的模样，却实在不容易想象，流了几滴自怜自悯的泪水，便又睡着了。”然而，就在我们因为唐颖的叙事努力差不多就要彻底相信容美并非元英夫妇的亲生女儿的时候，真正的谜底被元英自己揭开了。却原来，不是他们亲生女儿的，不是容美，而是容智：“‘元鸿进监牢时容智才一个多月，阿馨没有文化难找工作必须嫁人才有饭吃，带着女儿怕惹麻烦，要是人家追究父亲是谁！我帮她找了一户人家，不知道为什么，容智在那户人家里很吵，日日夜夜哭，那家人受不了，又把她送回来，她在我这儿很乖，带她睡了几天就有感情了，不舍得再送走，为了她，急急忙忙和你爸爸结婚……’元英一笑，是苦笑，‘我们相亲认识，算我额角头高（幸运），嫁对人了，你爸爸多好的人，比我还宠容智……’”到此为止，一直困惑着读者的容智与容美姐妹的身世之谜，终于真相大白。然而，就在我们终于搞明白容智的身世之谜的时候，一种不管怎么说都难以自控的巨大感叹，也就随之油然而生。那就是，如果说身为父亲的资本家元鸿触礁入狱属于一种无法避免的人生悲剧的话，那么，身为他亲生女儿的容智却又何以会重蹈父亲的覆辙，被判一年劳教呢？究其根本，也只有在这个意义上，我们方才能够彻底理解小说开头处，作家唐颖借助于人物元英之口所发出的那一声关于命运的叹息："有时候，命运就像一部脱轨的列车，没有谁可以阻止。"只有在极认真地读过小说文本之后，我们方才可以断言，唐颖的整部《家肴》，某种程度上完全可以被看作是元英这句无奈叹息的形象注脚。归根结底，在一部以日常叙事为其基本特色的篇幅并不算很大的长篇小说中，通过元鸿和容智这两位人物形象悲剧性人生的真切书写，在成功传达某种命运感的同时，对当代历史提出强有力的诘问，正是唐颖《家肴》最不容忽视的思想艺术价值之所在。

第十章
唐颖《个人主义的孤岛》：女性、角度与历史的别一种观照

在中国当代文学领域，以小说创作的形式自觉为上海这座大城市立传的作家，长期坚持的，应该是王安忆。仅仅凭借一部作品就名声大噪的，是《繁花》的作者金宇澄。但其实，在他们之外，也还有作家默默无闻地从事着这个方向的写作。其中，不管怎么说都不容忽视的一位，就是一直都看似“不温不火”地坚持着的唐颖。长篇小说《阿飞街女生》《初夜》《家肴》等，可以被看作是作家这一方面的代表性作品。如果说以上论断可以成立的话，那么，这一次的《个人主义的孤岛》（载《收获》长篇小说2020年秋卷），就依然可以被纳入“上海叙事”这样的一个序列中来加以理解。需要注意的一点是，唐颖这一次“上海叙事”的聚焦点，对准的是民国年间，更具体说是1930年的上海。熟悉文学史的朋友都知道，很多年前刚刚在文坛出道不久，丁玲就曾经写过一部中篇小说，标题就叫作《一九三〇

年春上海》。因为标题中的时间是1930年，作品的具体写作时间，也是1930年，所以，丁玲的这个小说便有着突出的同步书写特点。而到了唐颖这里，同样是1930年，则明显属于对历史的一种回溯式书写。但无论如何，由于主体故事不仅都发生在1930年（区别在于，丁玲小说的故事时间，仅仅局限于这一年的春天），而且在性别的层面上也都更多地关注表现着女性的生命状态与精神境况，所以，唐颖的《个人主义的孤岛》，虽然思想艺术旨趣判然有别，却在某种意义上仍然可以被看作是对丁玲创作一种遥远的历史回应。

然而，如果着眼于小说的形式层面的话，那我们的分析恐怕只能从作品的尾声部分开始。与几乎到处都是细节的小说主体部分相比较，尾声部分带有明显不过的抽象概括意味。在小说的主体部分，作家以很大的篇幅所集中讲述的故事的主体时间跨度不过是一年，到了尾声中，虽然只是寥寥数页，但故事的时间跨度却长达三十年，从女主人公明玉的三十岁，一下子就跨越到了她的六十岁，也就是1960年的时候。三十年的时间里，有这么几个节点，显得相对更为重要。一个是1933年，这一年，为逃避即将到来的遍地战火，通过格林先生的人脉，明玉得以携带两个孩子前往美国的旧金山落脚。一个是抗战结束后的1945年年底，明玉曾经短暂地回过一次朝思暮想的上海。这一次，她见到的格林先生，已经因为身体的原因而被迫坐上了轮椅。尽管格林先生明确表示自己不愿意离开上海，“可对于明玉，是否回到上海生活，却很难作出决定”。再一个，是1950

年，一个耐人寻味的细节是，这一年，“海格路的公寓房子已被收为国有”。还有一个，就是明玉六十岁的那个1960年。这个时候的明玉，一方面研究日本的历史，一方面不断地回望自己曾经的那些生命历程：“她点点滴滴在做笔记，历史帮助明玉理性思考经历过的时代。然而，汹涌的情感在内心起伏，泪水模糊了她的眼睛，她不得不放下笔。是的，思念家祥的浪潮常常向她涌来，她静静地坐着，让泪水流淌。”就这样，到最后，“明玉用英语写了一本书，放下笔的那一天，她六十岁”。关键的问题是，六十岁的明玉用英语完成的这本书，到底是什么样的一本书。因为作家在文本中并未明示，所以我们只好去自己猜测。或许其他朋友会有别样的理解，但在我看来，饱经生命与情感沧桑的明玉，以一种真正可谓是百感交集的方式最终完成的这本书，其实也就是这一部《个人主义的孤岛》的书稿。当然，如此一种设定，肯定是作家唐颖的障眼法。是作家唐颖，在伪托小说中的人物明玉，书写完成与明玉自己的生命体验紧密相关的一部书稿。毋庸置疑的一点是，借助于这种方式，小说本身的真实性将会得到极大的增强。

与尾声部分的伪托明玉完成书稿紧密相关，到了《个人主义的孤岛》这一长篇小说的正文中，身为主人公的明玉，进一步地成为视角人物，也就是一种合乎逻辑的结果。虽然并没有以第一人称的方式径自登场，但在我的理解中，唐颖这部长篇小说最终取得成功，却与明玉这样一位视角人物的设定有着非常重要的关系。正如同苏东坡那首著名的《题西林壁》中所写的那样，同样是一座庐山，却因了观察角度和视野的不同，而呈现出了“远近高低各不同”的状况，一部长篇小说，也会因为叙述者或视角人物的不同，而呈现出判然有别的不同面貌。这一方面，鲁迅先生的短篇小说《伤逝》，就是一个很好的例证。《伤逝》所采用的，就是第一人称限制性叙述方式。以第一人称现身的叙述者涓生，同时也是小说中的男主人公。正因为如此，小说的副标题才会被设定为“涓生的手记”。在涓生看来，自己和子君之间情感悲剧的最终酿成，其主要责任其实应该更多地由子君来承担。曾经的子君，是时代精神的体现者，唯其如此，她才可以讲出那句铿锵有力的“我是我自己的，他们谁也没有干涉我的权利”的话语来。然而，等到他们真正走到一起，结合在一起之后，在日复一日的日常生活中，涓生却越来越清晰地意识到了自己和子君之间精神差异的存在：“屋子和读者渐渐消失了，我看见怒涛中的渔夫，战壕中的兵士，摩托车中的贵人，洋场上的投机家，深山密林中的豪杰，讲台上的教授，昏夜的运动者和深夜的偷儿……。子君，——不在近旁。她的勇气都失掉了，只为着阿随悲愤，为着做饭出神；然而奇怪的是倒也并不怎样瘦损……”前面所罗列的那些，毫无疑问是人生战场的一种象征。如果说涓生自己一直置身于这样的一个人生战场的话，那么，进入家庭生活后的子君，却因其日渐地沉迷于阿随和吃饭的日常生活而慢慢地成为一个时代的落伍者。正因为已经明确意识到了两个人之间精神落差的存在，所以，涓生最终在经过一番犹豫之后，把这“无爱的真相”不无残忍地告诉了子君。既如此，最后的结果，也就只能是子君的被父亲接走，以及稍后一些的猝然而逝。一场既是情感的，更是生命的悲剧，就此而彻底酿成。然而，不知道有没有朋友想到过，假如《伤逝》换一个人物，比如子君，来承担第一人称叙述者的角色，整个文本的面貌将会如何。尽管这样的一个文本并不存在，但依循最起码的艺术逻辑，我们却完全能够想象得到，这肯定会是一个与现有文本大相径庭的全新文本。

唐颖的《个人主义的孤岛》同样如此，如果把小说中的其他一些人物形象，比如明玉的丈夫赵鸿庆，或者情人宋家祥，或者情同姐妹的金玉，或者干脆是那位英国人格林先生设定为视角人物，那我们所看到的文本样貌肯定会大为不同。我们之所以要在本文的标题中特别强调“角度”的重要，其具体的落脚点正在于此。从根本上说，只有把明玉这样一位人生经历坎坷曲折的现代女性设定为视角人物，作家唐颖才能够相对圆满地完成其对男性和女性，以及日常与革命之间关系的别一种重审和观照。首先，是一种站在女性立场上的男权批判。这一点，集中不过地体现在明玉和丈夫赵鸿庆的关系上。明玉十岁那年父亲去世，十一岁时，便被迫和她的弟弟一起随母改嫁给一位打鱼为生的鳏夫。没想到，仅仅过了一年，明玉还只有十二岁的时候，就遭遇了人生中的一大劫难：“母亲突然和继父商量，准备把她卖去花船，她嗓音好，爱唱歌，又识字（明玉能够识字，是因为父亲生前曾经让她读私塾认字。——笔者注），可以多卖几个钱。”因为明玉在水上生活的一年时间里，已经目睹了花船生活之糜烂不堪，所以，就只身逃了出来。当然，只有在逐渐阅读了解文本的过程中，我们方才会知道，明玉的被迫出逃，其实也与母亲的万般无奈紧密相关。“她的继父也曾经骑在她的身上，幸亏被母亲发现，为此他们激烈地打了一架。她是在婚床上才突然明白，母亲为何急着让她离开家。”关键在于，我们不知道唐颖自己是否意识到，她的两处细节描写实际上存在着自相矛盾的问题。依照后来的描写，母亲对明玉其实是充满关切的。正是出于保护女儿免受继父糟害的缘故，母亲才要急着让明玉离开家。那么，明玉在匆匆忙忙离开家之后，到底应该到哪里去呢？问题也就出在这个地方。按照前面的描写，是母亲和继父一起商量着要把明玉卖到花船去。难道说，母亲竟然不知道花船是一种什么样的所在吗？难道她不知道把明玉卖给花船不就意味着明玉刚刚逃出狼窝马上就又进入虎口了吗？一个细节在凸显母亲对女儿的悉心关爱，另一个细节，则正好相反，凸显出的乃是母亲的所谓蛇蝎之心。前后两个细节设定之间的自相矛盾，乃是显而易见的一种事实。也因此，虽然我坚定地认为唐颖的本意肯定是要凸显明玉母亲无可奈何情况下对母爱的某种执着，但也还是为作家写作时的一时疏忽而深感遗憾（又或者说，唐颖的如此一种处理方式，乃是要凸显母亲人性构成的复杂？）。之所以得出这一结论，还有一个不容忽视的细节就是，等到明玉追随丈夫在日本居留的时候，曾经在不期然间生成过这样的一种认识：“她此时此刻回想往事，突然有些明白，母亲去私塾做清洁工，其实和私塾老先生有其他交换，老先生才让她进私塾读了两年书。喔，母亲并非不爱她。”那么，在母亲和私塾先生之间，到底会有什么交易呢？对此，虽然唐颖也只是点到为止，但明眼人却完全可以想象得到。一个毋庸置疑的事实是，这一细节的确能够证明母亲爱的存在。

幸运的一点是，从故乡苏州而被迫流落到上海去的明玉，不仅被一个戏班子收留，而且还因此而结识了作为台柱子的金玉：“明玉在戏班子做小群演，有天分，格外努力，也会看人脸色，她乖巧得像跟屁虫一样地跟着戏班子最红的金玉，很得金玉欢心。‘明玉’是金玉给她取的艺名，明玉拜金玉做干姐姐，是点香磕头，有仪式的。”毫无疑问，明玉之所以要拜金玉做干姐姐，一开始肯定是出于寻求保护的目的。但没想到的是，等到数年相处下来，她们俩居然真的超越了最初的功利想法，成了一对彼此心心相印，情投意合的好姐妹。在成为好姐妹的同时，明玉的演艺水平也有了明显的提高：“在金玉严厉的指导下，她扮演的角色才有了光彩，渐渐坐稳旦角的位子。这出戏（指《司马相如与卓文君》。——笔者注）让她赢得与金玉并肩的‘双玉’美誉。出去唱堂会时，金玉点名让她做搭档。”但也正是在唱堂会的过程中，明玉的命运又一次发生了重要的改变，因为她“幸”或“不幸”地遇到了一个名叫赵鸿庆的男人：“赵鸿庆是同盟会会员，革命党人。他们当时为躲避袁世凯迫害暂居日本。堂会相遇那次，是赵鸿庆回上海参加一个会议，那天是去饭馆和同仁商讨会议议题，便遇上金玉和明玉搭档唱折子戏。”或许真的是前世有缘，赵鸿庆一见明玉，就喜欢上了她。

这样一来，在付给班主一笔钱之后，赵鸿庆就不仅把明玉赎了出来，而且还把她带回了日本。尽管说赵鸿庆在日本看似体面地通过一条结婚告示和一场酒席使得明玉变成了“赵太太”，但明玉很快就搞明白，因为赵鸿庆在老家湖州还有一个明媒正娶的太太，所以，她的真实身份，其实只是一个姨太太。他们夫妻俩之间的性别战争，就最早发生在居留日本期间。

虽然明玉幼时曾经接受过一定程度的私塾教育，但这却远远配不上她的革命家丈夫。也因此，一方面出于丈夫的要求，另一方面更出于自己的内心要求，明玉便开始进入学校接受各种新式教育：“她搭电车去市区大学补习日语，校园热气腾腾，一些中国留学生无心课堂，他们聚在一起，谈论西方自由平等的理念，说出的话都是热血沸腾的大词：民族解放，国家富强……诸如此类。”正是在外出接受新式教育的过程中，明玉不仅大开眼界，对外部世界有了相对深入的了解和认识，而且更是结识了她生命中一位重要的男性李桑农。李桑农属于日本校园中激进的中国留学生团体，在校园演讲时滔滔不绝，有着突出的人格魅力。最起码，年轻的明玉，是被这位校园青年对理想的热情程度而深深地感动了。“这是她的人生中，第一个与她平等相处的朋友。并非他的那些革命大道理，而是他对她的尊重唤醒了她自身的人权意识。”在这里，我们首先应该注意到的，就是男女之间的性别差异。李桑农感兴趣的，是那些革命大道理，而明玉真正的兴趣所在，却是李桑农对自己的尊重。也因此，李桑农成了明玉青年时代一个不可或缺的重要存在：

“假如说她的青年时代有什么值得回忆的片段，便是与他的相处。然而丈夫的一声断喝，戛然止之。她的新女性角色，只是在校园、在他目光里存在片刻。”问题在于，丈夫的这一声断喝所为何来？却原来，1919年巴黎和谈失败，急着要回国的赵鸿庆，匆忙间去校园找明玉通知她，没想到却看到了自己不愿意看到的一幕：“彼时日本校园充满动荡的气氛，学生们站在操场，围成不同的小圈子议论。赵鸿庆一眼就看见明玉，她正在和李桑农交谈，他们脸上充满激情，眼神热烈，让他脸色大变。”这样一来，也才有了赵鸿庆的那一声断喝：“他把她带回家，刚进家门，便朝她连扇几大耳光，破口大骂：‘给我跪下，我是让你读书长见识，不是让你去勾搭男人，你戏子本性不改。’”更进一步地，赵鸿庆还气哼哼地警告明玉：“你要是不听我的话，我可以把你赶出家门。不过，我并不希望这种事发生，你也不会再想回到戏班子。”面对这种情况，已经有了自我尊严的明玉，一时陷入了矛盾纠结的状态之中。一方面，她清楚地意识到，自己和李桑农之间不仅有更多的共同语言，而且，“年轻的身体彼此吸引”，但在另一方面，丈夫的怀疑却也谈不上什么道理：“事实上，她并没有其他想法，假如身体的能量不由自主流淌，她的理性仍然会坚守对丈夫的忠贞。”从根本上说，正是来自丈夫的耳光促使明玉清醒地意识到了自己在赵鸿庆心目中真正的地位所在：“而这一切是丈夫带给她，一个有社会地位却脾气暴躁的男人，他把她从社会底层打捞上来，他付钱让她读书，同时对她打骂任意。她想，命运不可能只给你糖吃。”

因为这个时候的明玉，已经接受过一定程度的新式教育，拥有了一定程度的现代意识，所以，在和丈夫发生尖锐激烈的矛盾冲突之后，她曾经一度起念，试图摆脱这个家庭暴君："但她已经不是那个只想活下来的小戏子，在日本两年多至少学到了'平等'和'自由'这些词语，她怎么说服自己在一个恩威并施的男人身边过下去？"如果不是恰好在这个时候明玉发现自己有了身孕，那自我意识已经明显有所觉醒的明玉，或许有可能选择离开赵鸿庆这个家庭暴君式的丈夫。或许与孩子的即将到来有关，理性占据了上风后的明玉，最终还是决定继续留在丈夫赵鸿庆身边。面对着身边这位有着强烈控制欲的男人，以及那位多少带有一点虚无缥缈色彩的李桑农，明玉"很容易就分清了生活和幻想。思念一下有李桑农的校园生活不影响现实，她可以心无旁骛扮演妻子和母亲角色。每天让自己怀着感恩而不是无奈，这是她给自己的道德底线"。归根到底，一种无法被否认的事实就是，尽管在接受一定程度的新式教育后，明玉的女性独立意识已经有了极明显的提升，但一方面由于内心里的母爱发生作用，另一方面更迫于一种严酷人生现实羁绊的缘故，明玉最终还是选择留在赵鸿庆的身边。从根本上说，丈夫去世后的明玉，之所以要千方百计地设法在上海的环龙路与拉都路朝东转角处创办一个饭店，在解决起码生计问题的同时，也更是为了尽可能地维持一位现代女性某种相对独立的生存方式："丈夫去世后，她才开始真正自立，开一家小饭店，解决谋生，也是解放自己，至少，她有了社会角色。""她有了自己的事业，虽然不过是一家不起眼的小饭店，可她并不认为仅仅是一门生意，这是她社会生活的空间，她不再是囚在家的囚徒。她不需要婚姻。她经历过婚姻，婚姻给她太多痛苦。婚姻跟饭店一样，需要全力以赴经营；却又跟饭店不同，即使全力以赴经营，也未必能够成功。”饭店的创办之外，还有一点值得注意的，就是她对女儿朵朵的悉心培养。这一方面，一个不容忽视的重要细节就是，因为担心自己因罹患肺结核而弃世的明玉，曾经写下过一个很长的备忘录："明玉做好了自己可能挺不过这场疾病的准备，她最无法放下心的是朵朵。她给丈夫写了很长的备忘录，关于朵朵作为女孩子在发育过程中可能遇上的疾病和麻烦，一一罗列。她要丈夫发誓，朵朵十六岁以后，把她送去日本读书。那时，日本仍然是她向往的国度。”无论如何，明玉之所以会特别牵心于女儿朵朵的培养，以及她未来的人生道路，都与她自己曾经带有明显屈辱色彩的苦难经历紧密相关。唯其因为有过“曾经沧海”的人生经历，所以，明玉不管怎么说都不愿意让朵朵重蹈自己的覆辙。借助于这一点，唐颖所强有力揭示出的，其实是明玉这一现代女性形象的某种精神分析学深度。但一个关键的问题是，难道我们可以因以上分析而把《个人主义的孤岛》简单地判断为一个充分张扬女性主义思想价值立场的小说文本么？答案只能是否定的。

事实上，借助于明玉和丈夫赵鸿庆之间的极端不平等关系，作家唐颖不仅把一种深刻的批判反思矛头指向了所谓的男权立场，而且更是指向了中国的现代革命。这一方面，最不容忽视的一个人物形象，就是明玉的那位革命家丈夫赵鸿庆。在我自己有限的阅读视野里，如同赵鸿庆这样一位性格构成复杂的革命家形象，似乎从来就没有出现过。具体来说，赵鸿庆性格的复杂，乃集中体现在如下两个方面。其一，是他对于明玉这样一位情感与生活伴侣的极端不尊重。军阀混战时期，由于他们所坚持的君主立宪制政治理想的“不切实际”，如同赵鸿庆这样的一些革命家，一度在上海表现出“打麻将”式的精神颓唐：“打麻将成了这些革命者忧国忧民后的娱乐方式。不如说，打麻将之前，聊聊国家大事，是精神会餐，为了不辜负年轻时可以写入史册的经历。”关键之处在于，赵鸿庆和他的同伴类似于“打麻将”此类的政治聚会，其场所往往就在赵鸿庆和明玉他们的住所。既然是在赵鸿庆居所，那明玉身为家庭主妇的出面招待，就是无可回避的必然之事。这样一来，年仅二十三岁的明玉被客人赞美，也就自在情理之中。但身为丈夫的赵鸿庆却不依了：“赵鸿庆的感受很矛盾：他希望太太出色，配得上自己的身份，这便是当年他让明玉在日本读书的缘由，将一穷二白的女孩子改造成腹有诗书的气质女人。他认为，她是他一手改造的，如同他们改造了社会。”事与愿违的是，一手打造了明玉的赵鸿庆，到头来却又无法忍受自家女人明玉成为众星捧月的对象：“同时，赵鸿庆无法忍受太太的出众成为同座男人的目光焦点。餐桌上的话题聊到高潮时，她双颊酡红眸子里有水光，他能看出餐桌边的男人身体开始骚动。”虽然从理论上讲，男人身体的骚动，绝对与明玉无关，但内心充满嫉妒的赵鸿庆却不管不顾地把这账全都一股脑地记到了明玉身上。当赵鸿庆试图对她有所指责的时候，明玉便出乎本能地用新式思想为自己原本无错的行为辩护："鸿庆，你们都是明治维新派，讲平等自由，文明开化……"此时此刻的明玉，根本就不可能料想到，自己并非全无道理的争辩，竟然会再一次招致来自丈夫的两记耳光："他的手在她脸颊上立刻留下红肿的手印，她眸子里是惊诧和愤怒。"尽管从一般的意义上说，明玉和赵鸿庆之间的矛盾冲突，似乎只是他们家庭内部的事务，但置身于其中的明玉却坚决不这么看："这个口口声声喊着民主自由口号的人，他在日本接受的新思想新理念，是不投射在女人身上的？在他的脑中，女人好像是另一种人。当他积极投身推翻清朝时，他并没有觉得自己在家里，仍是一个封建王朝的男人？"正如同鲁迅先生在《狂人日记》中非常敏锐地发现那些满纸"仁义道德"的字缝里藏着的只是"吃人"二字一样，到了唐颖笔下的明玉这里，她从自己的真切体验出发所敏锐发现的，其实也是表面上的冠冕堂皇背后人性中的某种极端自私。说透了，在革命家赵鸿庆的心目中，明玉不管怎么说也都只是随便他摆来摆去的一枚棋子而已。正因为已经明确地意识到了这一点，所以，明玉的内心深处才突然生出了对丈夫赵鸿庆的某种厌恶感觉："她似乎是从那时开始，突然对丈夫他们经常讨论的话题，有了怀疑和厌倦。"之所以会是如此，关键原因在于，明玉已经发现了职业革命家赵鸿庆他们人性的两面性构成。那就是，这样一些成天价口口声声呼吁"民主自由"口号的所谓革命家，在其内在的骨子里，尤其是在家庭生活内部，面对妻与子的时候，却连一点都谈不上对“民主自由”的真正奉行与践诺。如果说一个人竟然如此这般地心口不一，那他还怎么可能成为令人信服的革命家呢?!更进一步说，他所一力主张的所谓革命，是否也应该因此而受到相应的怀疑呢?!

其二，是他面对日常生活时一种手足无措式的本能“逃避”。这一点，集中表现在他所归属于其中的赵氏家族，因赵家长兄的大太太去世而出现乱局的时候。那一年，因为赵家长兄那位一向把家事管理得井井有条的大太太去世，再加上赵父又生了很严重的褥疮需要照顾，整个赵家顿时乱成一团。面对如此一种情况，原本责任在身的赵鸿庆，在把家务整顿的事情全权委托给明玉之后，做出的选择就只是“逃避”二字：“赵鸿庆很快又回上海，借故上海有重要工作，私心里是逃避。他过惯了远离日常世俗琐事的生活，老家的乱象眼不见为净。”逃避什么？日常生活琐事。其实，这已经是赵鸿庆一贯的做派：“把老婆孩子留在家乡，一举两得，父亲有明玉照顾让他放心，同时伴随孩子的家务琐事也一并归拢在老家，这也正是当年未娶明玉时的格局：把大老婆和孩子留在家乡，他自己在上海过轻松自在的单身生活。”某种意义上，作家关于赵鸿庆的如此一种描写，很容易就可以让我们联想到所谓“大丈夫当扫天下，何扫一屋耳”的相关说法。事实上，在和赵鸿庆的夫妻生活中，伴随着相互间了解的日渐深入，目光敏锐犀利的明玉，早已看穿了赵鸿庆的某种精神实质：“这些豪门出身的早期激进分子，从小生活在优渥的生活环境中，理想高大，意志脆弱，很容易失望颓废。拥有财产的他们，一旦纵情享受便不能自拔，吃花酒抽鸦片，在民国开放的空气里，沉溺在官能享受中。”更进一步地，明玉明确认识到：“‘搞革命’动听又抽象，正是他这类男人避开家庭各种难题的借口。‘革命’是大事，远离世俗琐碎，没有那么具体啰嗦：一会儿女儿生病，一会儿老婆生病，一会儿老父生病……他实在很头痛这种日常里没完没了的麻烦事。”更关键的一点是，如同赵鸿庆这样出身豪门的职业革命家，之所以能够不事稼穑，看似心无旁骛地全身心投入到所谓“革命”事业之中，与来自家族雄厚财力的支持，有着难以割舍的内在紧密关联（与此紧密相关的一段叙事话语就是：“她跟丈夫不同，他可以一边吃家产一边革命，以至去世时，属于他的那份家产也消耗得差不多了。”）。实际上，在长期的职业革命过程中，赵鸿庆们更是疏离了充满琐事的日常生活，或者干脆说，就是彻底丧失了应对日常生活的能力。倘若说从事革命活动的结果竟然是对日常生活的日渐对立与疏离，那如此一种革命的意义和价值，也就显得非常可疑了。尤其不能忽视的一点是，到了后来，在回乡养病的时候，连同赵鸿庆自己，也对长期从事的革命活动有了难以自控的怀疑和反思：“安静下来，他自己发现，一旦不能参与那些政治活动，对时政的热情也会渐渐消失。原先，最吸引他的是集会和开会的形式，是演讲带来的欢呼声。”无论如何，我们都得承认，把看似特别高大上的革命活动，最终还原为“集会和开会的形式”以及“演讲带来的欢呼声”，正是作家唐颖对所谓“革命”一种深入洞察的结果。唯其如此，唐颖也才会借助宋家祥的戏谑与玩笑口吻，极具反讽性地这样来谈论“革命”:“说穿了，‘革命’也是一种生活方式，不过是以革命名义不断举行派对。革命者被人包围和追随，会上瘾，很难再回到独处的日子。”连同革命家赵鸿庆自己也以这样的一种方式进行自我反省的时候，唐颖这部长篇小说借助于对日常生活与革命活动之间矛盾冲突的书写所最终实现的，其实也就是对我们寻常所理解的那种具有庄重严肃色彩的所谓革命的一种沉思与颠覆。无论如何，在我们既往的阅读经历中，的确不曾看到过如同赵鸿庆这样一位革命家颇为不堪的另一面的存在。由此而断定这是一位带有相当新意的人物形象，当然是一种具有可信度的结论。也因此，一方面由于对其所谓革命家本质的看穿，另一方面也从一种本能的女性立场出发，明玉才会对自己和赵鸿庆之间的彼此缠绕关系，最终得出如此一种结论性的判断:“经过日本几年，读了书有了见识，她应该知道，夫妻之间要有爱，他们互相有爱吗？至少她对他没有爱，只有感激和报答。她越来越发现这位拯救她的恩人，也是她最想逃避的施压者。她不过是换了一个环境忍辱负重。”“明玉越来越懂丈夫，这是一个缺乏爱的能力的男人。千百年来，传统给有社会地位的男人套上‘一本正经’的面具，这面具渐渐渗进血液，变成基因，他只是继承了前几辈男人的基因而已。她从未见他有过‘爱’，或者，‘温柔’的表情。”既如此，明玉在情感上的最终选择宋家祥，背弃赵鸿庆，也就是一种合乎情理双重逻辑的必然结果。

但请注意，虽然位置最重要，但明玉的这一条线索，却也并非唐颖《个人主义的孤岛》中唯一的结构线索。从整部长篇小说的艺术结构来说，明玉的线索之外，最起码也还存在着另外两条不同的结构线索。一条，是与明玉的好姐妹金玉紧密相关的那条线索。从思想意旨的角度来说，金玉这一条线索的设定，一方面是要进一步强化女性独立的主题性表达，另一方面则是为了借她而引出英国人格林先生。依照明玉的叙述，“金玉是被父母从浙江乡下卖到北方当妓女的，她倔强刚烈，竟然坐火车逃回上海。金玉遇见格林先生时才十五岁，是个歌女。”“金玉做歌女时和格林先生认识并成了他的情人，那时的格林还是一名海关小职员，但很快从低薪海关小职员发展成做外贸的商人。”与习惯于在身为家庭暴君的丈夫赵鸿庆身边忍气吞声的明玉相比较，身为女性的金玉，显然有着更为突出的自我独立性：“可是，当格林先生离开她时，她却有能力重新开始自己的人生。以前明玉觉得金玉太精明，她不无得意地告诉明玉，和格林先生同居不久，金玉便让还是海关职员的英国情人为她出资，让她拜师学唱戏。现在回想，是她有悟性，懂得如何自救，她不相信男人，很早就为自己的独立做准备。”虽然说金玉有着更为明确的女性自我独立意识，但这一点却并不能保证她的人生不再遭受伤害。细数金玉的短暂人生，有这样几个节点不容忽视。其一，是儿子小格林出生前的百般焦虑：“金玉得知自己怀孕时很恐惧，害怕生下怪胎。格林先生则拒绝成为混血儿的父亲。他那时已经加入上海总会，总会不允许会员和家人有一滴亚裔的血，他的孩子怎么可以是混血儿？”虽然小格林的出生彻底打消了金玉的焦虑，但格林先生自己，却是在育婴堂门口因“清教徒的良心被刺激而醒”方才接受了作为混血儿儿子的小格林。尽管如此，但一种无法回避的事实却仍然是，作为混血儿的小格林，不管是在社会上，还是在家庭内部，都因自己的特有身份而倍遭各种歧视和屈辱。其二，是小格林的被青帮绑架。小格林被绑架后，绑匪的字条马上接踵而至：“字条写得很简单，要求付一百万美金，不准报告巡捕，否则撕票。”面对绑匪的要求，格林先生和金玉发生了尖锐的分歧。由于私心里不肯轻易付出巨款，格林先生选择了报告巡捕房。没想到的是，侦探这边才刚刚离开，那边小格林的小手指就被切下寄来。面对如此惨烈的现实，格林先生方才大梦初醒，花了好几天工夫筹措资金，转给绑匪。关键的问题是，在钱转过去之后，却依然不见小格林被释放。值此关键时刻，在意识到只有自己亲自前去面见青帮头目方才有可能救回小格林的情况下，金玉不顾格林先生的反对，毅然只身前往，不惜自己的身体遭受屈辱，也要千方百计地救回小格林。尽管说金玉此举令绑架案最终解决，但正如你已经预料到的，金玉和格林先生之间的关系却因此而急转直下：“金玉从青帮那里回来，格林先生不置一词。这件事成了他们之间的巨大沟壑。他是不想面对；而她认为他并不在乎，她在他心里仍是那个低贱的歌女。”其三，是她那或许是自戕的最终离世方式。恐怕连同金玉自己都想象不到，儿子小格林的绑架案，到最后竟然会导致金玉的性情大变："金玉变了，变得不可理喻，她冷淡寡言，家里的空气变得阴沉。"当时不知道，"明玉是在很多年以后才会明白：金玉那时是得了忧郁症。她平时那么强悍有主见，没人想到她会得心理病。忧郁症这个词，在当年他们的认知中是不存在的"。"他（指格林先生。——笔者注）以为她无法原谅他当时的错误决定，却不知她遭受失去孩子的巨大恐惧、被青帮的侮辱，生下一场重疾，落下病根。他们俩都是这场灾祸的受害者，却无法沟通，渐行渐远。"既如此，到最后金玉因过量吸食鸦片而不幸弃世，也就成为无可回避的一种必然结果。虽然戏班子里的小姐妹曾经有过金玉乃是吞鸦片自杀的说法，但一种切合实际的情况应该是，金玉既因为过量吸食鸦片而陷入昏迷状态，也因为美玉的故意人为延宕救治时间而不幸身亡。一位强势现代女性的人生悲剧，就此而彻底酿成。

与金玉这条线索相比较，更重要的其实是第三条，也即由金玉牵引出的格林先生，以及那些白俄贵族，或者直截了当说就是西方文化进入上海这一条线索。我们都知道，上海，由一个不怎么起眼的江南县城而迅速崛起成为一座现代化的大城市，至今也不过一百五六十年的历史。依照相关的历史记载，作为一个县城的上海具体开埠时间，为1843年。从那个时候开始，伴随着国内的江苏、浙江、安徽、江西、山东、广东、福建等地人民的涌入，以及海外的英、美、法、俄等国移民的大量涌入，上海逐渐变成了我们现在所看到的那样一座现代化程度极高的大城市。在我看来，唐颖在《个人主义的孤岛》中，之所以要设定格林先生，以及与格林先生相比较更为重要的那些白俄贵族这一条线索，正是为了完成其隐性层面上的上海叙事意图。她试图以一种形象化的方式真切展示出上海在二十世纪前半叶的现代化进程。其中，最不容忽视的，就是关于娜佳那一群被迫流落在上海的曾经的白俄贵族的描写。无论如何，我们都应该注意到，小说中曾经借明玉和宋家祥的视角，专门谈论并展示过这些白俄给上海带来的巨大变化："此时，他俩坐在霞飞路上一间白俄人开的咖啡馆DD'S。自从1922年，S将军的战舰带来白俄难民，法租界变化巨大。"具体的情况是："就在这十年不到时间，霞飞路一跃而成繁华商业街，并且是一条欧陆风的商业街。后来的人一定顺理成章地认为，法租界就该是欧陆情调，却不知，给法租界带来欧陆风的，是逃难上海的俄国人。"进一步说，"霞飞路上白俄人开的小商铺，从吕班路一直绵延到亚尔培路，这一段便成了霞飞路的中心段。面包店甜品店有好几家，咖啡馆则多达几十间。此外，珠宝店，呢绒店，饰品店，钟表店，鲜花店，渔猎店，其中黑人皮草店、弗奇药店、DD'S咖啡馆、乔治照相馆、复兴饭店、佩拉内衣店、查卡连兄弟烘焙店，都是已经在上海打出名声的名牌店。于是，这一段的霞飞路被上海人称为'小莫斯科'，被白俄人称为'涅瓦大街'，是宋家祥经常到此消磨时光的街区"。

但请注意，与这些白俄贵族带给上海的变化相比较，唐颖的笔触更多的还是停留在了关于这些白俄人的来历，以及他们生存状况的描写上。“契卡和三楼的拉比诺维奇夫妇随着几千名白俄坐船从海路逃亡，由被人尊称S将军的海军将领斯塔尔克带领。S将军有三十多艘军用船，船上除了沙俄海军官兵和年少士官生，还有从圣彼得堡、莫斯科、波罗的海沿岸逃亡而来手举卢布的白俄难民。是的，这些难民必定有钱，因为船票昂贵到等同天价，谁更有钱谁上船。他们中的很多人原本是想逃往美国，上了船只能听天由命。他们对于路途的遥远、途中发生的种种意外完全没有想象力，或者说，别无选择。”这九千多的难民，根本就无法料想到，在驶往朝鲜的途中，在永兴港受到日本警察阻拦的情况下，最终抵达的，竟然是中国上海的吴淞口。具体的抵达时间，是1922年12月5日。由于北洋政府下达禁令，这些难民无法登岸，双方持久对峙。直到严重的人道危机爆发，船上人员不断死亡，北洋政府才下令放行其中的一部分人：“中国政府终于同意年少的孤儿士官生和在沪有亲戚朋友的白俄，共一千二百多人在上海登陆，其余的人随S将军分乘12艘条件稍好的舰船前往马尼拉。”就这样，在经过了很多周折后，这些落难的白俄贵族终于得以在上海滩落脚。由抵达上海的时间来推断，他们之所以要远远地逃离自己的故国，很显然与发生于1917年的十月革命紧密相关。实际的情况也正是如此。这一方面，娜佳和玛莎，尽管不是直接从S将军的船上下来，但就在上海的命运遭际来说，却是白俄贵族中很有代表性的两位。首先是一种概括性的描述介绍：“明玉并不意外，这条弄堂，甚至这条环龙路上的白俄股民，多多少少都有些关联。他们不外乎是从东北过来，或者直接从S将军靠岸黄浦江的逃难船上下来，他们背后庞杂的亲友网有各种交集。”具体到娜佳和玛莎，她们就是从东北辗转来到上海的：“玛莎和娜佳的母亲在哈尔滨共过患难。”“娜佳的母亲出身贵族，从小学芭蕾，嫁给一位军官，跟着部队驻防，成了家属而不是专业舞者。娜佳五岁开始跟着母亲学芭蕾，却在八岁那年进入逃亡生涯，那年她父亲在内战中阵亡。”祸不单行的一点是，娜佳的母亲因心情糟糕而酗酒，数年之后就病故于哈尔滨。年仅十五岁的娜佳，万般无奈之下只好跟着玛莎一起来到上海。既然长途跋涉背井离乡地来到遥远的上海，包括娜佳和玛莎在内的这些难民的生计，肯定会成为一个大问题。正所谓“车有车路，马有马路”，如同娜佳这样年轻貌美的女孩，自然也就变身为夜总会的舞女。也正因为娜佳是夜总会的舞女，所以才会成为仆佣阿小心目中的“坏”女人：“阿小把娜佳看成坏女人，她怎么能想象娜佳并不是生来就‘坏’。再说，她的所谓‘坏’并没有害街坊邻居，她靠自己挣钱，靠自己的身体。这，不是阿小可以接受的道德，女人去风月场讨生活，她绝对看不起，无法原谅。”与阿小这种完全属于市井女性的狭隘看法相比较，明玉给出的，则毫无疑问是一种充分的理解与同情：“娜佳过去也是被父母捧在手心里长大，父亲死在苏联红军枪下，她和母亲流落到中国，成了一无所有的穷人。母亲忍受不了，像男人一样喝烈酒，喝成了酒鬼，死得很不体面，所以娜佳要拼命赚钱。”

然而，与娜佳她们这些人生存的艰难境况呈现相比较，作家唐颖的关注重心更是聚焦到了同样与娜佳紧密相关的这些流亡的白俄是否应该返回苏联去的问题上。我们注意到，小说中的玛莎和马克这一对俄国夫妻之间曾经发生过一场激烈的争吵。明玉原本也如同阿小一样，误认为他们夫妻间的争吵乃是因为男女问题上的争风吃醋，到后来，才彻底搞明白，娜佳和玛莎他们所真正纠结的，其实是应不应该回到祖国去的关键问题。却原来，实际的情况是，在1930年的上海，突然出现了一个口号为“回到祖国去”的白俄人俱乐部：“这是个政治性组织，娜佳怎么会参与其中呢？据报道，俱乐部成员都很年轻，是在流亡中长大的一代。再一想，娜佳不就是他们中间的一分子？她七岁跟随母亲来到中国，然后成了孤儿。”从精神分析的角度来说，作为一位在异国他乡已经被迫漂泊很多个年头的俄国人，渴望能够回到自己的母国，不管怎么说都是一种合乎情理的选择。问题在于，如同娜佳这样的一些年轻流亡者，根本就不知道回国的真正利害所在。玛莎之所以要坚决反对丈夫马克的回国想法，正是因为她自己有着“曾经沧海”真切体验：“玛莎说她不喜欢上海，是因为马克在上海变坏了。她说上海是她的第二个家乡，她回去会被杀头，因为她家是有钱人。马克的家不是有钱人，但是他跟有钱人结婚，也是敌人，所以他也会被惩罚，坐牢杀头都有可能。玛莎说他不应该受娜佳影响，娜佳太年轻，不懂事，马克今年四十八岁，他年纪难道活到狗身上了？”只有在通过玛莎的讲述了解到事情的真相后，两相参照，明玉方才对人生的残酷有了更真切的理解和认识：“明玉很震动，像玛莎这种富裕家庭因为政权更替，而家破人亡，和她从小因贫困而颠沛流离相比，是更加残酷的打击，这是天堂到地狱的可怕落差。”这里，一个需要思考的问题是，好端端的，为什么娜佳他们不仅萌生了回国的念头，而且还要成立一个“回到祖国去”的俱乐部。却原来，娜佳他们乃是受了苏联政府的那一套宣传的影响。尽管娜佳们的选择极有可能导向一个错误的结局，明玉却依然给予了他们必要的理解和同情：“这晚，明玉在回家路上，想着白天里玛莎说的话，她很难判断俄国人到底该不该回国，却第一次深切地同情起娜佳，她的母亲是在东北去世的，东北是她的伤心地。她美好的童年留在自己的国家，所以她想回国。”更进一步说，明玉之所以会如此这般地给予娜佳们充分的理解和同情，主要原因在于，二者之间有着不容忽视的心理同构因素：“她没有离开故土，可内心跟这些流亡者一样空虚，比他们更空虚，她连‘回去’的念想都没有。她跟这些白俄一样，像无根的浮萍随波逐流，跟着生存走。”从根本上说，真正支撑作家唐颖对明玉和娜佳他们做出如此一种理解与同情式描写的，正是其内心深处所坚执的人道主义思想价值立场。

在长期的阅读过程中，我越来越认识到，大凡优秀的长篇小说，其思想主旨都有着突出的多义性特征。即如唐颖的《个人主义的孤岛》，能够在不算很大的篇幅内，同时将女性命运的关注、现代革命的批判性反思，以及现代上海的现代性建构这样几个方面的要素都有机地编织集纳在其中，其实是非常不容易的一件事情。单这一点，就应该得到我们的充分肯定。但在行将结束我们的论述之前，却也有必要专门谈论一下小说标题的由来。毫无疑问，标题的由来，与小说开头的两段文字紧密相关："这是最早出现在上海的公寓楼，坐落在西区海格路，人口对着马路，四周无楼房，宛若孤岛，浓密的攀援植物几乎盖住了公寓外墙。""租客中有外侨、演员、金领、身份难辨的民国男女，单身，出生地不明，独门独户，自由来去……"从一种写实的角度来说，标题中的"孤岛"，当然是指这座各种不同身份的人们混杂而居的海格路公寓楼。然而，一旦把"孤岛"与"个人主义"这一语词联系在一起，尤其是上海在现代的某个阶段也曾经被称为"孤岛"，那么，一种象征色彩的意味就非常突出了。质言之，在现代社会，人类个体，尤其是相对弱势的女性，如何处理与他人、社会、革命，乃至历史等庞大事物的关系，乃是不容回避的重要命题。难能可贵的一点是，在《个人主义的孤岛》中，唐颖从现代个人主义的角度出发，对以上诸种命题进行了相当个性化的深入思考与表达。

后　记

收集在本书中的，是笔者最近若干年来关于上海作家或者曾经有过上海生活经历的作家主要以上海为表现对象的十部长篇小说的批评文章。“海派”这一说法，是从现代文学那里借用来的一个概念。中国现代文学史上，不仅曾经有过“京派”与“海派”的说法，而且也还发生过所谓“京派”“海派”之间的论争。虽然在进入当代之后，“海派”这一说法似乎已经不再流行，但上海作为能够在某种意义上与北京分庭抗礼的一个文学中心，却也应该是一种不争的客观事实。尽管肯定不是一种事先的策划，但只有在对自己的批评历程进行回顾梳理的时候，我才突然发现不知不觉间竟然累积了多达十篇探讨主题相对集中的文章。因为这些长篇小说不仅内容与上海这一特定的地域紧密相关，而且其作者也都有过上海的生活经历，所以便姑且从现代文学那里借用曾经一度流行过的“海派”这一说法，为自己的这本小书命名。事实上，也只有在把这些文章收集到一起的时候，才不期然地发现，它们竟然呈现出了某种大致相近的美学风格。

另外一个不无惊讶的发现是，先后进入我批评视野之中的这十部长篇小说，除了王安忆的《考工记》发表于广州的《花城》杂志之外，其它九部竟然全部发表在位于上海的《收获》杂志。一向被称为中国当代文学简史的《收获》，是当代文学一个非常重要的大型文学刊物。长期以来，《收获》一直以其对艺术审美品味的坚持而享誉文坛。如果没有成色十足的思想艺术含金量，这些作品根本不可能在《收获》发表。在此，借这些文章结集的机会，我愿意以文学的神圣名义向《收获》表达自己由衷的敬意。

译林出版社，是国内一家口碑甚佳的以翻译介绍世界文学与思想文化作品为主的出版社。近些年来，他们开始涉足本土原创文学作品的出版，在这方面也已经取得了一定的成绩。叶舟的《敦煌本纪》，王尧的《民谣》，刘亮程的《捎话》《本巴》，鲁敏的《金色河流》等长篇小说的相继推出，就是极好的证明。我的这本批评文集能够有幸与译林出版社结缘，倍感幸运与荣耀。在本书的出版过程中，袁楠总编、陆志宙副总编、吴莹莹主任、龚文宇主任以及责编焦亚坤，都给予了悉心关照，付出了不少心血，在此，我要把最真诚的谢意献给她们。

2023年3月16日凌晨

于汾西寓所